同形異義

粵普詞語對比例釋

同形異義

粵普詞語對比例釋

張本楠　楊若薇　著

責任編輯　姚永康

裝幀設計　劉桂洪

書　　名　同形異義——粵普詞語對比例釋

著　　者　張本楠　楊若薇

出　　版　三聯書店（香港）有限公司

　　　　　香港鰂魚涌英皇道1065號1304室

　　　　　JOINT PUBLISHING (HONG KONG) CO., LTD.

　　　　　Rm.1304, 1065 King's Road, Quarry Bay, Hong Kong

香港發行　香港聯合書刊物流有限公司

　　　　　香港新界大埔汀麗路36號3字樓

印　　刷　深圳市德信美印刷有限公司

　　　　　深圳市福田區八卦三路522棟2樓

版　　次　2008年1月香港第一版第一次印刷

規　　格　16開 (170 × 240mm) 332面

國際書號　ISBN 978.962.04.2712.1

目　錄

序言

　　廣東人學習說普通話，要比其他方言地區的人學說普通話困難得多。這是因為，不但粵方言的語音與普通話相去甚遠，而且粵方言的詞彙跟普通話也有相當大的差異。廣東人剛開始學習普通話時，多側重在語音方面，這是必要的起步。但是，當基本上掌握了較難發聲的語音之後，要進一步提高普通話水平，就要克服粵語和普通話這兩種語言在詞彙上的差異。人們經常可以看到，粵語人士與普通話人士交流時往往因為詞彙的使用不當或理解不同而產生誤會。我是說粵語的人，對此深有體會。我初到北京時，經常因為說話時用錯詞而引起別人哈哈大笑或莫名其妙。記得有一次我想向同事要點開水，問："你這裏有茶嗎？"人家說沒有。我把開水壺提起來說："這不是嗎？"在坐的人見了都哈哈大笑起來。這時我才恍然大悟。還有一次在南寧，我把過邕江叫"過海"，同樣引來同行的人一片笑聲。幾十年過去了，我的普通話水平雖然有了一些提高，但是自己感覺還是說不到家。一些毛病總是不知不覺地冒出來。在語音方面輕聲和兒化固然掌握不好，在詞彙和語法方面，更不能運用自如。稍一不慎就會說出"快來啦"（快來吧），"這包茶要煮兩次"（這包藥要煎兩次），"不乾淨就再洗過"（不乾淨就重新洗）等等不標準的普通話。記得幾年前，我在廣州參加粵方言研討會之後，隨大家參加廣州一日遊。當時一位導遊小姐在車上向我們介紹說："這是火車站來的"，"那是地鐵站來的"。後來，有人問她為什麼整天都是"來的去的"。導遊小姐雖然知道那是粵方言的說法，但是又表示，在廣州大家都這麼說。可見，方言習慣力量之大。在廣州，我們到處都可以聽到"廣式"的普通話，例如："現在時間夠了（現在時間到了）"、"二間學校（二所學校）"、"兩間工廠（兩家工廠）"、"三點四開會（三點二十分開會）"等等。粵方言人士不要自以為學會了基本的普通話發音就萬事大吉了，要留意，你說的普通話可能還夾雜着許多方言詞呢！還需要不斷提高。如果你不能認真攻克方言詞彙這一關，普通話便很難說得好。我覺得，方言人士學習說普通話幾乎是無止境的，因為普通話畢竟不是我們的母語。

《同形異義——粵普詞語對比例釋》是一部極有特色的著作。作為最早的讀者之一，這本書令我耳目一新。與許多研究詞彙的著作不同，這本書讀起來叫人覺得趣味橫生。書中的每一個條目有話則長，無話則短，都是一篇生動活潑的小文章。它包括活潑真實的材料，生動有趣的例證，清晰透闢的辨析，樸實入微的講解，有的還不乏旁徵博引。例如，在"茶"這一條裡，作者認為廣東人把"中藥"稱作"茶"是出於忌諱的原因。這個解釋十分中肯。我們過去編詞典時只指出"茶"有"中藥湯藥"這一義項，卻沒有指出它是出於"忌諱的原因"。再如在"恨"字一條裡，作者用了大量的篇幅論證廣州話的"恨"這個詞不作為"憎恨"的意思而作為與這個意義剛好相反的"渴望"、"期望"的意思。作者在書中寫道："這就是詞義的反向引申。詞義的引申形式，可以是正向的，也可以是反向的。與修辭格的'倒反'原理類似，反向引申就是'說反話'，也就是說話人表達的意思與內心裏想表達的意思剛好相反。這與老子所說的'正言若反'哲理是一致的。與'正言若反'同樣，也可以說'反言若正'"。這個論述十分精到。另外，這本書眉目清楚，書中每個條目的最後還把詞義辨析的內容列成簡表，使讀者看了之後印象深刻，有過目難忘之效果。

張本楠和楊若薇兩位博士是操普通話的人，他們曾在北京高等院校任教多年，具有比較深厚的中國古典文學、歷史和語言學的學術根柢。二十世紀九十年代初，兩位博士經北美來到香港，主要從事中文及普通話的教學和研究工作。十多年來，他們在教學之餘，潛心研究粵方言與普通話詞彙之間的異同，收集到不少材料。他們以非粵語人士的眼光來看這些粵語詞彙，自然要比我們這些以粵方言為母語的人敏感得多。所以從事這項工作他們具備特別有利的條件。早在三年之前，我即有幸讀過《同形異義——粵普詞語對比例釋》一書的初稿。從初稿至定稿，作者又做了很多修訂。與初稿相比較，定稿詞條數量裁汰近半，書中內容卻更臻充實和完善，由此可見作者下筆審慎之一斑。

　　我深信，無論是希望進一步學好普通話的粵語人士，還是有興趣學習一些廣州話的普通話人士，都會從《同形異義——粵普詞語對比例釋》中獲益。那些工作繁忙的人只要每天抽空讀上兩三篇，日積月累，到一定的時候就會有一個很大的飛躍了。作為粵語人士的我，由衷感謝張本楠和楊若薇兩位博士的辛勞。

歐陽覺亞

2006年秋

於北京

前　言

　　在粵語和普通話中，有一批詞語雖然"同形"，但是不"同義"，或者不完全"同義"。粵普詞語之間這種"同形不同義"或"同形不完全同義"的現象，很容易"魚目混珠"，導致語言溝通上的誤解或障礙。這些"同形異義"的詞語不單會給學習普通話的香港粵語人士造成困擾，還會給生活在粵語地區的普通話人士帶來溝通上的不便。

　　"同形"指該詞語在粵語和普通話的文字書寫方面是相同的，即具有同樣的書面形式；"異義"指該詞語在粵語和普通話的表達中有不同或不盡相同的含義或用法。舉例來說，粵語和普通話中都有"醒目"一詞，但是粵語可以用"醒目"來形容一個人"聰明"、"機敏"；而普通話的"醒目"則意為"形象顯明"、"容易看清"，通常只用來形容文字或圖像等，不會用在對人物的描述或評價上。因此，"醒目"一詞在粵語和普通話中便是"同形異義"。

　　所謂"異義"並不一定指某一詞語在粵語和普通話中的詞義截然不同。一方面由於粵語和普通話都是漢語大家庭中的一員，彼此有很多共通點，另一方面因為詞語往往是"多義"的，所以，在多數情況下，粵語和普通話詞語之間的"異義"僅表現為該詞語多個義項中的一個或數個出現差異，而其他義項則可能是相同或相通的。例如，"唱"這個詞，在"歌唱"的詞義上，粵語和普通話是相同的；可是，粵語的"唱"還經常用作"評論"、"議論"（如："唱好樓市"、"周圍唱你"、"唱通街"），甚至"錢幣兌換"（如："唱五蚊散紙"）等。粵語"唱"的這些特別詞義或用法，則為普通話所不具。

　　須說明，本書使用的"粵語"一詞並非嚴格的學術概念，只是用來寬泛地指稱目前在香港地區普遍使用的廣州話或所謂 "港式中文"。至於香港粵語與廣東其他地區（如廣州市）粵語之異同，不在本書討論範圍之內。同樣，本書所謂 "普通話義" 和 "粵語義" 也是在方便理解角度上使用，而不是嚴格意義上的學術概念。另外，本書有所謂 "普通話人士" 和 "粵語人士" 之謂，亦係出自行文方便，前者指以普通話為母語的內地人（特別是北方人），後者指以廣州話為母語的香港人。

本書甄選出香港粵語與普通話 "同形異義" 詞語100例，從語言和文化等方面作出辨析和追蹤。這些詞語的選取以香港人在口語或書面語中經常使用而易使普通話人士誤解為原則。

以下四類詞語，不在本書收錄及辨析之列：（1）未進入普通話的粵語方言詞，例如："唔該"、"巴閉"、"幫襯" 等；（2）粵普之間僅因使用習慣不同造成的一些在語素選擇上有差異，而實際上並無 "異義" 的詞語，例如："食飯"、"行街"、"取錄"、"冷氣機"、"雪櫃" 之類；（3）粵普雖然 "同形"，亦有詞義差異，但是其差異較小、不足以造成歧義或誤解的詞語，例如："不如"、"開心"、"好像"、"始終"、"平價"、"分享"、"緊張"，"敏感" 等；（4）限於特定職業或特別範圍使用的粵普同形異義詞，如："拳手"、"放蛇"、"鐵馬"、"打靶" 等。此外，由於近年來香港與內地的交流日益頻繁，南北語言交融加速，有些粵語詞語開始在內地流行，甚至已為普通話所吸收，諸如 "爆棚"、"發燒友"、"爆料"、"買單"、"酒店"、"炒魷魚" 等等。凡此種種，本書亦不作收錄。

本書於每一條目之下，分別設有 "生活用例"、"詞義辨析" 及 "異義撮要" 三項內容。"生活用例" 直接取自現時香港和內地報章雜誌，全部詞語以目前仍在實際使用為準則。為保持引用話語的原貌，用例中若有語法或文字等錯誤，均不做改正；"詞義辨析" 則對該詞語在普通話和粵語中的使用、詞義的發展過程、以及異義產生的文化歷史原因等方面作出辨析和說明;最後的"異義撮要"則以表列形式概述詞義辨析中的內容,冀收一目了然之效。須說明,在辨析和講解中,本書使用了"近代漢語"這一術語,以區別"古代漢語"和"現代漢語"。根據呂叔湘先生的觀點,"近代漢語"其上限為晚唐五代;至於其下限,本書採用王力先生的觀點,截止於二十世紀五四運動以前。

學習詞語,並不一定像"默書"般味同嚼蠟;講解詞語的書籍,也不必如"生詞表"一樣面目可憎。本書試圖以深入淺出的方式探討粵普同形異義詞語的產生、發展及其在現時生活中的實際使用,以期為學生、教師、語文工作者、以及廣大的粵語和普通話愛好者提供一本雅俗共賞的參考書。

本書雖小,但是於繁忙的教書之餘,集腋成裘,四易其稿,歷時數載而成。由於作者非土生土長於香港,其間,每有粵語研習心得,必請教同行或專家學者之後方敢落筆。因此,承蒙學界多位博雅賢達,把盞論字,促膝酌句,不吝賜教。對此高情隆意,作者深表感謝。作者要特別提到,北京中國社會科學院歐陽覺亞教授以粵語學界之鴻儒,力攜後學,慨然為拙作提出寶貴意見,並賜雅序,其殷殷勉學之情,未敢相忘。在此,作者致以由衷之謝忱。

張本楠、楊若薇
2007年孟冬
識於香港沙田雅仕閣

筆畫索引

（詞語右側號碼是例釋正文的頁碼）

普通話拼音索引

（詞語右側號碼是例釋正文的頁碼）

粵語拼音索引

（詞語右側號碼是例釋正文的頁碼）

上堂

〔普〕shàngtáng
〔粵〕sêng⁵tong⁴

生活用例 ✤

◎ 普通話義

① 雖然人們"以世世不上堂為榮"的觀念有所淡化，但"一樁官司三代仇"的現象還存在，而調解為百姓少打，甚至不打官司提供了可能。（北京《人民日報》，2006年4月26日）

② 正像俗話說的："屈死不告官，冤死不上堂"；"上山擒虎易，開口告人難"。正是人們這種想遠遠躲開司法的心理，有意無意地縱容了犯法行為。（北京《法制日報》，2004年7月30日）

◎ 粵語義

③ 上堂用的筆記也要花點心思，不能是一般白紙黑字，否則員工上堂後便把筆記留在課室。（香港《明報》，2006年8月26日）

④ ××書院昨日被投訴有學生利用校內電腦非法下載歌曲，又批評教師上堂時中英夾雜。（香港《星島日報》，2006年8月17日）

詞義辨析 ✿

"上堂"一詞在普通話中並不常用，如果使用，一般是指到公堂、法庭受審。例如，在上述例①中"以世世不上堂為榮"和例②中"冤死不上堂", 其中所謂"上堂"均指對簿公堂、到法庭受審。作為名詞的"堂", 本指較大的"正房", 即"堂屋"。與此相聯繫, 也指官府治事的處所。"公堂"是舊時官吏審理案件的地方, 與今日所稱之"法庭"類似。到法庭或官府受審, 舊時稱之為"上堂"或"過堂", 今日普通話口語仍沿用之。

普通話的"堂"亦可指一些較大的活動場所, 如"禮堂"、"食堂"、"廳堂"、"課堂"等。"堂"亦作量詞使用, 稱學校裏的一節課為"一堂課", 所以, "上一節課"也稱"上一堂課", 或省略數詞"一"而稱作"上堂課"。"堂"的這些詞義及用法, 粵語和普通話是相同的。

不過, "上堂"在粵語中有一個詞義卻是普通話所不使用的。粵語將學生到課堂去學習或教師到課堂中授課, 即將普通話的"上課"稱作"上堂"。例如, 上述例③中的"上堂用的筆記也要花點心思"和例④中的"教師上堂時中英夾雜"所提及的"上堂", 都是普通話的"上課"之意。粵語將普通話的"上課"稱為"上堂", 那麼"下課"便稱為"落堂"。至於對簿公堂的"上堂", 粵語稱之為"上公堂"。

粵語將"上課"稱之為"上堂", 亦是有緣由的。至少在明代, 由於書院在民間盛行, 人們已使用"上堂"一詞表示"上課堂"(而不是"上公堂")。例如, 據明代孫慎行、張鼐《虞山書院志》卷四"會簿引"記載: "虞山會講, 來者不拒。……果胸中有見者, 許自己上堂講說"。其中的意思是說, 虞山書院(位於今江蘇常州)在舉行"會講"時, 接受任何人的演講。只要是有一己之見, 都允許到講堂上發表意見。這裏便是用"上堂"來表示"上講堂"。可見, 粵語"上堂"一詞與近代漢語的這種用法有關。不過, 這一用法雖然在粵語中得以保留, 但是在北方方言中卻未得以延續。究其原因, 可能是"上堂"一詞當時僅流行於江南書院中, 其影響未曾波及北方, 所以未在北方方言中獲得使用。

由於普通話不將"上課"稱為"上堂", 所以, "上堂"在普通話和粵語之間這一詞義差異容易互相引起誤解。

異義撮要 ✺

上　堂	
普通話含義	到法庭受審
粵語含義	到課堂聽課、講課

上算

〔普〕shàngsuàn
〔粵〕sêng⁶xun³

生活用例

◎ 普通話義

① 因為技術動作不達標被判犯規成績無效很不上算，我們已經反復向球員強調技術動作的規範性。（《北京青年報》，2006年1月12日）

② 在拍賣會上購買 "老賴車" 比二手車市場上購買同樣車輛，價格要低1/3到1/4左右，從價格上講購買者比較上算。（《北京青年報》，2006年6月11日）

◎ 粵語義

③ 切爾達人腳並不充裕，球員們在上週中匆匆應付歐協盃再作客皇馬，體力方面也必定吃虧，支持人強馬壯的主隊才是上算。（香港《星島日報》，2006年11月5日）

④ 今天香港形勢截然不同，正是百廢待興，政府官員要涇渭分明地跟反對派作戰，還是選取積極進取者為上算也！（香港《太陽報》，2006年8月18日）

詞義辨析

粵語和普通話都有 "上算" 一詞，但其詞義有所不同。在《現代漢語詞典》中，"上算"的釋義為："合算"，是形容詞。而"合算"一詞在普通話的意思是"所費人力物力較少而收效較大"，即"划算"，"較為便宜"，用粵語說是"有着數"。據此，上面例①中"因為技術動作不達標被判犯規成績無效很不上算"，其中的"不上算"指的是划不來、不值得、不合算。同樣，例②中說在拍賣會上購買"老賴車"比二手車市場上購買同樣車輛價格要低三分之一至四分之一左右，所以"比較上算"，其中的"上算"顯然是指所購物品物超所值或較為便宜。

　　"上算"一詞的"合算"、"划得來"、"便宜"等詞義在漢語詞義發展中似出現較晚，直至晚清時期方見諸文學作品之中。例如：

　　　　法子是有，祇怕你未見得能夠做得到，於你的事無濟，我反多添一層冤家，我想想不上算，還是不說罷。（《官場現形記》第三十回）

　　　　……如今一起煮好了，缸兒罐兒堆了一大堆，還要人去照顧他，一個不留心，不是打碎了罐子，或如倒翻了煙，真正不上算。（《官場現形記》第四十七回）

　　上述兩例中的"不上算"均意為"吃虧"、"划不來"或"不合算"。
　　"上算"在普通話中的這些詞義，粵語中也同樣使用。但是，值得留意的是，粵語"上算"一詞還另有其義。由例③中的"支持人強馬壯的主隊才是上算"可以看到，其中的"上算"並非"合算"、"划得來"，而是"上策"、"高明的做法"之意。同樣，例④中的"上算"也是一個名詞，意為"上策"或"聰明的計劃"。對此，再補充幾個例子：

校評是否以“科目為本、總結經驗，增撥資源逐漸推行”較為上算呢？（香港《信報財經新聞》，2006年10月21日）

只要他們懂得運用時間，明白到讀書的重要性，從而找出一個適合自己又有效的讀書方法才是上算，只要努力過便無愧於心。（香港《蘋果日報》，2006年9月7日）

這兩例中的“上算”一詞都意為“上策”、“高明的方法”。

粵語“上算”的這種用法是普通話沒有的。“上算”如何會具有“上策”、“高明”等詞義呢？其實，“上算”的這一詞義遠比“合算”義歷史為長。《宋書》卷九十五有“匈奴之與中國並也。自漢氏以前，綿跨年世，紛梗外區，驚震中宇。周無上算，漢收下策”之句。其中的“上算”即與“下策”相對，意為“上策”。由此可見，“上算”在粵語中含“上策”之義，古已有之。相比之下，普通話“上算”的詞義，卻是晚近才產生的轉義。

異義撮要 👑

上　算	
普粵共同含義	合算（以較少人力、物力取得較大收效）；便宜；划得來
粵語特有含義	上策；高明的計策

口氣

〔普〕kǒuqì
〔粵〕heo²héi³

生活用例 🌿

◎ 普通話義

① 我覺得×小姐好像跟車的主人應該關係不一般，要不然不可能用這種命令式的口氣跟司機說話。（《北京晚報》，2006年8月30日）

② 城城口氣大：未來10年成頒獎禮常客。（香港《星島日報》，2005年11月16日）

◎ 粵語義

③ 健康的動物不應該有口氣，所以當動物出現口氣，主人便要多加留意，尤其當氣味帶有其他味道。口氣的成因，是由於食物殘留在牙縫中，引至細菌侵蝕牙齒，形成牙周病。（香港《都市日報》，2006年5月22日）

④ 生薏仁(生薏米)能清熱，適合內濕及濕熱人士(如……早上未梳洗時見舌苔黃而膩、口氣大等)應用。（香港《明報》，2006年6月23日）

詞義辨析 🍁

"口氣"一詞的本義，是"口"裏散發出來的"氣"或"氣味"。在普通話中，這個詞的本義已消失，轉為專指人說話時的口吻、態度、氣勢、感情色彩及言外之意。例①中的"要不然不可能用這種命令式的口氣跟司機說話",意指這位小姐使用命令式的說話口吻。"口氣"的這一詞義,在粵語也同樣使用,例如,在例②的粵語句子中的"城城口氣大",意思是指城城這個人當時"說話的氣勢很大"。再如,"聽口氣,好像他知道事情的真相",其中的"口氣"是透露出來的"言外之意",與"口風"同義,也是粵語和普通話共同使用的詞義。

"口氣"的這些詞義,早在近代漢語中已被使用。例如,《儒林外史》第一回:"老師前日口氣,甚是敬他;老師敬他十分,我就該敬他一百分。"其中的"口氣"便是態度的意思;《喻世明言》第十卷:"再說善繼聽見官府口氣利害,好生驚恐。"其中的"口氣"亦可作"態度"和"氣勢"解;《紅樓夢》第七十回:"寶玉笑道:'我不信。這聲調口氣,迥乎不像蘅蕪之體,所以不信。'"其中的"口氣"為"口吻"之義;《官場現形記》第五回:"等我上去找着嬤子,探探口氣看是如何,再作道理。"其中的"口氣"為"口風"之義。

不過,粵語的"口氣"除具有上述各義之外,還同時保留和繼續使用"口氣"一詞的本義,即指"口中發出的氣味",尤指口中有強烈刺激性和難聞的氣味。例③粵語例句所說"健康的動物不應該有口氣,所以當動物出現口氣,主人便要多加留意",其中的"口氣",當然不會是指動物說話的態度或氣勢;例④"早上未梳洗時見舌苔黃而膩、口氣大"中的"口氣",亦不會是"言外之意"或"口風"之類的詞義。這裏所說的"口氣",都是指由口裏散發出的氣味。

普通話指稱這種口裏的氣味為"口臭"、"臭氣"或直接說嘴裏"有味兒",而不稱其為"口氣",例如:"你嘴裏有點味兒"、"他有口臭"、"那個人滿嘴臭氣"等等。由於今日普通話的"口氣"已無"口臭"之義,所以,操粵語人士若將"口氣"一詞當作"口臭"用,可能會使普通話人士不知所云。

異義撮要 🔱

口　氣	
普粵共同含義	說話人的口吻、態度、氣勢；說話時的感情傾向、言外之意
粵語特有含義	由口腔發出的難聞氣味；口臭

口齒

〔普〕kǒuchǐ
〔粵〕heo²qi²

生活用例

◎ 普通話義

① 金像影后周迅日前被吳君如大爆鏡頭前口齒伶俐，但鏡頭後卻有口吃毛病。（《北京晨報》，2006年4月15日）

② 未入娛樂圈前，阿雪在商場當DJ，怪不得她口齒非常伶俐。（香港《星島日報》，2006年7月29日）

◎ 粵語義

③ 其實行善係個人決定，不過口齒就人人都要有囉。（香港《頭條日報》，2006年7月27日）

④ 問到怕不怕得罪無線？江華說：“不怕得罪任何人，工作要有口齒，我應承人在先。”（香港《明報》，2003年9月29日）

詞義辨析

上面的例③和例④中使用的“口齒”一詞，與例①和例②中使用的“口齒”，意思完全不同。

“口齒”一詞，原是“口”與“齒”的合稱，“口”指人的口腔、嘴巴，“齒”指口中排列在前面的牙齒。因為“口”和“齒”也是說話的器官，配合聲帶發音，所以，"口齒"一詞後來又以口腔器官指代其作用，引申用來泛指人的言語或說話能力。例如，"口齒清晰"、"口齒伶俐"，即指說話口音清晰，言語機敏。這便是例①和例②中"口齒"一詞的意思。推而廣之，"口齒伶俐"又指人能言善道。

"口齒"用作"說話能力"一義，可能始於清代時期的北方地區。例如，《紅樓夢》第六回："⋯⋯這位鳳姑娘年紀雖小，行事卻比世人都大呢。如今出挑的美人一樣的模樣兒，少說些有一萬個心眼子。再要賭口齒，十個會說話的男人也說他不過⋯⋯"，其中的"口齒"意思是"說話能力"；《紅樓夢》第六十八回："你但凡是個好的，他們怎得鬧出這些事來！你又沒才幹，又沒口齒，鋸了嘴子的葫蘆，就祇會一味瞎小心圖賢良的名兒"，其中的"沒口齒"，意思是"沒有能言善道的本事"。

但是，粵語的"口齒"一詞，除了具有上述的詞義之外，還兼有另一個特別的意思，即"口碑"、"信譽"、"信用"之義。"有口齒"即"有信用"。"做生意要講口齒"是說"做生意要有信譽"，即要說話算數。這便是例③例④中的"口齒"一詞的意義：例③"其實行善係個人決定，不過口齒就人人都要有囉"，意思是說，是否行善雖然可由個人來決定，但是口碑就應當人人都要有；例④"工作要有口齒，我應承人在先"，意思是說：工作要有信用，既然已經應承了人家，就必須完成。

粵語的"口齒"一詞是向另外的方向引申了"口齒"所具有的"言語"或"說話"之義，賦於"口齒"以"議論"、"口碑"之義，進而引申出"信用"、"信譽"等詞義。這些都是普通話的"口齒"一詞沒有的意義。

由此可見，粵語人士在使用"口齒"與普通話人士溝通時，不但要"口齒清楚"，還要善用"口齒"一詞，以避免引起不必要的誤會。

異義撮要

口　齒	
普粵共同含義	言語；説話能力
粵語特有含義	信用；信譽；口碑

大伯

〔普〕dàbó
〔粵〕dai⁶bag³

生活用例 ❉

◎ 普通話義

① 當天下午3時許，在右安門醫院5樓燒傷科門外，孩子的大伯告訴記者，被燒傷的孩子叫小雪，今年只有1歲半。（《北京晚報》，2006年8月31日）

② 祖父膝下有八男三女。我大伯黎錦熙，是語言專家。（《北京日報》，2006年10月13日）

◎ 粵語義

③ 雖然曾蔭培不肯評論是否支持長兄做特首，一句"一向好支持佢"，已盡在不言中；其妻亦表示支持大伯做特首。（香港《新報》，2005年3月19日）

④ 死者的妻子則稱，丈夫生前對兄長比對妻兒還好，六年前大伯失業，丈夫出錢接濟大伯一家，還接大伯一家來住，並讓出主人房，自己兩夫婦住小房。（香港《東方日報》，2006年5月27日）

詞義辨析 ❁

"伯"一稱古有兩用，一稱同輩之長兄（"伯兄"），一稱父親之長兄

（"伯父"）。兩"伯"之間輩份不同。

"伯"在現今普通話中主要用於稱父親的兄長，亦稱"伯父"。由此，父親的長兄為"大伯"或"大伯父"；父親的次兄為"二伯"或"二伯父"等，以此類推。例①以及例②中的"大伯"，指的都是父親的兄長。

與普通話同樣，粵語中亦可以稱父親之兄為"伯父"，例如：

大埔一個三代同堂的公屋戶，昨險釀成倫常慘案，疑因12歲姪兒口不擇言，冠以有智障的大伯為'白癡仔'稱號，昨午其大伯終忍無可忍，一聽指罵突狂性大發，手持一呎長利刀怒刺姪兒。（香港《成報》，2006年6月17日）

此中之"大伯"即為父親的哥哥。

但是，例③和例④的情況則不同。例③中，曾太太稱丈夫的兄長為"大伯"，這是粵語的特別用法，即呼"丈夫之兄"為"伯"。例④的故事同樣說明"大伯"在粵語中可以作為妻子對丈夫兄長的稱呼。

在普通話中，妻子對丈夫之兄不稱"大伯"，但是，卻使用與"大伯"有一字之差的"大伯子"或"大伯哥"。不過，這一字之差，令"伯"的讀音發生了變化。稱呼父親之兄的"伯"，在普通話中讀bó，而稱呼丈夫之兄的"大伯子"中的"伯"，在普通話中讀bǎi。所以，"大伯"與"大伯子"（或"大伯哥"）在普通話中是兩個不同的稱謂詞。

作為對丈夫的哥哥的稱呼，"大伯子"一詞在明清時期已廣為使用。例如，《紅樓夢》第四十八回寫道："老太太想一想，也有大伯子要收屋裏的人，小嬸子如何知道？"第一百零三回寫道："賈璉雖是大伯子，因從小兒見的，也不迴避。 寶釵進來見了母親，又見了賈璉，便往裏間屋裏同寶琴坐下"。這兩處所使用的"大伯子"一稱，指的都是丈夫之兄。

另外，如上所言，雖然對於丈夫的兄長，粵普所用的稱呼有異，但對於父親的兄長，普通話和粵語都使用"大伯"或"伯父"來稱呼。而有趣的是，對於"大伯"或"伯父"的妻子，普通話與粵語又有不同的稱呼：普通話稱"伯母"或"大媽"；粵語則用"伯娘"。粵語不使用"大媽"稱"大伯"或"伯父"的妻子可能與舊時一夫多妻的習俗有關（見下頁"大媽"條），但是，粵語為何不使用"伯母"一詞呢？原來，這是出於避諱的原因。"伯母"在粵語中與"百無"諧音，所以粵語將"伯母"改稱作"伯娘"。而廣東鄉村有些地區舊俗甚至為避用"伯母"一稱，不惜將"伯母"改稱作"伯友（百有）"，"因為稱人家'事事齊備'，自然較說別人'一無所有'來得中聽"（香港《星島日報》，2004年4月1日）。

異義撮要 ♕

大　伯	
普粵共同含義	父親的兄長
粵語特有含義	丈夫的兄長

大媽

〔普〕dàmā
〔粵〕dai⁶ma¹

生活用例 ❋

◎ 普通話義

① 現在吃點兒青菜比吃雞蛋還貴！"一位剛從菜市場出來的大媽告訴記者。(《北京娛樂信報》，2006年8月24日)

② 記者看到，不論是頭髮花白的大媽，還是激情肆意的中學生，都全神貫注地投入到這場比賽當中。(《北京晚報》，2006年8月23日)

◎ 粵語義

③ 辯方求情時指，男被告家境甚佳，家裏除父親、生母和妹妹外，還與一名"大媽"同住。(香港《東方日報》，2006年8月22日)

④ 阿尉表示，父親……與一名女子相好，便開始家無寧日："那個女子懂得落降頭，大媽盲眼可能和她有關，爸爸仲中了降，要終日戴住一隻戒指，否則就會死於非命。"(香港《星島日報》，2006年7月26日)

詞義辨析 ❀

稱母親為"媽"，最早見於中國古書記載的是在宋代，後來發展成為對老年婦人的一種通稱。可能與"媽"的"婦人"之義相關。明清之時，老年女傭被稱作"媽媽"、"媽媽子"、"老媽子"、"老媽"或"老媽兒"等

（見本書頁84，"老媽子"條）。

古時母親被稱作"母"，庶子可稱父親的嫡配為"大母"。後來由於使用了"媽"作為對母親的面稱，所以，"大媽"便意為"大母"，成為庶子對父親嫡妻的稱呼。至今，粵語的"大媽"仍沿用這一稱呼。上述例③和例④中的"大媽"均指父親的嫡妻。

但是，普通話今日使用的"大媽"一詞已不具有古時"大母"的詞義，即，不指父親的第一任妻子。這大概是由於多妻現象在現時較為罕見的緣故。"大媽"在普通話中被廣泛用作對年長婦人的尊稱。例①及例②中的"大媽"，均是指年長婦人。

需要留意的是，除了作為泛稱使用，"大媽"在普通話中亦是親屬稱謂的一種，其所指與自己的母親無關，而是指伯母，即對父親兄長之妻的稱呼，是伯母的另稱。由於北方方言又可稱母親為"娘"，所以，與"大媽"相對應，普通話又稱伯母為"大娘"；而"大娘"亦同樣可作為對年長婦人的通稱。

作為親屬稱謂，普通話的"大媽"或"大娘"一般用作稱呼排行第一的伯父之妻。若有兩個或更多的伯父，普通話則可按各位伯父的排行，將其妻子依順序稱作"二大媽"、"三大媽"或"二大娘"、"三大娘"等，但不能簡呼之為"二媽"、"三媽"等。

若作為尊稱，普通話稱年長的婦人，可以直呼"大媽"或加上姓氏，例如：趙大媽、李大媽，等等。這種作為泛稱的"大媽"，近年粵語也有逐漸使用的趨向。但是，作為親屬稱謂，粵語依然不將"大媽"當作伯母的稱呼。

與親屬稱呼相似，"大媽"可以作為普通話對年長婦人的通稱，"大娘"也同樣可以。不過，須留意，"大媽"一稱多用在城市，或多用於對城市生活的年長婦人的稱呼；而"大娘"則多用於農村，或多用於對農村生活的年長婦女的稱呼。請看下面這位來自西非的留學生在北京的故事：

他和街坊們的關係挺好，見面總是客客氣氣地打招呼，"叔叔阿姨大爺大娘"叫得特親。鄰居王淑珍大媽被他叫得都不好意思了，總笑着說："這孩子，怎麼叫我大娘啊？我又不是山東老太太，叫大媽。"（《北京晚報》，2006年10月20日）

從上面的例子可以看出，鄰居王淑珍要求這位會說漢語的留學生用"大媽"稱呼她，而不要使用"大娘"。這是因為"大娘"一般是對"山東老太太"的稱呼，而"山東老太太"在北京其實是泛指農村的鄉下老太太，而不是專指來自山東省的老年婦女。

異義撮要 ♔

大　媽	
普通話含義	伯父的妻子（伯母）；對年長婦女的尊稱
粵語含義	庶子對父親嫡妻的稱呼

大話
〔普〕dàhuà
〔粵〕dai⁶wa⁶

生活用例

◎ 普通話義

① 孫海平說，……如在比賽中有高手緊跟着劉翔衝刺，劉翔很可能突破世界紀錄。這是大話還是有根據的推斷？孫海平再次被推到了風口浪尖。當地時間11日，孫海平所說的一切都被驗證了。（《北京日報》，2006年7月13日）

② 東漢王充《論衡》裏有一句"儒者之言，溢美過實"的評語，那意思說白了，不過是"文人好吹牛"。鄧拓在《燕山夜話》裏糾正此論，說道："愛說大話的還有其他各色人等，決不只是文人之流。"（《北京日報》，2006年5月22日）

◎ 粵語義

③ 個的士司機即時趕我落車，話我上車的地方是禁區，可是他既然停得在我面前又俾我開門，之後才說那是禁區，分明就是講大話。（香港《星島日報》，2006年7月28日）

④ 八歲大話王報假案被捉。柴灣八歲嘅"大話小王子"疑前日報假案得逞後，昨日下午重施故伎報稱遇劫，警方成功追線當場將他擒獲，豈料他再向警員報上家居嘅"假電話號碼"。（香港《東方日報》，2004年11月7日）

詞義辨析 ※

　　"大話"在普通話和粵語中的詞義有所不同。

　　普通話的"大話"是指一個人誇大事實、或過分炫耀自己的優點和能力，即"自吹自擂"、"虛誇"或"誇大其詞"的意思。與這種"說大話"相近的詞語有"吹"、"吹噓"、"誇口"、"吹牛"或"吹牛皮"等。上面列舉《北京日報》使用"大話"一詞的兩段文字便是典型的例子。例①中的"這是大話還是有根據的推斷"，意為"這是誇口 / 吹牛還是有根據的推斷"；例②中的"愛說大話的還有其他各色人等"，意為"愛吹牛的還有其他各色人等"。

　　"大話"在普通話中還有一個意思是"大道理"、"空道理"。例如，"不要光說大話，最好做出個樣子來給大家看看"這句話，其中的"大話"便不是吹牛之義，而是"大道理"、"空道理"的意思。

　　在粵語中，"大話"沒有"誇口"和"吹牛"的含意，而是"謊言"、"假話"之義；"講大話"是"說謊"、"騙人"的意思。所以，上面例③和例④中的"大話"一詞，只有用"謊話"、"假話"才能解釋，而不是普通話的"吹牛"或"誇大其詞"之義。例③"既然停得在我面前又俾我開門，之後才說那是禁區，分明就是講大話"，是在說那位出租車司機分明在"講假話"；例④的"大話王"便是向警員報假案的"謊話大王"。

　　"大話"一詞在近代漢語中已被使用，一般用作"吹噓"、"誇大其詞"之義。例如：

　　　　行者笑道："獃子嘴臉，不要虛驚！若論滿山滿谷之魔，祇消老孫一路棒，半夜打個罄盡！"八戒道："不羞，不羞，莫說大話！那些妖精點卯也得七八日，怎麼就打得罄盡？"（《西遊記》第七十四回）

公子道："一百兩財禮，小哉！學生不敢誇大話，除了當今皇上，往下也數家父。就是家祖，也做過侍郎。"（《警世通言》第二十四卷）

上述《西遊記》和《警世通言》兩例中的"大話"顯然都是"虛誇"、"吹牛"之義，而非指"謊言"。

當然，"謊言"也可能是一種"吹噓"，因為"吹噓"一定是誇大了事實。虛誇的、不能兌現的"吹牛"、"誇大其詞"，實際上便是"假話"，進一步便可視為"謊話"、"騙人之言"。例如：

賈政嗔道："放屁！你們這班奴才最沒有良心的，仗着主子好的時候任意開銷……如今你們道是沒有查封是好，那知道外頭的名聲。大本兒都保不住，還攔得住你們在外頭支架子說大話誆人騙人，到鬧出事來望主子身上一推就完了。"（《紅樓夢》第一百零六回）

其中賈政說的"你們在外頭支架子說大話誆人騙人"一語，顯然已道出"大話"可以"誆人騙人"。所以，今日的粵語將"大話"的本義由"吹噓的話"引申而成為"謊話"亦有其道理。

但是，"謊言"與"吹噓"在欠真實的程度上畢竟有所分別。粵語的"大話"使用的是"謊話"之義，而普通話則使用"吹噓"的詞義，所以，粵語的"大話"，詞義比普通話的"大話"嚴重。而普通話義的"大話"，粵語則說"車大炮"。

順便提及，粵語還有一個AABB式的"大話"，即"大大話話"。這個"大話"其實並不是由作為"謊話"的"大話"一詞轉變而來的形容詞，而是"大概說來"、"粗略估計"的意思。例如：

大大話話花了百億成本"弄熟"這片禁區土地後,究竟在這裏發展什麼高增值活動呢?(香港《明報》,2006年10月3日)

這裏的露天泉區面積很大,裏面大大話話都有40多個不同特色的泉池。(香港《東方日報》,2006年10月17日)

上述兩例中的"大大話話"是"大概說來"、"粗略估計"之義,與普通話或粵語中的"大話"一詞並不相干。

異義撮要 ♕

大 話	
普通話含義	吹牛,誇大事實的吹噓;大道理,空道理
粵語含義	謊話;假話;騙人的話

天書

〔普〕tiānshū
〔粵〕tin¹xu¹

生活用例 ❋

◎ 普通話義

① 中國東北鴨綠江邊一塊1600多年前的石刻上的神秘"天書"，近日被一名業餘考古愛好者破解。（北京《人民日報》，2002年10月8日）

② 長期以來，醫生處方字跡不清，語言含糊，常令患者一頭霧水。9月1日起由衛生部等公佈的"處方管理辦法（試行）"的施行，有望使種種"天書處方"退出舞台。（北京《人民日報》，2004年9月12日）

◎ 粵語義

③ 陳鍵鋒昨日……表示將會擔任奧運主持，但做奧運主持前要先熟讀四吋厚的天書，到時才不會像門外漢。（香港《明報》，2004年8月7日）

④ 深圳布吉警方上周三根據線報在區內一空置商舖內查獲六萬多冊六合彩"天書"，七名潮汕籍男女當場被捕。（香港《東方日報》，2004年12月13日）

詞義辨析 ❁

普通話的"天書"通常有三種意思：（1）託稱自天而降的書卷或書簡（神靈或仙人的著述），古時常有此類傳說；（2）由"天降之書"引申而來，比喻難以辨認的文字或難以讀懂的文章；（3）古代天子的詔令、詔書。在日常生活中，普通話使用較多的是第二個詞義，即難以辨認的文字和艱澀難懂的文章。"天書"的這個詞義在明清時已廣為使用，例如，《紅樓夢》第八十六回："妹妹近日越發進了，看起天書來了。"其中的"天書"即指難懂的書。以上普通話義例①和例②中的"天書"，均指難懂的文字。例如，高句麗的神秘"天書"，即指無法破解的文字；"天書處方"指字跡難以辨認的處方。

但是，在例③和例④的粵語義用例中，可以看到，"天書"似乎並不難懂，甚至可以是普遍應用的書。在例③中，陳鍵鋒表示要先熟讀四吋厚的"天書"，才能擔任奧運主持，顯然"天書"指的是工作指南；例④中的六萬多冊六合彩"天書"，指的是講解如何贏取六合彩的書籍。可見，粵語中的這種"天書"與普通話的"天書"大相徑庭。

在香港，所謂"天書"，常稱作"考試天書"，多指"應考輔導書"，用於幫助學生解決考試中的疑難問題。此外，"天書"也用於稱呼其他具指導性質的書籍，例如，指導人們如何投資、如何經營生意，甚至指導人們如何旅遊等類書籍，都可冠之以"天書"的名稱。由此可見，粵語中的"天書"一詞，有"秘訣"、"竅門"或"指南"之義。這種詞義的產生，或許與意為來自上天的"天書"的本義有關。因為自天而降的"書"攜帶着某些"天機"，必然對人有啟蒙、醒示、指引的作用。所以，粵語的"天書"便引申其義而用來指具有"指導"或"輔導"用途的書籍。

由此看來，作為一種比喻用法的普通話"天書"指讓人無法解讀的"難題"；而粵語的"天書"則指提供解決難題的訣竅或途徑。兩者的意義剛好相反，人們在使用時應該加以分辨。

異義撮要

天　書	
普通話含義	喻指難以讀懂的書或文字
粵語含義	應試輔導書；具指導用途的讀物

天棚

〔普〕tiānpéng
〔粵〕tin¹pang⁴

生活用例

◎ 普通話義

① 她自己精神恍惚，一連幾天望着天棚睡不着覺，覺得自己快要瘋了。（北京《人民日報》，2006年8月23日）

② 這棵腰圍粗壯、高大茂密，離着老遠就能看見的古槐……就像一把巨大的傘，又似一頂綠色的天棚，蔥蘢的枝葉遮蓋了夏季天兒灼熱的驕陽，院兒裏涼爽宜人。（《北京晚報》，2006年5月14日）

◎ 粵語義

③ 該商場頂層另有70萬方呎露天公園，將提供近20間租予食肆的相連商舖，冀打造成九龍蘭桂坊。何恆光以"天棚蘭桂坊"來形容商場的頂層。（香港《明報》，2006年7月19日）

④ 夏佳理大爆自己的童年經歷，話自己十多歲時，與表哥、表姐等一起到外公家拜年，一收到利是，眾人就會上天棚開局，玩魚蝦蟹、麻雀、啤牌等。（香港《星島日報》，2006年5月28日）

詞義辨析

"天棚"，在普通話中本指房屋內部，以及接近屋頂加建的防護層或裝飾層，一般用木板等質地較輕的材料做成，具有保溫、隔音、美觀等作用。但是，現代的鋼筋水泥樓房已經很少再有這種意義上的"天棚"了。因此，"天棚"在普通話現時的使用中，通常指室內的"屋頂"或"天花板"，例①中的"天棚"，指的便是天花板。

事實上，"天棚"一詞本來是泛指遮雨遮光、遮擋天空的"棚"。例②中喻指古槐"似一頂綠色的天棚"，意為古槐好像一個"遮擋來自天上的陽光的棚子"。魯迅的《趙子曰》中也使用了同樣的"天棚"一詞："小野狗們都躺在天棚底下，一動也不動的伸着舌頭只管喘"。由於小野狗們躺在"天棚"底下，可見這個"天棚"是遮擋天空的棚子。

與普通話不同，粵語"天棚"一詞指位於房屋上面的露天平台，是室外的屋頂，而不是普通話所指的室內屋頂。所以，例③所見，商場頂層露天平台可稱作"天棚"；例④中的"上天棚開局"，意指到房頂平台上玩耍。

粵語的這種"天棚"，類似普通話的"陽台"、"曬台"、"露台"或"平台"，但又有稍許不同。因為，普通話的這些詞語，一般只適用於設置在樓房室外側面的各種"露台"，通常不用來指房屋頂部的"平台"。假如特指屋頂上面的"平台"或"曬台"，則須附加"房頂"等限制詞，例如，"房頂平台"、"樓頂陽台"等。

"天棚"一詞在粵語和普通話中似乎剛好是上下顛倒、內外相反。就建築物而言，普通話的"天棚"處於室內的上方，而粵語的"天棚"則處於室外、並可供人站立其上、踏在腳下。

順便提及，當作"樓頂平台"之義的粵語"天棚"一詞，讀音稍有變化。"棚"在粵語中讀pang⁴，陽平聲；但在"天棚"一詞中，"棚"粵語讀pang²，陰上聲。

異義撮要

天　棚	
普通話含義	室內天花板，室內屋頂；泛稱遮擋雨或陽光的棚子
粵語含義	房頂平台；房屋上面的露天陽台

水泡

〔普〕shuǐpào
〔粵〕sêu²pou⁵

生活用例 ✤

◎ 普通話義

① 衛生防護中心提醒市民，……若皮膚因而起了水泡，切勿弄穿。（香港《明報》，2005年1月26日）

② 孟慶春來到面包車前一看，一個不到兩歲的小男孩胸前和肚子上起了水泡，正在哭泣。（《北京娛樂信報》，2006年7月10日）

◎ 粵語義

③ 警員 "阿華" 與三名消防員趕抵，……持水泡跳入海拯救，順利將事主攬住，並套上水泡以防遭暗流捲走。（香港《成報》，2003年9月27日）

④ 一歲半男童……一時百厭將放在廁所馬桶上的小童廁板當成水泡把玩，將之套在身上。（香港《明報》，2004年9月16日）

詞義辨析 ❀

"水泡" 一詞，在粵語和普通話中的基本義都是指氣體在水中形成的球狀或半球狀體。這種 "水泡" 也可稱作 "氣泡"。除了指在水中形成的氣體球形物之外，"水泡" 還可用來指內含水的球狀物。例①和例②中的 "水泡”，是指人體皮膚所鼓起的、內含水份的球狀物（泡）。這種皮膚下聚積漿液而成的小隆包，也寫作“水疱”。

　　粵語的“水泡”一詞，除上述的詞義外，又有一個轉義，指救生圈。普通話“救生圈”（俗稱之為“太平圈”）是以該物體的功能和形狀來命名的，因該物可以有“救生”的功能，又是一個圓圈狀物體，所以用“救生”加“圈”組成為一個複合詞；粵語用“水泡”稱之，是因該物體的形狀似“泡”，又能浮在水上，便用“水”和“泡”組合成為“水泡”一詞。例③“警員‘阿華’與三名消防員趕抵，……持水泡跳入海拯救，順利將事主攬住，並套上水泡以防遭暗流捲走”這一段，說的是警員與消防員拿着救生圈跳進海拯救落水者，並給落水者套上救生圈以防被暗流捲走；例④報導了一個男童把馬桶上的小童廁板當成了“水泡”把玩，其中的“水泡”亦是指“救生圈”。

　　由於普通話的“水泡”無“救生圈”之義，所以，粵語人士在使用“水泡”一詞時，要格外小心，避免在緊急時刻無法讓普通話人士及時拋出“救生圈”以向有需要的人士施以援手。

異義撮要

水　泡	
普粵共同含義	水中由氣形成的球狀物；由水內充的球狀物
粵語特有含義	救生圈

手

〔普〕shǒu
〔粵〕seo²

生活用例 ❋

◎ 普通話義

① 他創造性地設計了一個輸入方案,利用標準鍵盤一鍵一擊,一隻手打聲母、另一隻手打韻母。(《北京晚報》,2006年7月5日)

② 運動員可以使用除了手和胳膊以外的身體的各個部位控球、帶球和傳球。(《北京晚報》,2006年2月27日)

◎ 粵語義

③ 劉翔身高1米88,手長腿長。(香港《明報》,2004年8月28日)

④ 手長腳長的麗莎,在攀石牆輕易地左上右落,身手敏捷正是她的強項。(香港《成報》,2004年7月17日)

詞義辨析 ✿

粵語和普通話中"手"一詞的所指部位有所不同。上述例①和例②《北京晚報》的用例顯示,"手"只是人體上肢的前端部分,不包括"胳膊"或"上臂"。也就是說,普通話將"手"與"胳膊"分開,把它們看成是人體的兩個部分。但是,例③和例④中粵語使用的"手",其所指的部位則包括了普通話的"手"和"胳膊"兩個部分，即指手和臂在內的人體上肢。所以，例③和例④中的"手長"並不是說"手掌長"，而是普通話所說的"胳膊長"，即"上臂（肢）長"，包括了胳膊和手兩部分。

考《說文解字》："手，拳也"。段玉裁註："今人舒之為手，捲之為拳，其實一也"，意思是說，伸開來便是手，握起來便是拳，手和拳是一物異名。普通話的"手"便是指"拳"所包括的部位——手指和手掌，即上肢前端可以用之持物的人體部位。但是，"手"在粤語中則包括從肩膀以下到手指的部位，即普通話的"手臂"。這與粤語的"腳"包括了普通話的腿和腳兩個部分相同，詞義範圍顯然比普通話大（見本書頁248，"腳"條）。

附帶說明，由於普通話的"手"只是指手腕以下的手掌和手指部分，所以，普通話不會用"手長"表示"上臂長"。但是，普通話也有"手長"這樣一種說法，是一種比喻，喻指一個人把權力、勢力延伸到不應該到的地方；換句話說，是把"手"伸到了別人管轄的範圍之中了。"手長"，在普通話中具貶義色彩。所以，若不明白普通話與粤語的詞義差異，粤語的"手長"一詞，在普通話人士聽來不但不是稱譽之詞，反而會被誤解為有貶斥之意。

異義撮要 ☙

手	
普通話含義	手腕以下，包括手掌和手指的人體上肢前端部分
粤語含義	包括手和胳臂在內的全部上肢部分

手勢

〔普〕shǒushì
〔粵〕seo[2]sei[3]

生活用例

◎ 普通話義

① 今年六十開外的鄭達玉，看上去沉穩、幹練，說話時喜歡用手勢配合自己的語氣，他用得最多的手勢是拳頭。（《北京晚報》，2002年12月4日）

② 骨瘦如柴的老人的頭髮已經全白，不願多談的她僅用手勢示意。(香港《成報》， 2006年7月14日)

◎ 粵語義

③ 何坦言近年每個月都會接獲內地整容失敗返港"執手尾"的個案，大部分為隆胸失敗手術，……"內地醫生嘅手勢都睇到慣，有時一睇就知係大陸貨。"（香港《東方日報》，2006年7月13日）

④ 陳鍵鋒包紮手勢一流。"紅十字青少年大使"陳鍵鋒，昨日為該會之嘉年華會示範急救，包紮頭傷之手勢純熟……。（香港《東方日報》，2004年12月20日）

詞義辨析

"手勢"在粵語和普通話中的基本義是相同的，指"用手做出的一種姿勢"。這種"手勢",一般是為了輔助傳達某種意思,例①和例②中的"手勢",使用的都是這一基本詞義。

"手勢"在粵語中還有一個特別的意義,那是指手工方面的技藝,即某種"手藝"或"技術",例如烹調、縫紉、理髮等技藝或技術。例③所謂"內地醫生嘅手勢都睇到慣",用普通話表達,便是"內地醫生的技術都看習慣了";例④所謂"包紮頭傷之手勢純熟",用普通話表示,應是"包紮頭傷的技術純熟"。

由於"手勢"在普通話中沒有"手藝"、"技術"的詞義,所以,粵語的"手勢"一詞可能引致普通話人士的誤解。例如:

> 筆者則最欣賞秘製生中蝦,未吃已可聞到濃濃的香味,味道濃郁而不膩,蝦肉肉質爽甜新鮮。在筆者跟大廚做訪問途中,更有團友走來大讚大廚手勢好。(香港《星島日報》,2006年4月22日)

普通話人士可能會對這段文字誤解為團友正在稱讚大廚用手擺出了一副優美的姿態。再如:

> 打了兩個鐘頭網球,經過銅鑼灣耀華街,見一間腳底按摩店叫"十足十",進去按了兩個小時,環境舒適,師傅手勢極好,不一會便沉沉睡去。(香港《蘋果日報》,2006年4月11日)

普通話人士也可能將上面的報導理解為師傅以一個手的姿勢示意客人睡覺,因而收到極好的效果(不一會客人便沉沉睡去)。

其實,古時的"手勢"確有"手法"或"技藝"之意,例如可以指彈琴的手法。《魏書·裴叔業傳》有"子諧,頗有文學,善鼓琴,以新聲手勢"的記載,就是說裴叔業的兒子善於彈琴,使用新聲琴藝。粵語"手勢"即源此義而廣之，凡一切手工藝的"手法"均可稱之為"手勢"。所以，醫療、包紮、烹調等，當然也要有"手勢"了。可惜，該詞發展至今，此義在普通話中已盡失無遺。

異義撮要

手　勢	
普粵共同含義	手的姿勢（表達某種意思）
粵語特有含義	技藝；技術；手藝；手法

化學

〔普〕huàxué
〔粵〕fa³hog⁶

生活用例

◎ 普通話義

① 中華電力成功以低成本的環保方式，將其產生的化學廢物 "打回原形"，減少污染環境。（香港《明報》，2005年3月7日）

② 昨天，京華希望學校的百名小學生在中國科技館參加了巴斯夫 "小小化學家" 活動。學生們在化學實驗室裏動手製作 "超級吸收劑"、"廢紙再生" 和 "粉筆色譜法" 的小實驗，探索化學的奧秘。
（《北京日報》，2006年7月24日）

◎ 粵語義

③ 吳先生處理傷口後，心感茶几只用了個多月，為何如此 "化學"？（香港《蘋果日報》，2006年7月28日）

④ ××嘆謂："我終於體會到 '人生無常'，及梅姐（梅艷芳）成日講嗰句 '珍惜眼前人'，做人真係好化學。"（香港《東方日報》，2005年2月6日）

詞義辨析

"化學" 作為一門基礎自然科學的名稱，是粵語和普通話共同使用的。例①及例②中的"化學"使用的都是這一詞義。據說,在中國最初使用"化學"一詞的,始於外國傳教士偉烈亞力(Alexander Wylie)(劉廣定,1987)。他在1857年創刊的《六合叢談》月刊裏,首先用"化學"兩個漢字來翻譯英文Chemistry之後,"化學"便成為中文對這個學科的正式名稱,並出現一連串相關的詞語,如"化學工業"、"化學變化"、"化學方法"等。徐珂《清稗類鈔·戲劇類》記載,清朝晚期,京城、天津以及上海等地藝人表演的各類"戲法"(即雜技魔術)中,就有"化學奇術"。其中的"化學",指的是以化學方法製造而生的變幻奇象。

但是,上述例③和例④中的"化學",顯然不是指這種自然科學的學科。茶几為何如此"化學"中的"化學"意為"不結實"、"不耐用";而"做人真係好化學"中的"化學"則意為"變化無常"。這是"化學"在粵語中特有的詞義。

粵語為何以"化學"來形容物品不耐用呢?這可能與"化"的本義有關。"化"字本義是"變化"或"改變"。"變化"意味着與其原本的事物不相同了。其實"化學"的"化",的確是取其"變化"之義而來。明乎此,便可推想,粵語用"化學"來形容某物品不耐用,就是說其"容易變化"的意思。有趣的是,粵語將許多易變的事物,都用"化學"來形容。例④便是將人生短暫,生死無常,感而嘆之:"做人好化學!"

有學者對粵語"化學"一詞的"不耐用"詞義提出了另一種解釋:來自賽璐珞製品初出現市場時,曾以"化學製品"標榜,但因其不耐用,故"化學"成為不耐用、不牢固的借喻詞(陳伯煇,1998,頁140)。"賽璐珞"是英文celluloid的譯音,舊稱"假象牙",是塑料的一種。但是,無論如何解釋,"化學"一詞在普通話中卻一直未曾有過"不耐用"的詞義。因此,當遇見"化學"一詞在粵語中出現時,普通話人士須仔細作出分辨。

異義撮要

化　學	
普粵共同含義	一門基礎自然科學的名稱
粵語特有含義	物品不結實，不耐用；變化無常

公婆

〔普〕gōngpó
〔粵〕gung¹po⁴

生活用例 ✤

◎ 普通話義

① 武秀君也不太出門，在家裏侍奉公婆，照看孩子。（北京《人民日報》，2006年8月23日）

② 村裏評選"好媳婦"，岳靈桂在孝敬公婆上表現較差，被評為"差媳婦"。（北京《人民日報》，2006年9月17日）

◎ 粵語義

③ 事緣兩公婆睇戲睇出火，老公憤而拔走電視機插蘇，老婆質問起爭執，老公一怒之下勒妻頸。（香港《太陽報》，2006年9月13日）

④ 張兆輝於新片香港《衣櫃驚魂》與葉璇扮演一對夫婦，戲中葉璇行為怪異，不過輝哥笑言雖然扮演兩公婆，或許未必有機會同場。（香港《星島日報》，2006年9月12日）

詞義辨析 ❀

在粵語中，丈夫被稱為"老公"，妻子被稱為"老婆"。所以，"兩夫妻"可以被合稱為"兩公婆"。例③所說的兩"公婆"是一對夫妻，因為看電視而發生爭執；例④中的兩位藝員扮演一對夫婦，被稱為扮演兩

“公婆”。

普通話的“公婆”與粵語用法不同。在普通話中，丈夫的父親被稱為“公公”，丈夫的母親被稱為“婆婆”。因此，“公婆”合用，通常用作丈夫的父親與母親的合稱，即“公公和婆婆”的簡稱。例①中的“侍奉公婆，照看孩子”，指的便是侍奉丈夫的父母親和照看孩子；例②中的“孝敬公婆”，指的也是孝敬丈夫的父母親。

粵語和普通話對“公”“婆”的所指有明顯的不同，究其原因，有其歷史淵源。古時，“公”的本義是對祖父的稱呼，後來也用於稱父親。《廣雅·釋親》謂：“公，父也。”但是對於女子來說，“父”多用指自己的父親，“公”多用指丈夫的父親。例如，相傳宋國有人教唆其女嫁後私藏物品，結果“其子聽父計，竊而藏之，若公知其盜也，逐而去之，其父不自非也。”（《淮南子·氾論》）這裏的“父”與“公”指不同的人：“父”指這位女子自己的父親，“公”則指女子丈夫的父親。及至宋元之際，“公”在口語中多重疊使用，稱“公公”。同樣，在親屬稱謂中，“公公”多為婦女用來稱呼丈夫的父親。例如，《三國志平話》卷上：“學究妻子又來送飯，不見學究回來，告與公公得知，即時引長子等去尋。”此處“公公”即指丈夫的父親，非指自己的父親。

普通話保留了宋代以來，以“公公”指稱丈夫之父的用法。順便提到，與“公公”同義，北方方言中又有“公爹”一詞。“爹”指自己的父親，“爹”前加一個“公”，用來指丈夫的父親，以與婦女自己的父親作區分。

以“老公”稱丈夫，這個用法可以追溯到元明之際的口語。“老公”在元明時期已是“夫之通稱”。更準確地說，應是“夫之俗稱”。元代關漢卿《感天動地竇娥冤》第一折中有云：“不知他怎生知道我家裏有個媳婦兒。道我婆媳婦又沒老公，他爺兒兩個又沒老婆，正是天緣天對”。楊顯之《酷寒亭》第三折亦有“我老公不在家，我和你永遠做夫妻”一語。這裏是用“老公”指丈夫。明代馮夢龍《警世通言·玉堂春落難逢夫》中亦記沈洪之

妻皮氏"平昔間嫌老公粗蠢，不會風流"；《京本通俗小說‧錯斬崔寧》亦
有："你在京中娶了一箇小老婆，我在家中也嫁了一箇小老公"，皆以"老
公"指丈夫。粵語以"老公"稱丈夫，即此元明俗稱之延續。

　　普通話本來並不使用"老公"稱呼丈夫。不過，近年來，由於南北文化
交流頻繁，北方年輕人也開始流行用"老公"稱呼丈夫。這顯然是受到粵方
言的影響。

　　此外，粵語可以將"公"字疊用，"公公"指母親的父親，即外祖父、
外公；將"婆"字疊用，"婆婆"指母親的母親，即外祖母、外婆。

　　古時，"婆"字用來稱呼祖母，後來亦用作稱呼母親。到了唐代，
"婆"又常用以稱呼丈夫之母。《敦煌變文集‧秋胡變文》中即有"婆教新
婦，不敢違言"之句。此處"婆"即指丈夫之母。"婆"於宋以後口語中常
疊用為"婆婆"，特指丈夫的母親。例如，元代關漢卿《感天動地竇娥冤》
中，女主人公竇娥除少數情況稱丈夫之母為"奶奶"之外，一般都稱之為
"婆婆"。這種用法一直保留在今日的普通話中。但是，粵語則與此不同。
前文提到，"婆婆"在今日粵語中用以指稱母親的母親，即普通話的外祖
母，而非丈夫的母親。

　　"老婆"一詞，作為妻子的俗稱，在宋元時期已很普遍。例如宋代吳
自牧《夢粱錄‧夜市》中便記載有賣卦者叫嚷："時運來時，買庄田、取老
婆"（作者注："庄"、"取"為原版本所用字）；元無名氏《陳州糶米》
第　折也有"我做斗子十多羅，覓些倉米養老婆"之句。這些地方都用"老
婆"稱妻子。這一用法，同時保留在現代的普通話和粵語之中。

　　雖然普通話和粵語皆可稱妻子為"老婆"，但是，"公婆"合稱，在
普通話中則特指丈夫的父母，不指夫妻。普通話"公婆"的這種用法自古已
然，用例很多。《敦煌曲子詞‧搗練子》云："君去前程但努力，不敢放慢
向公婆。"此"公婆"指丈夫的父親和母親。明代高明《琵琶記》中趙五娘
多次使用"公婆"或"公公婆婆"，都是指丈夫的父母。

　　總之，"公婆"合用在粵語和普通話中有不同之詞義：粵語指稱夫妻；普通話則指稱丈夫之父母。還須留意，粵語常用"兩公婆"，少用"公婆"；而普通話則多用"公婆"，少用"兩公婆"。另外，"公婆"合指丈夫和妻子並非只限於粵語。在南方一些其他方言地區也有這種用法。例如，說湖南方言的毛澤東在《湖南農民運動考察報告》一文中便有"連兩公婆吵架的小事，也要到農會去解決"之句（《毛澤東選集》第一卷，1996，頁14），其中的"兩公婆"便是"夫妻"之義。

異義撮要 ♕

公　婆	
普通話含義	合稱丈夫的父親與母親
粵語含義	夫妻

月光

〔普〕yuèguāng
〔粵〕yüd⁶guong¹

生活用例 ✿

◎ 普通話義

① 試想，臨海舉杯，在月光或燭光掩映下，呷一口陳年波爾多紅酒，感受那絲般潤滑的柔美時，腦海中必然浮現的一派異域田園風光。（《北京晚報》，2006年7月15日）

② 東漢時期的張衡，在一千多年前就提出了"渾天說"，他指出月球不會發光，月光是由日光反射而成，且提出宇宙的無限性。（香港《太陽報》，2006年6月19日）

◎ 粵語義

③ 只可惜，外國月光未必特別圓。（香港《東方日報》，2006年8月2日）

④ 中秋節還未到，為何小四S班同學排排坐看月光？（香港《明報》，2006年7月21日）

詞義辨析 ✿

"月光"，作為"月的光輝"一義，在粵語和普通話中是共同的，例①和例②便是這種詞義的用例。但是，粵語的"月光"比普通話的"月光"多了一個含義,即可以用來指"月(月亮)"。粵語"月光"的這個詞義是普通話的"月光"所沒有的。普通話的"月光"只能指月亮灑下的光輝,而不能指"月(月亮)"本身。

例③"外國的月光未必特別圓",意指外國的"月亮"未必特別圓,而不是"月的光輝"未必特別圓;例④"小四S班同學排排坐看月光",意為學生在看"月亮",而不是在看月亮的光輝。

由於"月光"可用於對"月"的另一稱呼,所以,"月餅"在粵語中亦可稱之為"月光餅",例如2004年9月28日的香港《明報》有以下一段文字:"從前,貧窮人家買不起名貴月餅,便自製應節月光餅,以廉價的瓜類做材料,約手掌般大。如今市場推出的月光餅,卻足有7吋直徑,含糖霜、糕粉、水份及山梨酸,外形恍如明月",其中的"月光餅"指的便是"月餅"。

粵語用"月光"來指稱"月亮",是將"月光"的詞義轉移了,也可以說是一種"借代"。"借代"是詞義引申的常見方法之一,例如"他在我們公司有很多耳目",用"耳目"借指"打探消息的人","耳目"便由人體的一部分借代來指"人"。普通話的"月光"只有其本義,沒有"月"的借代引申義。

不過,有趣的是,"光"和"亮"本來均有"光線強(明亮)"的意思,但普通話選擇了將"月"與"亮"結合使"月"變為雙音節的"月亮",而粵語則選擇了將"月"與"光"結合使"月"變為雙音節的"月光"。這與普通話的"天亮"一詞,在粵語中使用"天光"一詞同樣,各自選擇不同的語素,但卻表達相同的意思。

粵語和普通話以不同語素組合而成雙音節詞來指稱"月"的用法,至少在明清時期已見於文學作品中。例如,《三國演義》第十二回中有"時約初更,月光未上"之句,其中的"月光"便顯然指的是"月",而不是"月的光輝";《紅樓夢》第一百零一回:鳳姐"走出門來,見月光已上,照耀如水”，其中的“月光”亦指的是“月”，而不是“月的光輝”，因為只有“月”才可能“上”，而“光輝”則不會有“上”或“下”。今日廣東話“月光”具有的“月”之義便是由此而來。

《儒林外史》第三十八回：“天色全黑，卻喜山凹裏推出一輪月亮來，那正是十四五的月色，升到天上，便十分明亮”；《紅樓夢》第三十一回：“翠縷聽了，笑道：‘是了，是了，我今兒可明白了。怪道人都管着日頭叫太陽呢，算命的管着月亮叫什麼太陰星，就是這個理了。’”顯然，這幾處出現的“月亮”指的是“月”，而不是“月的亮光”。今天，普通話用“月亮”這個雙音節詞來指稱單音節的“月”，應是由此發展而來。

簡言之，在近代漢語中，“月亮”和“月光”同為“月”的雙音節同義詞。這兩個詞後來被粵語和普通話各取其一用來作為“月”的含義來使用。

異義撮要

月　光	
普粵共同含義	月的光輝
粵語特有含義	月、月亮

心機　〔普〕xīnjī
　　　　　〔粵〕sem¹géi¹

生活用例 �֎

◎ 普通話義

① 不難想像，如果沒有受到威脅，羅納爾多何必窮盡心機解釋呢？（北京《人民日報》，2005年3月2日）

② 很多家長都重視親子溝通，費盡心機瞭解孩子的內心世界。（香港《明報》，2005年3月3日）

◎ 粵語義

③ 成日諗住架七人車被人燒咗嘅事，冇晒心機。（香港《東方日報》，2003年9月27日）

④ 中學生年級愈高愈無心機。……年級愈高的學生，愈覺得學校所學的知識偏離生活，獲得的知識對將來未必有幫助，愈感學習無趣，即"愈大愈無心機讀書"。（香港《明報》，2005年3月7日）

詞義辨析 ✿

　　在普通話中，"心機"與"心計"同樣具有"心思"、"腦筋"或"計謀"、"籌慮"之義。上述例①中"羅納爾多何必窮盡心機解釋呢"的意思為"羅納爾多何必絞盡腦汁解釋呢"；例②"費盡心機瞭解孩子的內心世界”意為“費盡心思瞭解孩子的內心世界”。

　　普通話“心機”的這種詞義古已有之。有學者考證，“心機”，源於《莊子·外篇·天地》，其中記一丈人為圃畦而不用“械”，因為“有機械者，必有機事。有機事者，必有機心。機心存於胸中，則純白不備。純白不備，則神生不定。神生不定者，道之所不載也。”“機械”和“機心”兩詞即出自於此。因為設計“機械”要有仔細的考慮、準確的計算，所以，能夠設計機械的人必有“機心”。由此，“機心”用來表示計慮謀略。“機心”到了六朝時代，可以寫為“心機”，意思仍然是計慮謀略（周國正，1999，頁41）。因為與“善於謀略”的人做朋友，人們多少都會有些顧忌，所以“心機”一詞往往帶有貶義色彩，例如成語“枉費心機”通常是對負面行為的描述。

　　粵語中，既有“機心”一詞，也有“心機”一詞，但兩者含意有不同。“機心”，含貶義，與普通話的“心機”一詞所表述的意思相符。但是，粵語的“心機”一詞則不同，其詞義已由“心思”、“腦筋”或“計謀”、“籌算”之本義，引申而為“用心”、“細心”、“耐心”、“努力”、“集中精神”、“投放心血”等義。例④“中學生年級愈高愈無心機”、“愈大愈無心機讀書”中的“無心機”，便是指“不用心”、“不努力”、“不集中精神”之義。再如，粵語“俾啲心機做事”意思是說“要用心做事”；“晒咗我好多心機”意思是說“費了我很多精神”。這種詞義古時也有，例如，唐代張籍《寄梅處士詩》中有此一句“擾擾人間是與非，官閒自覺省心機。”其中的“心機”亦為思慮、精神之義，並無貶義。

　　粵語中“心機”有時也可解作“心情”。例如，上述粵語義例③中的“冇晒心機”，意思是說“（我）心情不好”；再如，“冇心機去玩”意為“沒有心情出去玩耍”。“心機”在粵語中的的這些詞義，都是普通話所沒有的。

異義撮要

心　機	
普粵共同含義	心思、腦筋；計謀、籌慮
粵語特有含義	用心、細心、努力；精神、心情

打尖

〔普〕dǎjiān
〔粵〕da²jim¹

生活用例 ❊

◎ 普通話義

① 今年，海淀區新建10個餵鳥平台，用來款待那些飛得累了餓了的鳥兒們。到本月底，全市200多個這樣的餵鳥平台將成為數十萬隻遠道而來的候鳥中途休息打尖的所在。（《北京日報》，2005年10月12日）

② 他們不進賓館，不住招待所，歇息打尖，都是在路邊的雞毛小店和老百姓家裏。（北京《光明日報》，2006年9月8日）

◎ 粵語義

③ 亞洲遊戲展＋高清數碼展昨日起一連四天假會展舉行，……不少機迷對首日安排極為不滿，前日下午2時原本排頭位的周耀良指出，前晚10時30分突被會展護衛趕走，折返後只能拿到5號籌，但最"離譜"是開場時機迷一擁而上，主辦單位沒有控制秩序，"打尖"情況嚴重，他最後被迫至龍尾，更花近一小時才購得PS3。（香港《成報》，2006年12月21日）

④ 定期到屯門精神健康中心覆診的羅先生稱，近期他見不少輪候的病人以報紙或雜物霸位，然後離開隊伍，直至應診前才折返。他認為用雜物霸位容易惹起爭拗，又或會有"打尖"情況出現，易造成不公平。（香港《蘋果日報》，2006年12月24日）

詞義辨析 ❋

　　普通話和粵語都有"打尖"一詞，但各自詞義和用法不同。

　　普通話的"打尖"，意指旅途中短暫的休息，通常吃點東西以補充體力。例①中說今年北京市在許多地方設立了餵鳥平台，使遠道而來的候鳥可以"休息打尖"。例②是說一批年青人沿着當年紅軍戰士走過的長征路行進，"他們不進賓館，不住招待所，歇息打尖，都是在路邊的雞毛小店和老百姓家裏"。其中"歇息打尖"即指旅途中的短時的歇腳和吃東西。

　　粵語的"打尖"顯然與普通話的"打尖"詞義截然不同，既不指"休息"，也不指"暫時充飢"，而是指不依順序排隊、插進隊列的中間或搶佔前面位置之義，即與普通話"插隊"同義，是一種不禮貌和不守規矩的行為。在以"排隊文化"聞名的香港，這種"打尖"尤為人們所不齒。例③的報導說，"亞洲遊戲展+高清數碼展"在開展首日出現秩序混亂情況，因為不少人"打尖"，而令在前面排隊的人士反而被迫至隊尾。例④說，在醫務所排隊時有人用報紙等雜物"霸位"容易出現"打尖"情況，惹起爭拗。這些報導中使用的"打尖"一詞，指的都是普通話的所謂"插隊"。

　　作為"途中吃飯休息"之義的"打尖"一詞，最早見於清代的文學作品或雜記中。例如，《紅樓夢》第十五回："寶玉在車內急命請秦相公。那時秦鐘正騎馬隨着他父親的轎，忽見寶玉的小廝跑來，請他去打尖"；《官場現形記》第二十二回："賈桌台便從下一站打尖為始，約摸離着店還有頭二里路，一定叫轎夫趕到前頭，在店門外下轎，站立街旁"，此兩例中的"打尖"均指旅途中的吃飯休息。

　　但是，此詞來源不詳。清人福格認為，"打尖"乃"打火"之誤（見《聽雨叢談》卷十一，"打尖"條），因為意為"旅途中點火做飯"的"打火"一詞，廣見於金元以來的文學作品之中。例如，《西廂記》第四本第四折："天明也，咱早行一程兒，前面打火去。"《邯鄲記・入夢》："他家往來歇腳，在我店中，也有遠方商客，來此打火。"《水滸》第六十回："且說吳用、李逵二人往北京去，行了四五日路程，每日天晚投店安歇，平明打火上路。"其中所用的"打火"一詞，均為旅途中休息或寄食投宿之意。

"打火"為什麼會變成了"打尖"呢？福格在《聽雨叢談》卷十一"打尖"一條中解釋為："今人行役，於日中投店而飯，謂之打尖。皆不喻其字義，或曰中途住宿之間，乃誤'間'而為'尖'也。"此說似有道理。因為"間"與"尖"在北方方言中同音。

至於為何粵語將"打尖"用作"插隊"之義，目前尚無可靠理據。不過，曾有人認為粵語的"打尖"來自"打欦"一詞。木工為使兩木相接牢固，常在榫口處打入小木楔，稱之為"打欦"。"欦"在粵語中讀qim¹，與"尖"jim¹的讀音相近，故"打欦"可能被寫作"打尖"，進而引申指排隊時不守秩序的"插隊"行為。此說似不無道理。與今日北京話口語中以"夾塞兒"指"插隊"暗合。

由此可見，普通話和粵語的"打尖"雖然貌似，但其來源可能完全不同。因而，"打尖"在粵語和普通話中應是同形異詞。

異義撮要 ♔

打　尖	
普通話含義	旅途中的吃飯、休息
粵語含義	插隊、不按順序插入隊伍中間或前面的行為

世界

〔普〕shìjiè
〔粵〕sei³gai³

生活用例 ❀

◎ 普通話義

① 檢閱三軍儀仗隊是世界各國迎送賓客的最高禮儀。（《北京晨報》，2006年7月29日）

② 我希望將G. O. D. 這個香港品牌帶到世界舞台上，向全世界推廣中國及香港文化，最近我們的產品已在外地銷售，這是向世界踏出的第一步。（香港《星島日報》，2006年7月29日）

◎ 粵語義

③ 近月我才發現，原來這個世界上，真的有表姊口中的 "嘆世界" 高層。（香港《經濟日報》，2003年9月26日）

④ 余安安為愛女不怕捱世界。余安安……為照顧兩位女兒的生活，決定復出娛樂圈。（香港《東方日報》，2003年6月3日）

詞義辨析 ❀

"世界" 一詞，粵語與普通話同樣具有 "自然界和人類社會的一切事物的總和" 之義，例①和例②中的 "世界"，都使用的是這一詞義。

不過，粵語中的 "世界"，另有普通話所不具有的特別引申義——可以作"機遇"、"前途"、"生活"、"日子"、"世故"等意義使用。粵語的"揰世界"意為過苦日子、生活艱辛,例④所說"余安安為愛女不怕揰世界",意為余安安為了女兒而不怕吃苦耐勞;"嘆世界"意為享福、享受人生,例③中的"嘆世界高層"意為貪圖享受的高層管理人員;"世界仔"則指處事油滑、左右逢源的年輕人,例如"×××就不愧為'世界仔',上台領獎時亦學阿姐多謝六叔,但立即被××取笑"(香港《東方日報》,2006年4月12日),其中的"世界仔"意為處事油滑的人。

粵語還有"做世界"或"造世界"的說法,其意為搞非法、搗亂甚至犯罪活動。例如,粵語"加入黑社會,跟了大佬去'做世界'!你也明白什麼是'做世界'啦"一句,便將"做世界"的意思解釋得很清楚。

粵語常說"大把世界",其中的"世界",是有很多"發展機會"、有"廣闊的前途"的意思;"撈世界"則意為"賺錢維持生活"。受"粵語北上"的影響,"撈世界"之類的說法,現已被內地人當作流行語使用,例如,"中國的ERP廠商已經不滿足於國內市場的走馬圈地,紛紛鼓吹走出國門撈世界"(北京《人民日報》,2003年12月10日)。儘管如此,"世界"一詞在普通話人口中仍沒有像粵語"世界"一詞的意義廣泛。

現代漢語"世界"一詞,與上古漢語中的"天下"一詞義近,源於佛教譯詞(王力,1980,頁521)。《楞嚴經》卷四云:"何名為眾生世界?世為遷流,界為方位"。這就是說,"世",指時間的變遷,包括過去、現在、未來;"界"指空間,包括東、西、南、北、東南、西南、東北、西北、上、下。佛教的"世界"略等於漢語原有的"宇宙"一詞。《淮南子·原道訓》高誘註:"四方上下曰宇,往古來今曰宙。"後來,與"宇宙"同樣,"世界"一詞在北方漢語中,逐漸失去了"世(時間)"的意義,而只保留了"界(空間)"的意義。源於此,普通話的"世界"一詞,僅在空間上指整個地球的人類居住的區域,或引申而指人的活動範圍及領域,例如,"內心世界"、"自我世界"、"精神世界"、"科學世界"等。這些被使用的

"世界"一詞所具有的地域和範圍的意義,均是指空間,而無"古往今來"的時間意義。

不過,與普通話不同,"世界"一詞在粵語中不但具有空間的意義,同時保留和發展了"世界"一詞原有的"時間"涵義。粵語將"世界"用作"生活"、"日子"之義時,是指現在的一個時間性過程;用作"前程"、"前途"之義時,其實是將"世界"的"時間"觀念延申至"未來"。粵語將"世界"用作"機遇"之義時,同樣與"時間"有關,指的是在時間中的偶然性。由此可見,粵語中的"世界",更多保留了佛教"世界"一詞的原義,特別是其"時間"上的意義。

由此可見,普通話的"世界"是一個具有社會性意味的地域性名詞,重在指空間上的"世界";而粵語的"世界",在與普通話同樣具有空間意義的同時,還具有時間意義,指"現在"、"未來"以及與此相關,引申而來的"前途"、"機遇"等意義。

異義撮要 ❦

世　界	
普粵共同含義	全球各地;人類某種活動的空間、範圍、領域
粵語特有含義	前途,未來的發展機遇;生活,過日子

生性

〔普〕shēngxìng
〔粵〕sang¹xing³

生活用例 ❧

◎ 普通話義

① 廿三歲的楊霞生於湖南，生性好動，十二歲便開始接受舉重訓練。（香港《明報》，2000年9月18日）

② 加圖索生性耿直，因此賽後成了記者追問的對象。（《北京日報》，2006年6月28日）

◎ 粵語義

③ 關少強喝了一口，嚴肅地向面前的舊生訓話："讀書不成不要緊，但生性做人吧！我不要再在報紙上看見你們……"（香港《明報》，2006年7月23日）

④ 辛辛苦苦先有好馬騎，你班友仔要生生性性，唔好玩嘢，否則又會斷送得來不易嘅形勢。（香港《蘋果日報》，2006年6月28日）

詞義辨析 ❋

"生性"一詞，顧名思義，應為"天生的性格"、"生就的習性"，即"大性"的意思。《荀子‧止名》"生之所以然者謂之性"。在《現代漢語詞典》中，"生性"的釋義為："從小養成的性格、習慣"。

例①所說的楊霞"生性好動"和例②的加圖索"生性耿直",其中的
"生性",作為名詞都是使用"天生的性格"或"天性"這一詞義。這是粵
語和普通話具有的共同詞義,也是近代以來一直使用的詞義。例如,《紅樓
夢》第五回有這樣的描述:"惟嫡孫寶玉一人,稟性乖張,生性怪譎"。
其中的"生性怪譎",意思是說,賈寶玉天生性格怪異荒誕;普通話的"生
性"至今使用的仍是此義。

粵語的"生性"一詞由"天性"一義引申出了其他的詞義,其中包括懂
事、爭氣、有出息等,可以當形容詞或副詞使用。上述例③中的"生性做人
吧",意思是"做個有出息的人吧"。

由於粵語中的"生性"可以是形容詞,因而可以變作"生生性性"的
重疊形式使用。例④中的"你班友仔要生生性性"就是"你們這夥人要爭點
氣";再如,粵語"生生性性啦,不要再偷懶",意思是"出息一點吧,不
要再偷懶"。

普通話的"生性"一詞,既無粵語中所具有的"懂事"、"爭氣"、
"出息"之類的詞義,也沒有"生生性性"這種重疊的用法,只有"天性"
一義,且只可以作為名詞使用。這是粵語和普通話"生性"一詞存在的明顯
差異。

異義撮要

生 性	
普粵共同含義	天性;從小養成的習性
粵語特有含義	懂事;爭氣;有出息

失魂　〔普〕shīhún
〔粵〕sed¹wen⁴

生活用例 ❧

◎ 普通話義

① 男生拿 "蛇" 嚇人，女生 "失魂" 住院。修武縣高村中學一男中學生手拿一條玩具蛇，嚇唬女生，沒想到該女生被當場嚇傻，送往醫院救治。（鄭州《河南日報》，2005年1月18日）

② 祁宏下場，國際失魂。國際隊門將江津回憶道："下半時，我們已經崩潰，祁宏下場後我們亂了方陣。" 在橫濱水手連入兩球反超比分後，近乎失魂落魄的國際隊再也沒有勇氣追平比分。（《北京青年報》，2004年3月1日）

◎ 粵語義

③ 任職九龍站的麥××，每日同樣要面對不少 "失魂" 旅客的報失。（香港《明報》，2006年8月3日）

④ 李××機場失魂魚。經常出外工作的××透露，⋯⋯天生大懵的她，卻經常於機場遺失東西。（香港《東方日報》，2004年12月2日）

詞義辨析 ❀

在普通話中，"失魂" 是用來形容極度心神不定或驚恐不安。例①中

“男生拿蛇嚇人，女生失魂送院”，其中的“失魂”是指該女生被嚇得“丟了魂魄”。而例②中的國際隊“失魂”，亦是指國際隊在賽場亂了方陣，好似喪失了魂魄。這種詞義源自古語。例如，漢代桓寬《鹽鐵論·誅秦》中有“北略至龍城，大圍匈奴，單于失魂，僅以身免”之語，此處用“失魂”描述匈奴單于因被漢軍層層包圍而驚慌不已的樣子。“魂”與“魄”、“膽”等常連用，組成“失魂落魄”、“失魂喪膽”等詞語，以加重形容受到驚恐的程度。普通話的“失魂”之義，還可以說成“丟了魂”，意即“喪失了精神”、“喪失了魂魄”。

與普通話不同，“失魂”在粵語中沒有驚恐之義，而是用來形容一個人粗心大意、不認真、做事馬虎、丟三落四。這應是普通話“極度心神不定”詞義的大幅減輕。由心神不定而導致粗心大意，也可以說是順理成章的事。所以，粵語的“失魂”詞義大幅減輕有其道理。例③和例④句子中的“失魂”均是粗心大意、精神不集中等意思。例如，不少旅客因“失魂”（精神不集中）而丟失財物；李××因“失魂”（粗心大意）在機場遺失東西。

粵語將“失魂”一詞的意義由“極度驚恐”而大幅輕化，是承襲和發展了近代漢語中的用法。例如，《醒世恆言》卷三十四：楊氏“失魂顛智，劉家本在東間壁第三家，卻錯走到西邊去”。這裏將“失魂”與“顛智”連用。由於失了魂而導致顛了智，所以，楊氏竟然走錯了門。這裏的“失魂”已由極度驚恐之義轉而具有神智欠佳、不留神而做錯事的意義。“失魂”的粗心大意之義，似由此演化而來。

詞義的輕重不同，使“失魂”在普通話和粵語的表達中有着明顯的差異。“失魂”在普通話中是對極為嚴重的驚恐表現的強調；而“失魂”在粵語中則是對粗心大意的表現的一般描述。粵語“失魂”的詞義，在普通話則可用“馬大哈”、“馬虎”、“粗心大意”等詞來表示。

異義撮要

失　魂	
普通話含義	驚慌失措；心神不定
粵語含義	馬虎；不留神；疏忽大意；粗心

失禮 〔普〕shīlǐ
〔粵〕sed¹lei⁵

生活用例 ❈

◎ 普通話義

① 倆人在一塊兒難免盆兒碰碗兒，但是只要失禮的一方主動說一聲 "對不起"，一場不愉快立刻煙消雲散。（《北京晚報》，2006年8月25日）

② 交談、咳嗽、清嗓子、打拍子、哼調子，總之，任何驚動場內其他人的言行都是失禮的。（《北京日報》，2006年7月23日）

◎ 粵語義

③ 小春及時出手相扶、正想開口道歉之際，竟突然流口水，事後即大呼真失禮！（香港《星島日報》，2006年8月15日）

④ 殘、舊、亂、髒的社區面貌，實在 "失禮死人"。（香港《新報》，2006年7月29日）

詞義辨析 ✿

"失禮"，在普通話中的含義是："有失禮貌"、"不禮貌"、"有失體統"、"不得體"，甚至是 "無禮" 之義。例①提及 "失禮的一方" 便是指 "有失禮貌的一方"；例②則指出 "任何驚動場內其他人的言行都是失禮的"。

但是，從例③及例④中可以看到，粵語使用的"失禮"，並非"不禮貌"或"有失體統"這麼簡單。因為例③中小春的"失禮"是在想開口道歉之時，竟然流出口水！這種"不得體"絕不是因他"有失禮貌"；例④講述社區面貌之差，與"禮貌"也並無直接關係。由此看來，"失禮"在粵語中的詞義與普通話的"失禮"是不同的。

粵語的"失禮"，是普通話"出醜"、"丟人"、"丟面子"或"丟人現眼"的意思。若從這個意義上理解例③和例④的句子，便不會感到有什麼費解了。

"失禮"本義為"違背禮節，有失大體"。《淮南子・氾論》記載："（楚）恭王懼而失禮"，是說楚王因懼怕而失了常態，不能保持應有的姿態，失了體統。普通話正是在"禮貌不周"、"有失體統"的意義上使用"失禮"一詞的。粵語中"失禮"一詞的"出醜"之義，是原詞義發生了轉移。這是由"違背禮節"而產生的羞恥感，因而引申出"丟人"的詞義。粵語的"失禮"，用普通話來說，便是"丟人"、"丟臉"或"出醜"。若用普通話來表達例③和例④的意思，可以分別是："小春……竟然流口水，事後即大呼真丟人"；"殘、舊、亂、髒的社區面貌，實在'丟臉'"。

異義撮要 ⚜

失　禮	
普通話含義	不禮貌；禮節不周；有失體統；失敬
粵語含義	出醜；丟臉；丟人

奶奶

〔普〕nǎinai
〔粵〕nai⁵nai⁶

生活用例 ✤

◎ 普通話義

① 我和他是同鄉，我們來到北京打工才二十多天。他還沒有結婚，老家有父親和奶奶。（《北京晚報》，2006年8月6日）

② 一盞枱燈、一團被小貓追着到處亂滾的毛絨球……一切一切，都彷彿回到了在奶奶膝下的那段童年的日子。（《北京晚報》，2006年8月14日）

◎ 粵語義

③ 那天在電台節目中接聽了一個聽眾的電話，一個新抱說出和家姑的相處問題，或許可反映一二。這個新抱表示想和丈夫在奶奶家居的附近買一層新樓居住，以方便照顧。當時，我和其他主持人梁思浩、貴花田等還連聲稱讚，認為她非常孝順。接着，這新抱便問，如何可以說服奶奶付新樓的首期，因為她不想用自己的錢。（香港《星島日報》，2006年9月1日）

④ 周慧敏即細心攙扶未來奶奶，與倪匡父子徐徐散步，送兩老抵禮頓道寓所。（香港《蘋果日報》，2006年8月30日）

詞義辨析 ✿

作為一個親屬稱謂，普通話和粵語中的"奶奶"所指為不同的人。

粵語"奶奶"是婦女對丈夫之母親的稱呼，例③中所說的"新抱"（即兒媳婦）想在"奶奶家居附近買一層新樓居住"，意思是要在其丈夫的母親住處附近買一套房子居住，以方便照顧。例④"未來奶奶"指的是將來結婚後丈夫的母親；而普通話"奶奶"則是用來稱呼父親的母親，即祖母。例①中的"父親和奶奶"便是父親和父親的母親。例②"在奶奶膝下的那段童年的日子"，顯然其中的"奶奶"不會是丈夫的母親，指的只能是父親的母親。

丈夫的母親在普通話中稱為"婆婆"；而"婆婆"在粵語中指的卻是自己母親的母親，即普通話所稱的"外祖母"或"姥姥"（見本書頁39，"公婆"條）。

"奶"本是古時齊楚一帶的方言，其義為"母"，並有多種寫法，例如"嬭"。《廣雅·釋親》謂："嬭，母也"。《玉篇·女部》謂："奶，齊人呼母。"《廣韻·齊韻》謂："楚人呼母為奶"。元明時口語中的疊音詞"奶奶"或"嬭嬭"，在親屬稱謂中也多用以指稱母親，例如元代王實甫《西廂記》和明代湯顯祖《牡丹亭》中都多次出現女主角以"奶奶"稱呼母親。廣州地區粵語原本亦以"奶"稱"母"，例如清代同治年間的《廣東通志》記"廣州謂母曰奶"。

自己的母親可稱作"奶"或"奶奶"，那麼，以同樣的稱謂來稱呼丈夫的母親，似乎也並無不妥。因而，在宋元時期已多見以"奶奶"稱呼丈夫的母親，例如元代關漢卿雜劇《感天動地竇娥冤》中，竇娥對丈夫的母親多稱"婆婆"，但有時也稱"奶奶"：第一折中，竇娥有"奶奶回來了，你吃飯麼"；第四折中竇娥有"囑咐你爹爹，收養我奶奶，可憐她無夫無兒"等句。這裏的"奶奶"指的都是丈夫的母親。現代粵語用"奶奶"稱呼丈夫的母親，其源在此。而這種以"奶奶"稱呼丈夫母親的用法，不但為粵語方言所繼承，一些其他方言，如上海、安徽、福建等地的方言也有同樣用法。

　　但是，北方方言用"奶奶"來稱呼父親的母親又是怎麼出現的呢？或者說，"奶奶"何時更進一輩，變成父親的母親，即祖母的稱呼了呢？"奶奶"作為年長婦女的通稱或敬稱，至少在宋代已很普遍，但是用來特指祖母，則出現較晚。從文獻所見，清代時期才有這種用法。例如，《紅樓夢》第一百一十九回的一段描述："你那巧姐兒的事，原該我做主的。你璉二哥糊塗，放着親奶奶，倒託別人去。"這裏的"奶奶"是特指祖母。承清代之習，今天的北方方言以"奶奶"稱祖母，不再以"奶奶"稱自己的母親或丈夫的母親；而粵語卻仍保留元明或之前的用法，以"奶奶"稱丈夫之母親；父親的母親在粵語中則另有"阿嫲"的稱呼。

異義撮要

奶　奶	
普通話含義	父親的母親
粵語含義	丈夫的母親

多心

〔普〕duōxīn
〔粵〕do¹sem¹

生活用例 ✢

◎ 普通話義

① 吃飯時請媳婦評價。媳婦先是鼓勵一番，然後直切主題：不是火候不夠就是鹽多醋少。總之沒有一次挑不出毛病的。我懷疑媳婦是雞蛋裏挑骨頭，讓我永遠做備菜的苦差事。但看到媳婦認真指教的神情，又覺得是自己多心了。（北京《京華時報》，2006年6月11日）

② 鄧女士此番收子，主要目的是培養一個生意上的接班人及家產的繼承者。這就不得不讓一些"多心"的讀者產生了如下的疑問：若鄧女士的養子不是做生意的料，那麼孩子會不會因此而被"辭退"呢?（北京《法制晚報》，2006年7月6日）

◎ 粵語義

③ 射擊訓練正好改善香港人的特徵——多心。楊祖賜正職為新鴻基地產市務總監……他承認專注力是他最大的考驗。（香港《明報》，2006年9月28日）

④ 當我們立定志願選好目標時，便應該專注、集中努力、刻苦，更要知道取捨之道……今天運氣與你同在，恭喜你；但當運氣遠離時，你的青春和其他有利條件可能也隨之而逝。所以，我的宗旨和座右銘之一是："不要多心!"專一和堅持不是一件容易辦到的事情，但其果實卻叫人着迷！（香港《東方日報》，2006年10月6日）

詞義辨析 ✿

　　"多心"在粵語和普通話中有不同的用法。普通話"多心"只有一個詞義，即"亂起疑心"。這種"疑心"還經常是不必要的或錯誤的。由例①的故事可以看出，婆婆因為對媳婦的懷疑可能不正確而認為自己"多心"了。這個"多心"是"不必要的懷疑"，用法類似"多疑"；例② 中鄧女士收了一個養子的舉動使一些讀者 "多心"。這個"多心"亦指有可能是不必要的"疑慮"。

　　與普通話不同，粵語的"多心"不是"多疑"之義，而是指"不專心"、"分心"。例③ 中，楊祖賜在正職之外身兼許多其他職務，所以成為香港人"多心"特徵的代表。此處"多心"是與"一心一意"相對的"不專心"、"三心二意"，甚至是"貪心"；例④將"不要多心"當成作者自己為人的宗旨和座右銘，是因為"專一和堅持不是一件容易辦到的事情"。這就進一步表明，粵語"多心"指的是不能集中精神做事。

　　"多心"一詞由"多"和"心"兩個詞素組成。望文生義，普通話和粵語的用法都各有其道理。就普通話詞義而言，"多"具有"超出應有限度"之義，因而，所"多"之"心"可能是不必要的疑心。普通話還有"多慮"、"多疑"等與"多心"近義的詞語，其"多"都有"多此一舉"之意；就粵語的詞義看，其"多"有數量大的意思。如果"一心"而"多用"，當然不能專心致志。

　　雖然普通話和粵語的"多心"一詞都有理據，但是，作為"疑心"詞義的"多心"在近代文學作品的使用已屢見不鮮，而作為"不專心"詞義的"多心"在近代文學作品中卻未見使用。例如：

　　　　馬謖、王平二人兵到街亭，看了地勢。馬謖笑曰："丞相何故多心也？量此山僻之處，魏兵如何敢來！"（《三國演義》第九十五回）

金老急急奔來莊上，逕到書院裏見了趙員外並魯提轄；見沒人，便對魯達道："恩人，不是老漢多心。是恩人前日老漢請在樓上吃酒，員外誤聽人報，引領莊客來鬧了街坊，後卻散了。人都有些疑心，說開去，昨日有三四個做公的來鄰舍街坊打聽得緊，祇怕要來村裏緝捕恩人。"（《水滸傳》第三回）

前一例中，馬謖之言"丞相何故多心也"，意思是問"丞相何必要疑心呢？"後例中，金老漢說"不是老漢多心"，意思是"不是老漢我亂起疑心"。兩例中的"多心"都作"多疑"解。

由於粵語和普通話的"多心"各有不同的詞義，所以，"不要多心"這個警句在粵語和普通話中可以有截然不同的詮釋：粵語的"不要多心"意為"不要貪心"、"不要三心二意"；普通話的"不要多心"則意為"不要懷疑"、"不要胡思亂想"。

異義撮要

多　心	
普粵共同含義	亂起疑心；多了不必要的心思
粵語特有含義	不專心；心思旁騖；心眼多；想法多

同志

〔普〕tóngzhì
〔粵〕tung⁴ji³

生活用例

◎ 普通話義

① 後來在黨的"七大"上,毛澤東又特別"聲明":"沒有這些同志以及其他很多同志——反'左'傾路線的一切同志,包括第三次'左'傾路線錯誤中的很重要的某些同志,沒有他們的贊助,遵義會議的成功是不可能的。"(《北京日報》,2006年7月24日)

② 每到夜幕降臨,總是有一些司機朋友和行人同志突發暫時性色盲——分不清綠燈和紅燈,好在這只是個別現象。(《北京晚報》,2006年7月27日)

◎ 粵語義

③ 美國第一對同性配偶宣佈離異,這對女同志當年奮力爭取合法結婚挑戰麻省司法,多番訴訟終上訴 "得擰"可成婚;今則和平分手。(香港《成報》,2006年7月24日)

④ 金毛男同志擬油尖旺參政。當社會對同性戀仍未完全認同的時候,有一個年輕人……勇於公開自己男同志身份,更不斷參與社區服務,為同志、為小數族裔、為殘疾人士爭取權益。(香港《成報》,2003年9月29日)

詞義辨析 ❀

　　"同志"一詞,在內地(包括廣州、廣西等粵語方言地區)作為人們彼此之間的一種稱呼語,已經流行使用超過半個世紀,上述例①和例②便是其使用的一般情況。

　　十九世紀末,二十世紀初,在中國辛亥革命前夕,由於當時的同盟會成員以日本為其革命的策源地,便借用了日文的"同志"作為"志同道合"的革命志士之間的稱呼,將"同志"一詞"引渡"回中文。孫中山"革命尚未成功,同志仍需努力"的名句,至今仍在人們的耳畔迴蕩。"同志"一詞由此成為後來的國民黨以及中國共產黨稱呼黨內成員的用語。例①所見,毛澤東口中的"同志",指的都是中國共產黨黨員。這一意義上的"同志",最初只能使用在對黨內人士的稱呼;在共產黨的重要或正式的場合裏,一個人若不是共產黨員,是不能被稱為"同志"的。

　　一九四九年,中華人民共和國成立之後,"同志"一詞越出了政黨的範圍,被應用於社會各階層,成為人們日常交際的一般性稱呼,並且帶有禮貌和較正式的色彩。例如,"同志,您能幫我一個忙嗎?"這種"同志"稱呼,略等於香港人的"阿sir"、"先生"、"小姐"等用法,但無性別差異,可通稱男女。如果強調性別,則可稱"男同志"、"女同志";還可以有"老同志"、"小同志"、"新同志"以及"領導同志"等稱呼;也可以在前面加上姓名,如"張同志"、"李同志"、"陳人文同志"等。例②的"有一些司機朋友和行人同志"中"同志",便是對普通行人的一種禮貌稱呼,無論其是男是女,是老是少。

　　二十世紀八十年代以後,隨着中國的改革開放,內地的語言及文化受到衝擊,"同志"一稱逐漸被其他的稱呼所取代,如"先生"、"小姐"、"太太"等。現在,"同志"在內地一般只用在較正式的場合(例如一些正式的會議),而在平常生活中,已日漸少用了。

"同志"一詞,日文亦有,意為"同伴"、"同夥"、"志同道合者"。有學者認為,日文中的"同志"其實是借用了中國原有的漢語詞語意譯了英語的"comrade"(王力,1980,頁530)。《國語·晉語》中曾有"同心則同志"的說法;《後漢書·卓茂傳》中亦有"六人同志,不仕王莽"之語。此兩處之"同志"便為"志向相同"之義。《說文解字》亦有"同志為友"的解釋。也就是說,"同志"在古時是"志向相同的朋友"義。"同志"在近代漢語中亦不乏所見,不過,其仍以"志趣相同者"為義,與現代漢語中的"同志"之義屬於同源。例如:

> 高大尹……即時回書云:"鸞鳳之配,雖有佳期;狐兔之悲,豈無同志?"(《醒世恆言》卷一)

> 曹雪芹先生笑道:"……樂得與二三同志,酒餘飯飽,雨夕燈窗之下,同消寂寞。"(《紅樓夢》第一百二十回)

但是,"同志"一詞在香港則另有所指。香港在二十世紀七八十年代曾舉辦一些以同性戀者為題材的電影宣傳活動,舉辦機構在宣傳中使用了"同志"一詞來指稱同性戀者。據說由此便使"同志"成為"同性戀者"的代名詞在香港使用開來。"男同志"即是"男同性戀者"、"女同志"意為"女同性戀者"。例③"美國第一對同性配偶宣佈離異,這對女同志當年奮力爭取合法結婚挑戰麻省司法……",其中的"女同志"直接用來稱呼"美國第一對同性配偶";例④ "金毛男同志擬油尖旺參政。當社會對同性戀仍未完全認同的時候,有一個年輕人……勇於公開自己男同志身份……",其中的"男同志"也是對男性"同性戀者"的稱呼。香港還有所謂"同志片"一詞,指的是表現同性戀者生活的電影。

受傳媒文化的影響,香港的這種"同志"很快蔓延至其他地區,例如

台灣也常以"同志"作為對同性戀者的稱呼。不過，作為"同性戀"之義的
"同志"尚未被內地所使用。

異義撮要

同　志	
普通話含義	政黨（如中國共產黨）內成員間的稱呼；人們彼此間的禮貌及正式的稱呼
粵語含義	同性戀者

地下

〔普〕dìxià
〔粵〕déi⁶ha⁵

生活用例 ✤

◎ 普通話義

① 山西擁有完全可與煤炭資源媲美的文化資源，享有 "地下文物看陝西，地上文物看山西" 的美譽。（北京《人民日報》，2004年10月30日）

② 中國公安部官員指出，近年地下錢莊在中國呈明顯的擴展趨勢。
（香港《明報》，2005年2月24日）

◎ 粵語義

③ 兩名南亞裔男子，昨午2時許於紅磡馬頭圍道185號一幢唐樓地下，手持一柄約10吋長鍋鏟，懷疑企圖從大廈地下大閘外的信箱偷取信件。（香港《明報》，2005年3月10日）

④ 英皇國際(0163)公佈，以代價為2.12億元，收購銅鑼灣羅素街56號地下及54與56號閣樓物業。（香港《明報》，2005年3月5日）

詞義辨析 ✤

"地下" 一詞，其基本義是 "地面以下"，引申義是 "不公開"、"秘密"。這兩個引申義是普通話和粵語共同具有的。例①和例②中的 "地下"，便是普粵同義的例子。

　　但是，"地下"一詞用於指稱大廈的某一樓層時，普通話與粵語則不相同。從上述的粵語義例③中可以知道，香港這座唐樓在"地下"裝有大閘及信箱；從例④可以見到，英皇國際花了鉅額資金購買了一座樓的"地下"。對於普通話人士來說，既難於理解這種"地下"的位置和用途，也難於理解為什麼英皇財團對處於"地下"的物業如此情有獨鍾。這是由於普通話的"地下"一詞指稱的大廈樓層位置與粵語所指不同。

　　在內地，樓房處於地面的一層被稱作"一樓"（與美國的用法相同）。而"地下"則意為"地面以下"。對於一座樓房來說，"地下"是指"地下室"，即粵語的"地庫"或"地牢"（見本書頁75，"地牢"條）。而香港粵語不同，"地下"指的是大廈的"地面一層"，即普通話的一樓。這種稱呼源於英國對樓層的稱呼習慣，即groundfloor。在這層之上的那一層，才算是"一樓"，即普通話的二樓。

　　對位於地面樓層的不同稱呼，常會令人們發生誤解。為了避免混亂，在香港，常可以聽到人們在表示樓層時，要附加一句"電梯按×字"。這表明，香港大廈內電梯的樓層數字可能與實際的樓層有所不同。為了兼顧內地和香港的用法，與香港最接近的深圳市，有的樓宇將地面一層標識為"首層"。但是，這種"首層"並不是一種通行的用法。另外，受香港用語影響，近來北方地區有人將"一樓"改稱為"地面"。這一稱呼仍與粵語的"地下"稱呼有別。所以，粵語和普通話人士在使用"地下"來表示樓層時要格外留意，以避免因理解錯誤而產生不必要的麻煩。

　　另外，本節前面提及，"地下"一詞在粵語和普通話中都有"不公開"的引申義。與此相對應，香港粵語可以用"地面"喻指"公開"。例如，"私房菜一般指隱藏於住宅樓宇、沒有菜牌的樓上舖，餐廳將私房菜'地面化'，能否仍可叫做'私房菜'就不得而知"（香港《星島日報》，2006年8月19日）。其中的"地面化"意思是"公開化"。"地面"的這種"公開"之義，普通話中至今亦不使用。

異義撮要

（大廈）地 下	
普通話含義	樓房的地下室；地面以下的建築；不公開
粵語含義	樓房地面的一層；不公開

地牢

〔普〕dìláo
〔粵〕déi⁶lou⁴

生活用例 ✤

◎ 普通話義

① 伊拉克地牢囚犯受各方關注。（《北京晚報》，2005年11月17日）

② 哥倫比亞大西洋省秘密警察負責人埃米利奧・文塞斯說，"我們並沒有把他（萊昂）鎖在一間地牢內，而是把他送入了一間裝有空調的牢房內。"（《北京青年報》，2005年2月10日）

◎ 粵語義

③ 地點就係一間位於尖沙咀赫德道嘅 "A" 字頭酒吧。從地面嘅舖面睇，以為舖仔細細，原來從樓梯走入地牢內，卻有另一番景象。（香港《東方日報》，2006年7月30日）

④ 消防員接到逾七百個求助電話，要求協助抽走地牢的積水，修補屋頂及清理道路。（香港《東方日報》，2006年7月1日）

詞義辨析 ❀

普通話的 "地牢"，意為 "地下的牢獄"、"設於地面以下的監獄"。上面普通話義例①和例②中的 "地牢"，顯然使用的都是此義。例① "伊拉克地牢囚犯受各方關注"，意思是 "各方關注伊拉克將囚犯關在設於地底下的監獄"；例②"我們並沒有把他（萊昂）鎖在一間地牢內"，意思是說，哥倫比亞警察並沒有把萊昂鎖在設於地下的牢房內。

可是，從粵語義的例③和例④可以看到，普通酒吧商舖、住宅都可以有"地牢"。顯然，這不應該表示香港處處都可以私設"牢房（監獄）"，而是粵語的"地牢"一詞應另有其義。原來，粵語的"地牢"與"監獄"毫不相干，其所指為"地下室"、"地窖"，又可稱作"地庫"、"土庫"。

甲骨文的"牢"字，像牛在圈中之形。《說文解字》對"牢"的解釋為："閑，養牛馬圈也"。這就是說，"閑"與"牢"同義，其字形為門中加木，應是有攔擋作用的"欄"。所以，"牢"是關養牛馬等牲畜的地方。成語"亡羊補牢"，就是說雖然羊衝破"牢"（羊圈）跑掉了，但事後再來修補"牢"，也不算遲。由關養牲畜的"牢"，進而引申出關押人的地方，於是，"牢"有了"監獄"之義。西漢司馬遷便有"畫地為牢"之說，其中的"牢"便指"監獄"。因此，監獄又稱作"牢獄"。與"牢"相關的是"獄"字。"獄"，本義為"訟案"，引申義為"罪過"，後又引申用作"牢獄"之義。

設在地下的"牢獄"，不能簡稱作"地獄"，因為"地獄"是宗教用語，並不是真實的存在。所以，普通話便取"牢"字的"監獄"之義，將設於地面以下的監獄簡稱作"地牢"。

粵語為何將"地下室"稱作"地牢"呢？似乎與"牢"的本義無關。這可能與"牢"之讀音有關。古時，"牢"、"樓"同音。廣東話以"牢"代"樓"，"地牢"其實意為"地樓"，即地下之樓。如此，似能釋出"地牢"在粵語中成為"地下室"之義的原因。

但無論何因所致，"地牢"在今日的粵語和普通話中，表示兩種完全不同的處所。不過，值得一提的是，正如許多粵語詞語現在已成為內地流行詞語一樣，"地牢"作為"地下室"的另類稱呼，眼下在北方也開始成為時髦詞。例如，北京《人民日報》2005年2月17日報導："李亞鵬有投資的酒吧

‘夜色’，開在北京市中心近三里屯。……酒吧分地面及地牢兩層，地面有可供樂隊駐場的小型舞台和供應各式酒水的吧台。地牢除了供眾人同樂的大廳，還有三間可供坐二十人的卡拉OK房。"其中明顯將地下室稱作了"地牢"。但是，無論如何，"地牢"作為"地下室"的這一詞義，尚未被普通話人士所廣泛接受和使用，目前仍未能被視為規範的普通話詞語。

異義撮要

地　牢	
普通話含義	設於地面以下的監獄
粵語含義	地下室；樓宇地面以下的房間

好氣

〔普〕hǎoqì
〔粵〕hou²héi³

生活用例

◎ 普通話義

> ① 吳女士只好問："那我到底是什麼病？"醫生沒好氣地說："病歷上寫了，自己看病歷去。"（北京《中國婦女報》，2006年7月17日）
>
> ② 提及囡囡上學時被狗仔隊偷影，陳××沒好氣地說會教女兒開心地做人。（香港《明報》，2006年9月2日）

◎ 粵語義

> ③ 郭××煞有介事的說："……我呢排好忙，有幾組戲要拍，根本冇好氣理呢啲老土嘢！"（香港《東方日報》，2003年9月27日）
>
> ④ 五一勞動節，勞工界搞遊行、搞酒會忙個不停。但自由黨就冇咁好氣，今日會拉大隊出埠休息。（香港《太陽報》，2006年4月29日）

詞義辨析

"好氣"一詞，在普通話中常讀兒化，指好態度、好脾氣，通常使用否定式"沒好氣兒"或"沒有好氣兒"。上述例①中的"醫生沒好氣地說"，意思是，醫生的態度不佳；例②中"陳××沒好氣地說"，意思是陳××說話時顯得不高興。"好氣",如果用於肯定式,則多用"好聲好氣"來表示一個人態度溫和、語調柔和。

具有"好態度"、"好脾氣"之義的"好氣"一詞及其否定式的用法,源自近代漢語。例如,《水滸傳》第十一回:"林冲正沒好氣,那裏答應,圓睜怪眼,倒豎虎鬚,挺着樸刀,搶將來,鬥那個大漢";《紅樓夢》第二十六回:"誰知晴雯和碧痕正拌了嘴,沒好氣,忽見寶釵來了,那晴雯正把氣移在寶釵身上";《西遊記》第六十回:"這女子沒好氣倒在懷裏,抓耳撓腮,放聲大哭"。上面這些句子中的"好氣",均使用的是否定式"沒好氣",表達的都是"不高興"、"脾氣不好"的意思。

但是,"好氣"在現今的粵語中,除有與普通話相同的意義之外,另有一個與普通話不同的意義,指的是說話有耐性、說話囉嗦,進而指一般的耐性,囉嗦。這大概是從"好氣"原來的"好態度"、"好脾氣"之義引申而來。

有趣的是,粵語在這一意義上使用"好氣"一詞時,同樣以使用否定形式為多,通常說"冇好氣"、"冇咁好氣"。例如,在上述粵語義例中,例③中郭××表示"根本冇好氣理呢啲老土嘢",意為"根本沒有耐性講這些俗事";例④中"但自由黨就冇咁好氣"一句的意思為"自由黨就沒有那麼囉嗦(指搞遊行、搞酒會等活動)"。

異義撮要 ♔

好 氣	
普粵共同含義	說話態度好（多用否定式）
粵語特有含義	耐性；囉嗦（多用否定式）

字

〔普〕zì
〔粵〕ji⁶

生活用例

◎ 普通話義

① 這次父母生病以後，有很多同事用"堅強"兩個字形容我。
（《北京晚報》，2006年8月23日）

② 政府不敢過問，又點配得上"公開"兩個字？（香港《東方日報》，2006年8月23日）

◎ 粵語義

③ 她笑說："……日日係咁練，一返學就練，食lunch練，得幾個字時間都練，因為鍾意囉。"（香港《蘋果日報》，2005年11月8日）

④ "哎嗦，死梗！頭先我喺邊處食飯呀？"仲要用成個字時間都諗唔起。（香港《星島日報》，2005年8月26日）

詞義辨析

"字"本義為"書寫出來的文字"。普通話和粵語都使用"字"的這一基本義，如例①和例②北京和香港報章上的用例。

但是，例③和例④中的"字"，顯然不是指文字，而是指時間。這是粵語"字"的特別用法。

粵語把"五分鐘"叫作"一個字",可能是因為時鐘的錶盤上用數字"1"至"12"表示鐘點,而每一個數字又表示五分鐘。例如,五分鐘用"1"來表示,十分鐘用"2"來表示。於是,粵語人士便用"一個字"指稱"五分鐘"的時間。如此推論,"兩個字"便為十分鐘,"五點四個字"即五點二十分。由此,例③句中的"得幾個字都練",意思便是"有一點時間(幾個五分鐘)都練習";例④句"用成個字時間都諗唔起"的意思便是"用了五分鐘的時間都想不起來"。

普通話沒有這種用"字"習慣,所以,這種"字"的妙用,在普通話人士聽來,不得要領。

不過,"字"在普通話的口語中,有時也有與粵語類同的通俗用法,主要用以指電錶、水錶上的指示數字。例如,"電錶走了幾個字"或"這個月水錶走了25個字"等。這裏,每個"字"代表一"度","走了25個字"即"用了25度"。但是,普通話"字"的這種用法,從不用在時間上。

異義撮要

字	
普粵共同含義	文字
粵語特有含義	五分鐘時間

有心

〔普〕yǒuxīn
〔粵〕yeo⁵sem¹

生活用例

◎ 普通話義

① 老媽誇道："你表弟真有心，次衛的馬桶旁邊還裝了個扶手，方便我們這些年歲大的人。"（北京《京華時報》，2006年6月7日）

② 以現時權益披露條例看，有心利用百分之五以下不用披露空子的人，仍然可以逍遙地玩弄股權集中再炒上的伎倆，證監就算有心打虎，但在現行法例保護下，只有眼巴巴看着炒家在市場漁利。（香港《星島日報》，2006年8月31日）

◎ 粵語義

③ 有些讀者關心我腰患，……如今腰患基本痊癒，在日本出外景天天坐四五小時汽車，從早折騰到晚也無大礙。多謝關懷，有心有心！（香港《蘋果日報》，2006年6月3日）

④ 訪問時，陳國添的手提電話響過不停，"我沒事，有心有心！"足見其人緣之佳。（香港《明報》，2005年4月30日）

詞義辨析

"有心"在粵語中是一個禮貌用語，用於答謝別人的關心或問候。例

如，當你生病時，朋友打電話來問候，你便可以回答"你有心"。例③和例
④中的"有心有心"，便是粵語對他人的關懷表示謝意的用語。

但是，"有心"一詞原本與答謝並無關係，其意為"有某種特別的心
意或想法"或"用心"、"故意"。例如，"世上無難事，只怕有心人"；
"他有心要與你過不去"。再如，例①所指"你表弟真有心"，即"你表弟
有特別的心思"；例②"有心利用百分之五以下不用披露空子的人"，其中
"有心利用"即"故意利用"。這種"有心"，是普通話和粵語共同具有的
意義。

不過，同樣是"有心"，若說"對某某有心"，在普通話人士聽來，
還另有一番含意。這種"有心"經常用在男女性愛關係上，意為"心儀某
人"、"喜歡某人"、"愛上某人了"或"有心向某人示愛"。普通話的這
種"有心"也是古來已有的用法。例如，唐詩中的"易求無價寶，難得有心
郎"；《水滸傳》第四十五回："你既有心於我，我身死而無怨"，其中的
"有心"，便為"有情意"、"有愛慕之心"的意思。

粵語將這種"有情意"之義的"有心"進而發展為答謝語，自有其道
理。最初粵語可能就是由這種具"有情有意"之義的"有心"，進而變成一
種固定的答謝語。

異義撮要

有 心	
普粵共同含義	有特別的心意；故意；男女之間愛慕之心
粵語特有含義	對他人關懷的答謝語

老媽子

〔普〕lǎomāzi
〔粵〕lou⁵ma¹ji²

生活用例 ✾

◎ 普通話義

① 王君認為，家政人員在舊社會被人稱做傭人、老媽子，是最底層的人。（北京《京華時報》，2006年7月31日）

② 因為整天在家做家務變成了老媽子。（北京《人民日報》，2005年2月24日）

◎ 粵語義

③ 英國一位63歲女醫生日前誕下麟兒，成為該國歷來年紀最大的產婦。月前美國也有位59歲婦人產下雙胞胎締造世界紀錄，而"老媽子"紀錄保持者，始終是羅馬尼亞的66歲勇媽媽。（香港《成報》，2006年7月9日）

④ 我肥平孝順係街坊都知，母親節梗係要同老媽子擦番餐勁啦！（香港《蘋果日報》，2006年5月5日）

詞義辨析 ✾

"老媽子"在粵語中可以用來指稱自己的母親，特別是較年邁的母親，其含義近"老母親"。例③中"老媽子紀錄保持者"意為"老媽媽（老母親）的紀錄保持者"；例④中"母親節梗係要同老媽子擦番餐勁啦"，意為"母親節當然要和我的老媽媽吃一頓飯啦"。

可是，雖然有個"媽"字，普通話的"老媽子"卻不是母親的稱謂。從例① 可以看到，"老媽子"是屬家政人員，可與傭人並稱，舊時是社會最底層的人；例②也清楚指出，整天在家做家務是老媽子的工作。

普通話的"老媽子"指女傭、女僕，特別是年紀較大的已婚女傭人。"老媽子"也可以叫"老媽兒"，但是，普通話的"老媽兒"有時可用來指稱自己年邁的母親，而"老媽子"就不能用來稱呼自己的老母親。

大約從宋代開始，"媽"已被用作母親的稱呼；後來發展成為對老年婦人的一種通稱。可能與"媽"的"婦人"之義相關，明清之時，老年女傭被稱作"媽媽"、"媽媽子"、"老媽子"、"老媽"或"老媽兒"等。《金瓶梅》第十四回有云："李瓶兒不肯，暗地使過馮媽媽子過來對西門慶說。"其中的"馮媽媽子"便是指姓馮的年長女僕人。《官場現形記》第五十六回也有這樣的描述："光景艱難，不用老媽，都是太太自己燒菜煮飯，糨洗衣服。"這裏"老媽"即"老媽兒"，也就是較年長的女傭人。

由此可見，北方人將"老媽子"用作對年長女傭的稱呼由來已久，因此，"老媽子"一詞就不會用來稱呼自己的老母親了。與此相反，粵語從不稱年長的女傭為"老媽子"，所以，"老媽子"一詞便可以成為"老母親"的另一個稱呼了。

現時香港的家庭傭人主要來自菲律賓、印尼、泰國等地，所以對女傭的流行稱呼變作"菲傭"、"印傭"、"泰傭"等，而對傭人的一般性稱呼則為"工人"。例如，"我請了一個本地工人"，意為"我僱了一個香港本地的傭人"。但是，這樣一來，香港粵語的"工人"一詞與普通話"工人"一詞出現了詞義差異。因為普通話的"工人"，一般不包括那些從事家務的僕傭，而多指依靠工資為生的體力勞動者。對一般的家庭僕人、傭人，普通話可泛稱為"保姆"，而"老媽子"則是對年長保姆的俗稱。

異義撮要 🔱

老媽子	
普通話含義	對年長家庭女傭的俗稱
粵語含義	老母親

老爺

〔普〕lǎoye
〔粵〕lou⁵yé⁴

生活用例 ✤

◎ 普通話義

① 我對藝術的興趣受母親的影響特別大。我的姥爺是山東大學第一任校長，上世紀三十年代故宮文物在英國展覽，他是組委會成員。從小我也聽媽媽說了很多，對文物很有興趣。（《北京日報》，2006年7月7日）

② 車管所所長楊德元說："以前老百姓說我們像'老爺'，是因為群眾'求'我們辦事。現在要讓我們的同志'求'群眾，這樣才能真正讓同志們從'老爺'變成'公僕'。"（北京《人民日報》，2006年7月25日）

◎ 粵語義

③ 陳××做了老爺兼祖父，昨日獲擔保外出，第一時間由媳婦徐××接返跑馬地寓所見孫女兒，與家人共敘天倫。（香港《明報》，2005年1月28日）

④ 六十一歲的林婆婆為盡母親和媳婦責任，多年來一直留在內地照顧子女和老爺奶奶。（香港《蘋果日報》，2006年7月25日）

詞義辨析 米

　　"老爺"在普通話中作為親屬稱謂，指"外祖父"，即母親的父親，又寫作"姥爺"，多為兒童使用，例①便是這種用法的例子。與"老爺"對稱，"外祖母"在普通話中可稱作"姥姥"或"姥娘（輕聲）"。

　　與普通話不同，粵語中的"老爺"是對丈夫之父親的稱謂。例③和例④中的"老爺"，均是兒媳婦對丈夫的父親的稱呼。同一個"老爺"，為什麼普通話和粵語用以指稱不同的人呢？

　　古時，"爺"的使用是比較複雜的。"爺"原本是一個方言詞，南北方言都有，但是，在南北方言中之所指不同。在北方方言中，"爺"多用以指祖父；而在南方的一些方言中，"爺"多用以稱父親。

　　明代陳士元《俚言解》卷一說："南人稱父曰爺，祖父曰爹；北人稱父曰爹，祖父曰爺。"這裏清楚指出，對父親和祖父的稱呼語，南北剛好相反。大概是受到南方方言的影響，在魏晉南北朝以至唐朝的文學作品中，"爺"主要用來稱呼父親，而非稱祖父。例如北魏時期的《木蘭詩》中有這樣的一段詩句："昨夜見軍帖，可汗大點兵。軍書十二卷，卷卷有爺名。阿爺無大兒，木蘭無長兄。"此處"阿爺"指父親。唐代杜甫《兵車行》中的"爺孃妻子走相送"，杜牧《別家》詩中的"初歲嬌兒未識爺，別爺不拜手吒叉"，其中的"爺"都是指父親。梁朝顧野王《玉篇》云："俗呼父為爺"，這應是受南方方言的影響所致。

　　"爺"加前綴"老"，成為"老爺"一詞，古時也多半用來稱父親。這種用法延續了很久，直到明代仍然如此。例如，明代湯顯祖《牡丹亭·鬧殤》說："哎也，是中秋佳節哩，老爺、奶奶，都為我愁煩，不曾玩賞了"，這裏的"老爺"指父親，"奶奶"則指母親。

　　粵語用"老爺"稱呼丈夫的父親，估計是因為婦女出嫁到了丈夫家裏，便跟隨丈夫對父親的稱呼所致。既然"老爺"可以稱呼自己的父親，那麼，隨丈夫而稱丈夫的父親理所當然。不過，現今的粵語已不再用"老爺"稱自己的父親，只用以指稱丈夫的父親，這已與古時的用法不同。

隨着時間的推移，普通話"老爺"一詞，非但不再用來指稱自己的父親，而且也不再用來稱丈夫的父親。普通話"老爺"作為親屬稱謂，只用以稱呼母親的父親，即"外祖父"。從文學作品看，這種用法出現較遲，於明清時期方才廣泛出現。例如：

> 放了這等現成好齋不吃，卻往人家化募！前頭有你甚老爺、老娘家哩？（《西遊記》第九十六回）

此處"老爺"和"老娘"指外祖父和外祖母。

> 這都無妨，我二姨兒三姨兒，都不是我老爺養的，原是我老娘帶了來的。（《紅樓夢》第六十四回）

上例中的"老爺"也是指外祖父，"老娘"則指外祖母。

普通話以"老爺"稱呼外祖父，顯然是近代漢語用法之延續。但是，要留意，"爺"字如果重疊使用變作"爺爺"，在普通話中專用以稱呼祖父，不稱外祖父。這也應源於前面提到的北方方言原本的用法。

另外，在漢語中，許多親屬稱謂語往往同時又是對某一種或某一類人的通用稱謂語。例如，"爺"古時本是對祖父或父親的親屬稱謂語，但是，自唐代以來，可以用作對有權勢男子的一種通稱。清代趙翼《陔餘叢考·爺》記載："爺今不特呼父，凡奴僕之稱主及僚屬之呼上官皆用之"。意思是說，當時人們不用"爺"來專門稱呼父親，奴僕稱主人或下屬稱上司，都可以使用"爺"。

同樣，"老爺"一詞很早已不限於親屬稱謂，可以是對男性家長的通稱，甚至不論其輩份。例如元無名氏雜劇《馮玉蘭》第二折中，妻可以稱夫為 "老爺"，其中有這樣一句："老爺，船行了數日，可端幾時方到那泉州也？" 可見 "老爺" 可以是對男性一家之長的稱呼，並不一定專稱父親。而前面例②中的 "老爺" 顯然不是一種親屬稱謂，而是用作對有權勢的男人的通稱。不過，在內地，舊時作為通稱使用的 "老爺" 一詞已帶譏諷或貶斥的意味，如例②中的用例。

異義撮要

老　爺	
普通話含義	母親的父親
粵語含義	丈夫的父親

行家

〔普〕hángjia
〔粵〕hong⁴ga¹

生活用例 �֎

◎ 普通話義

① 局外人頗多興奮，圈內的行家則認為且慢高興，青年級別賽事成績再好，只表明中國體育在北京奧運會後仍有堅實的梯隊來銜接，不能說明人才已經長成棟樑。（北京《人民日報》，2006年8月22日）

② 選拔一批教育科研的行家裏手組成評審隊伍。只有內行才能"診斷"優秀，只有專家才能沙裏揀金，從而避免"冤假錯案"的發生。
（北京《光明日報》，2006年8月16日）

◎ 粵語義

③ 觀塘一間酒家打烊後，被不法之徒利用開設賭局，賭客以的士司機為主，警方將計就計，昨晨派出一名警員喬裝行家混入賭客中，與同袍裏應外合一舉搗破賭檔。（香港《東方日報》，2006年9月17日）

④ 該黨黨內有不少人都是司長昔日的同業、行家，相識多年，當年他上任，一班大狀都力撐他是好人選。（香港《明報》，2006年9月16日）

詞義辨析 ✵

"行家"一詞，在普通話和粵語中都可以指諳熟某一行業或某種技術的人，即"內行人"或"專家"。

例①提到"局外人頗多興奮，圈內的行家則認為且慢高興"，其中的"行家"便是指體育界的專家；例②說"選拔一批教育科研的行家裏手組成評審隊伍"，其中的"行家"指教育科研界裏的專家或學者。再如，"對付這種事，他可是個行家"，意為他很會處理這種事情；"他是修理電腦的行家"，意為他是修理電腦的能手。

"行家"的這一詞義，自清末已不乏用例。例如，吳沃堯《二十年目睹之怪現狀》第五回說某人"批點東西的毛病，說那東西的出處，着實是個行家"，其中的"行家"就是指"內行人"；老舍的《駱駝祥子》有這樣的用法："祥子呢，已是作搖旗吶喊的老行家"，其中的"行家"雖用作譏諷，但也是此義。

粵語的"行家"，除了有上述"內行人"、"專家"之義外，還有一個經常使用的詞義是"同行"，即從事同一種職業或做同一種生意的人。例③報導："警方將計就計，昨晨派出一名警員喬裝行家混入賭客中，與同袍裏應外合一舉搗破賭檔"，其中的"行家"是指做賭博這一行業的人，而不是"賭博界的專家"；例④提到"該黨黨內有不少人都是司長昔日的同業、行家"，其中的"行家"指的是從事同一職業的人，而不是擅長該行業的"能手"。由於"行家"是做同一種生意的人，所以粵語中對"行家"常存幾分戒心，視"行家"為"競爭的對手"。

由於"行家"在普通話中並無"同行人"或"從事同一種生意"的意思，所以，粵語在使用"行家"一詞時，應留意避免引起普通話人士的誤會。

異義撮要

行　家	
普粵共同含義	內行的人；專家；有專門經驗的人
粵語特有含義	做同一種生意的人；在同一行業內做事的人；競爭對手

夾生

〔普〕jiāshēng
〔粵〕gab³sang¹ / gam³san¹

生活用例 ✲

◎ 普通話義

① 掀去塑料膜，吃一口飯，竟是夾生的！（北京《健康時報》，2005年2月24日）

② 煮意大利麵的時間，按照包裝上所寫的就行了，不要煮得太長時間。覺得好像"還有點硬"似的？帶點點夾生才好。（香港《明報》，2001年12月12日）

◎ 粵語義

③ 一名莽漢因妻子鬧離婚及與妻金錢問題激烈爭執，……抄起鐵鎚猛擊妻子後腦，……事後男子以為妻子已被他夾生打死，匆匆報警投案。（香港《成報》，2005年7月10日）

④ 吳××聞言即刻扮晒柔情咁問女記者介唔介意，想搞出人命咩！個女記者即時面都紅晒兼唔知點算好，幾乎被他夾生電死！（香港《星島日報》，2005年5月13日）

詞義辨析 ✿

在《現代漢語詞典》的"夾"字條目下，列有"夾生"、"夾生飯"兩詞，釋義分別為：

> 【夾生】（食物）沒有熟透。
>
> 【夾生飯】（1）半生不熟的飯。
>
> （2）比喻開始做沒有做好再做也很難做好的事情，或開始沒有徹底解決以後也很難解決的問題。

作為一個形容詞，"夾生"在現代漢語南北許多方言中使用，其基本詞義是"沒有熟透"或"半生不熟"。例①和例②中的"夾生"都是半生不熟之義。基於"半生不熟"之義，"夾生"一詞，在普通話中還可以用來喻指一件工作沒徹底做好，或一項工程的質量有問題；或者，進一步用來引申指由於開始沒有做好而後來很難做的事情或工作。例如，"這個項目已經夾生了，誰接手也不好做"；"書讀夾生了，補課都難"。

"夾生"的上述詞義至少自明清時已被廣泛使用。例如，《西遊記》第七十七回就有以下的形容："八戒道：'哥啊，依你說，就活活的弄殺人了！他打緊見不上氣，抬開了，把我翻轉過來，再燒起火，弄得我兩邊俱熟，中間不夾生了？'"很明顯，這裏的"夾生"所指為兩邊已熟透，中間是生的，即半生半熟。再如《紅樓夢》第七十三回："不過，祇有'學''庸'二論是帶註背得出的。至上本《孟子》就有一半是夾生的，若憑空提一句，斷不能接背的。"其中的"夾生"，義為不熟練、不流利。

但是，"夾生"在粵語中有一個與上述意義不同的詞義——"活生生"或者"活活"之義。例如，"夾生劏咗條魚"，意思是"趁活着剖開那條魚"；"夾生俾你激死"意為"活活被你氣死"。例③和例④帶有"夾生"的句子就是使用了這種詞義。例③的"事後男子以為妻子已被他夾生打死"，意思是說事後男子以為妻子已被他"活活打死"；例④中那個女記者

"幾乎被他夾生電死",意思是說那個女記者"幾乎被他活活電死"。

"夾生"的這個詞義,亦廣見於明清時期的文學作品之中。以《西遊記》為例,其中除了使用"夾生"的"半生半熟"意義外,更多使用的卻是"夾生"的"活生生"的詞義。例如:

> 三魔道:"依着我,把唐僧藏在櫃裏,關了亭子,卻傳出謠言,說唐僧已被我們夾生吃了。"(《西遊記》第七十七回)

> 沙僧滴淚道:"哥啊!師父被妖精等不得蒸,就夾生吃了!"(《西遊記》第七十七回)

上面這兩例中的"夾生"不能解為"半生不熟"。"夾生吃了"只能作"活活地吃了"解。"夾生"一詞的"活生生"義,在清代中後期的文學作品中仍不時出現。例如,道光年間的《蕩寇志》第九十八回中有"林沖進了衙內,眼睜睜看了半響,卻沒擺佈處,恨不得夾生的碎嚼了他"之語,其中的"夾生"用的亦是"活生生"之義。

但是,"夾生"的"活生生"詞義,在現代漢語中已消失。無論是在內地出版的各種現代漢語詞典中,還是現時在北方方言的實際使用中,"夾生"一詞均無"活生生"這一詞義。不過,在台灣的《國語辭典》(1998年版)中,"夾生"一詞下列有三個義項,其中最後一項卻仍是"活生生"。這僅可以說明,"夾生"的"活生生"詞義確曾存在於"國語"之中,但不能說明台灣目前的"國語"仍使用這個詞義。現時台灣國語的實際使用情況與普通話相同,也只是限用"夾生"的"半生不熟"、"不熟練"詞義而已。

順便提及的是,雖然粵語仍使用"夾生"作"活生生"之義,但在讀音上,"夾生"一詞一般變讀為"監生"。例如,"東莞五匪搶劫路人30元,怒民捉賊監生打死兩人"（香港《太陽報》，2005年9月21日）。不難看出，這個新聞標題中的"監生"也是"活活"或者"活生生"的意思。關於粵語為何將"夾生"讀作"監生"，則不在此贅述了。（見楊若薇、張本楠，2006，〈夾生、監生與活生生〉，香港《語文建設通訊》第83期，頁44-48。）

異義撮要

夾　生	
普粵共同含義	半生不熟的（食物）；喻指未徹底做好的工作或未完全解決的問題（粵音讀gab^{3}sang^1）
粵語特有含義	活活；活生生（粵音讀gam^{3}san^1）

告白 〔普〕gàobái
〔粵〕gou³bag⁶

生活用例 ❈

◎ 普通話義

① 這首輕快幽默的情感告白能夠讓大家感覺到如同拔絲香蕉一般的甜蜜滋味。(《北京娛樂信報》,2006年9月2日)

② 歌手周傳雄(小剛)將在上海大舞台舉行個唱,並且貼心地為情侶們設計了雙人沙發座和"愛的告白"環節,旨在將整場個唱打造成一個甜蜜浪漫的派對。(北京《京華時報》,2006年7月24日)

◎ 粵語義

③ 辦校是一門生意,肯花錢賣告白、做大型說明會,是看準香港有市場,就算學費連食宿,幼稚園每學期人民幣九千,小學和中學要萬多元,香港父母都花得起。(香港《星島日報》,2004年5月24日)

④ 很多人早已指出,不准醫生賣告白有點自欺欺人。有些醫生是記者的好幫手,每有醫療新聞,必不吝答問,順便作公眾健康教育,有意義亦深入民心。(香港《明報》,2005年10月12日)

詞義辨析 ❈

"告白"一詞,在《現代漢語詞典》中有兩個釋義:(1)對公眾的聲明或啟事；（2）說明；表白。這兩個詞義有相通性，都指將事情、意見、想法或情感向別人或對方傳達。雖然兩個詞義有相通之處，但是就現時的實際情況來看，《現代漢語詞典》中所列的第二個義項是"告白"的常用義，而第一個義項並不常用。例① 和例②中的"告白"都是在"表白"和"說明"的意義上使用"告白"一詞。

與普通話不同，粵語"告白"一詞另有"廣告"一義。上面例③ "辦校是一門生意，肯花錢賣告白、做大型說明會，是看準香港有市場"，例④ "很多人早已指出，不准醫生賣告白有點自欺欺人"。兩例中的"告白"都指"廣告"，"賣告白"即"賣廣告"。

"廣告"與"聲明"或"啓事"雖然都是向公眾發佈消息，但是，就今日社會的一般使用情況而言，"廣告"與"聲明"或"啓事"存在着明顯差異。《現代漢語詞典》對"廣告"的解釋是："向公眾介紹商品、服務內容或文娛體育節目的一種宣傳方式，一般通過報刊、電視、廣播、招貼等形式進行"。與一般的"聲明"或"啓事"不同，"廣告"乃是一種商業行為，其借助大眾傳媒向公眾介紹商品或服務內容的主要目的在於招攬顧客或生意，而非單純的"宣傳"。

"告白"一詞原本並無"廣告"之義。"告"本義為"告訴"、"告知"，"白"為"表明"。例如，《孟子·梁惠王下》中的"有司莫以告"便是此義。（漢）趙岐注曰："有司諸臣，無告白於君。"其中之"告白"即為（向君主）"報告"或"說明"。只是到了晚近，"告白"才發展出了"佈告"或"聲明"等義。例如，《官場現形記》第三十三回："王慕善自經藩憲一番獎勵，他果然於次日刻了一塊戳記，凡他所刻的善書，每部之上都加了'奉憲鑒定'四個大字。又特地上了幾家新聞紙的告白"。其中"新聞紙的告白"指的是在報紙上刊登"告示"。在"五四運動"以後的現代文學作品中，"告白"也常作"佈告"、"通告"義使用。例如，錢鍾書《圍城》中有一段描述："回校只見告白板上貼着粉紅紙的佈告，說中國文學系同學今晚七時半在聯誼室舉行茶會,歡迎李梅亭先生"。其中的"告白板"即為"通告板"或"佈告板"。

　　普通話不以"告白"指稱"廣告",這可能是因為現今的"廣告"不是普通的"廣而告之",而是特指"商業廣告"。今日香港粵語以"告白"指稱刊登在報章上的"商業廣告"應當是隨着現代商業社會的發展,"告白"詞義擴大的結果。

異義撮要 ※

告　白	
普粵共同含義	對公眾的聲明、啟事或通知;內心情意的表白、說明
粵語特有含義	商業廣告

冷巷

〔普〕lěngxiàng
〔粵〕lang⁵hong⁶

生活用例 🌱

◎ 普通話義

① 畫家齊白石還曾到此寺訪遺蹟，繪一幅畫，並題詩曰："風枝露葉向疏欄，夢斷紅樓月半殘。舉火稱奇居冷巷，寺門蕭瑟短檠寒。"（《北京晚報》，2005年5月14日）

② 李××議員亦建議利用葵青劇院旁的冷巷給車輛停泊。（香港《明報》，2005年12月31日）

◎ 粵語義

③ 徐××昨日和妹妹子欣為時裝品牌擔任模特兒，由於妹妹沒經驗，××前晚特別在家中冷巷示範行Catwalk。（香港《星島日報》，2005年8月26日）

④ 灣仔夾在銅鑼灣與中環之間，只是兩個大廳之間的一條冷巷。（香港《太陽報》，2005年12月15日）

詞義辨析 ❀

"巷"在普通話裏是指"小的、狹窄的街道"，口語中常稱作"胡同兒"、"小胡同"。例如，"大街小巷"、"街頭巷尾"、"後巷"、"巷子口兒"等詞中的"巷",便指這類較窄的街道;"冷",可喻指寂靜、僻靜。"冷巷"一詞,在普通話口語中並不常用,但因其由語素"冷"和"巷"合成,一般可理解為"冷僻的小街道"、"僻靜的小巷"。例①"舉火稱奇居冷巷"中的"居冷巷",指的便是居住在僻靜的小胡同;例②"利用葵青劇院旁的冷巷給車輛停泊"中的"冷巷",指的亦是僻靜的街道。

但是,粵語"冷巷"另有一種與"街道"無關的意義,其所指為室內狹窄的通道,即普通話的"走廊"、"過道"。這是將"巷"的詞義由"小街"縮為"走廊",由室外移入室內了。這種室內"冷巷"的存在,可以從上述例③和例④中看得較為清楚:例③中徐××和妹妹子欣為時裝品牌擔任模特兒,由於妹妹沒經驗,"××前晚特別在家中冷巷示範行Catwalk"。從中可以知道,徐××的家中便有室內"冷巷";由例④描述灣仔的位置夾在銅鑼灣與中環之間,猶如"兩個大廳之間的一條冷巷"可知,香港的"冷巷"應是處在室內,而不是室外。

事實上,粵語中的"冷巷",是因應舊時廣東一帶建築的特點而出現的。例如,現時澳門文化會館內就佈置了昔日當舖的格局,若穿過其中的內廳,便會看到一條長形窄巷,即俗稱的"冷巷"。香港天文台長林超英接受報紙專訪時曾解釋,舊式樓宇設計有"冷巷",風一吹過便"涼浸浸",而現時住宅樓宇大都是四面牆密封,通風條件欠佳(香港《明報》,2005年7月15日)。由此可見,"冷巷"是廣東地區舊時建築物的特色之一。這種"冷巷"一詞中的"冷",用的不是"冷"的"僻靜"義,而是"冷"的本義,即熱的反義 —— 涼爽之義,"冷巷"就是"通風的巷道"。

"冷巷"一詞在粵語和北方方言中的意義差異,是由南北不同氣候及建築結構引致的。由於北方不存在室內"冷巷",所以,"冷巷"一詞在北方方言中便只能用於室外了。

異義撮要

冷 巷	
普粵共同含義	冷僻的胡同；行人稀少的小街
粵語特有含義	室內走廊；狹窄的通風過道

返工 〔普〕fǎngōng
〔粵〕fan¹gung¹

生活用例 ✻

◎ 普通話義

① 在"鳥巢"施工,也有壓力。每完成作業點,仔細檢查後,他要注上名字,方便日後驗收,稍有瑕疵,將會受到批評,還要返工。(北京《人民日報》,2006年8月9日)

② 裝修後,業主可以請專業機構對室內環境進行檢測。一旦出現裝修環保不達標的問題,裝修公司就不能進行工程交付驗收,還需進行返工。(《北京日報》,2006年7月6日)

◎ 粵語義

③ 當年交通尚未發達,他坐車到歌連臣角山腳,便要徒步行上山返工,"行得快都要行四十五分鐘"。(香港《星島日報》,2006年8月31日)

④ 她下月廿七日離職,惟昨晨十時許她如常返工時,因有兩名新同事上班,遂被僱主提早解僱。(香港《東方日報》,2006年8月31日)

詞義辨析 ✿

例①的北京《人民日報》報導指出,在"鳥巢"建築工程中,每個作業

點都要經過嚴格檢查，若有任何問題，不但要受到批評，還要"返工"；例
②《北京日報》報導的是室內裝修工程若在環保方面存在問題，工程不但不
能交付驗收，還要進行"返工"。這些"返工"，意為"重新加工"，指工
程或產品由於質量不合格而需重新製作或加工。這是"返工"一詞在普通話
中所具有的唯一意義。

　　但是，若用普通話"返工"的意思去理解例③和例④，便不得要領了。
因為在粵語中，"返工"不是"重新加工"的意思，而是"上班"的意思。
例③中的"徒步行上山返工"和例④中"她如常返工"的"返工"都是"上
班"，即"返到工作地點"的意思。同樣，粵語稱"上學"為"返學"、
"到辦公室"為"返辦公室"。

　　"返"本義為"回"、"歸"。唐崔顥《黃鶴樓》詩謂："黃鶴一去不
復返"，其中的"返"即為"回"、"歸"之義。"工"本義為工作。"返
工"一詞，可釋為"回去工作"。粵語中"返工"一詞重在施事者，所以意
為"上班"，指人回到工作的地方；而普通話中"返工"一詞重在受事者，
所以意為對產品重新加工，指"回去加工"。由於焦點不同，形成了"返
工"一詞在粵普中的不同詞義。

異義撮要 ❦

返　工	
普通話含義	重新施工或加工產品
粵語含義	上班，回到工作地點

沙塵

〔普〕shāchén
〔粵〕sa¹cen⁴

生活用例 ✿

◎ 普通話義

① 我的經歷是那樣平凡，……像莽莽蒼蒼的黃土高原上一粒小小的、小小的沙塵。（《北京晚報》，2006年8月28日）

② 其實5500 Sport的三防功能不俗，一般碰撞、沙塵及水花都能夠抵擋得到，帶它去做運動不怕跌傷浸親。（香港《太陽報》，2006年9月5日）

◎ 粵語義

③ 提起現時澳門賭業競爭，賭王話老早預見得到，果然一貫沙塵本色。（香港《蘋果日報》，2006年9月4日）

④ 早前他曾發表言論，指何××替十姑娘打官司一定輸，及後被指"沙塵"。（香港《成報》，2006年9月2日）

詞義辨析 ✿

"沙塵"一詞，指的是沙子和塵土。普通話和粵語至今仍然使用這一基本詞義。上述例①中作者將自己比作"小小的沙塵"和例②中說那款新型手機"一般碰撞、沙塵及水花都能夠抵擋得到"中的"沙塵"，都是指沙子和塵土。"沙塵"具有的這一詞義，自古亦然。例如，南朝謝靈運就有"河洲多沙塵，風悲黃雲起"（《阮瑀》）的詩句，其中的"沙塵"便為塵土般的細沙之義。

不過，粵語的"沙塵"一詞，除了有"沙子和塵土"之義外，還有另一種喻意，用來指人的態度傲慢、氣勢囂張、誇誇其談、愛出風頭或炫耀自己。上述例③中的"果然一貫沙塵本色"，若用"沙子和塵土"的本義來解釋"沙塵"，將不知所謂，而實際上其意為"果然一貫傲慢本色"；同樣，例④中的"及後被指'沙塵'"一句，其意思是"後來被指責為氣勢囂張"。"沙塵"的這種用法，使其詞性由名詞轉為形容詞。

"沙塵"由"沙子和塵土"轉為"傲慢"、"囂張"之義，可以追源自"塵"的本義。"塵"是會意字，《說文解字》："鹿行揚土也"。人行也會揚起塵土。唐代詩人李白《憶秦娥》詞："咸陽古道音塵絕"，就用了"塵"來喻指人的行跡。人的行動若令塵土飛揚，說明其規模和影響之大。"沙塵"造成的環境效果可以由"集氣長嘯，沙塵煙起"（《晉書》卷九十七）、"狂風暴起，沙塵沸湧"（《舊五代史》卷一）等的描述文字中看出。粵語大概就是從這個意義上使用了"沙塵"一詞來形容一個人飛揚跋扈、高傲不羈的樣子。

現代文學作家冰心在其"冰心作品"第二卷中亦曾借用"沙塵"來描述流言飛語"這書不過是匯集在北京時所聽的飛語，這飛語也就好似北京的沙塵"。但是，普通話的"沙塵"一詞本身並無"傲慢"、"囂張"的引申義，《現代漢語詞典》甚至連"沙塵"這一條目也未收錄。只是由於中國北方近些年來遭受"沙塵暴"災害的侵襲日益嚴重，"沙塵"一詞才開始經常出現於人們的日常生活用語中。不過，作為"傲慢"、"囂張"之義使用的"沙塵"，在粵語中卻被廣泛使用，且經久未衰。

粵語的"沙塵"經常與"白霍"一起使用，加強"浮誇輕浮"、"妄自尊大"、"傲慢"和"好出風頭"的詞義。例如，"我後生時，沙塵白霍，

乞人憎,現在變得多了"(香港《信報財經新聞》,2005年11月25日),意思是說,
"我年輕的時候,十分輕浮張狂,令人討厭,現在變得多了",其中的"白
霍"也是傲慢、炫耀的意思。

異義撮要 ☟

沙　塵	
普粵共同含義	沙子和塵土
粵語特有含義	形容人的態度傲慢、囂張、愛出風頭或炫耀自己

改名

〔普〕gǎimíng
〔粵〕goi²méng⁴

生活用例 ⚘

◎ 普通話義

① 這部2005年香港"亞洲電影投資會"的獲獎項目原名《紅色賽車》，因為《瘋狂的石頭》的火爆而改名為《瘋狂的賽車》。（《北京晚報》，2006年8月26日）

② 中大迎新營的"四院互片"，4年前就因"新亞桑拿"橫額及淫穢口號，受社會關注，校方後將之改名為"四院會師"。（香港《明報》，2006年8月 26日）

◎ 粵語義

③ 王太表示，剛於9月4日誕下團団……BB暫時未改中文名，而英文名就叫Khyrham。（香港《成報》，2003年9月 28日）

④ 長實不少樓盤，都是由趙氏親自提名，好似即將推出的馬鞍山嵐岸，這名字甚有詩情意境，當問到樓盤的售價時。他笑言，由他改名的樓盤，每方呎起碼都要賣貴五百元啦！（香港《星島日報》，2006年8月28日）

詞義辨析 ✿

　　"改名"一詞,本應為"更改名字"之義,即是將已有名字,改換成另外的名字。例①句子中的"改名"意為獲獎的電影將原來的片名《紅色賽車》改為《瘋狂的賽車》;例②句子中的"改名"意為中大校方將原名為"四院互片"的活動名稱改為"四院會師"。這種"更改名字"的"改名"一詞,古已有之。例如,《三國演義》第八十三回云:"(陸)遜本名陸議,後改名遜,字伯言,乃吳郡吳人也"。這種"更改名字"仍是今日普通話"改名"一詞之義,也是粵語"改名"一詞所具有的詞義之一。

　　但是,粵語的"改名"一詞除了有"更改名字"的意思,另有"取名字"或"起名字"的詞義,這是普通話"改名"所不具有的。嬰孩出生後,被起個名字或取個名字,粵語稱作是"改名"。例③中"暫時未改中文名",用普通話表示便是"暫時未起中文名字";例④中的"由他改名的樓盤",用普通話來表示便應為"由他命名的樓盤",而不是"由他把舊名字更改了的樓盤"。

　　為何粵語將"取名"稱為"改名"呢?這可能與古時的命名習慣有關。古時,中國人一般擁有四種稱呼:"小名"、"大名"、"字"和"號"。"字"和"號"現代人已少用,然"小名"(乳名)卻仍是許多人都有的。"小名"一般是在幼時使用,例如,"阿狗"、"三寶"之類;"名",是正式的稱呼,又叫作"大名",即所謂"尊姓大名"。古時通常是在出生百日之後,才取"大名";現在內地有些地方,孩子的"大名"是在向政府登記或上學讀書時才確定的。由於舊時一個人是先擁有小名,然後才有"大名",一個人的"大名"是在已擁有"小名"之後,重新命名,從這個意義上說,"大名"是"改"來的。

　　雖然粵語中的"改名"或許"改"得不無道理,但是"改名"一詞在普通話中只有"更換名字"的意思,所以,與普通話人溝通時,在用於"起名"、"取名"或"命名"之義時，還是避免使用"改名"一詞，以防止誤會。

異義撮要

改　名	
普粵共同含義	更改已有的名字（姓名）
粵語特有含義	為人（或事物）取名、起名、命名

走

〔普〕zǒu
〔粵〕zeo²

生活用例 ✤

◎ 普通話義

① 帶着這些疑問，記者走進了直接管理這支隊伍的寧波市公安局交通治安分局。（北京《人民日報》，2006年9月19日）

② 今天黃昏在這裏吃飯，走進一家泰國菜館，老闆笑着打招呼。（香港《星島日報》，2006年9月19日）

◎ 粵語義

③ 她猶有餘悸地說："開頭見好少煙，以為唔使走，後來見愈來愈大煙，想走都有得走！"（香港《蘋果日報》，2006年7月2日）

④ 該男子一度停下抖氣，馮與他保持一段距離，喝問他"如果無偷嘢就唔使走"，當時對方亦曾講嘢，但馮聽不懂他的普通話，不明所說。未幾，該男子又再逃跑，馮亦窮追。（香港《新報》，2005年8月26日）

詞義辨析 ✿

"走"，聽起來似乎不會出現任何誤解，無論是說普通話還是說粵語，都會明白"走"是人腳的移動。例①和例②即在這個意義上使用"走"："走進……公安局"和"走進一家泰國菜館"，都是靠人腳的移動到達某處所。

但是，究竟腳是怎樣移動的，換句話說，是以什麼方式或速度移動，粵語和普通話在"走"的用法上有所分別。

對例③敘述的事件情景，普通話人士可能會驚詫該位遭遇火災的女士會如此鎮定，直到火勢發展，煙愈來愈大，她仍然只是想到應該"走"，而不是"跑"，其心定氣閒的表現實在令人欽佩；而例④報導中的那個偷賊本是在逃跑，馮亦在窮追，但馮卻喝問偷賊"唔使走"（不要走）。其實，那偷賊豈是在"走"？若是在"走"，馮應該早就趕上並將他捉住了。

普通話人士對"走"的誤解，源於"走"的詞義在普通話中為"緩行"，有異於"疾行"的"跑"。

事實上，"走"字本義為疾趨、奔跑。例如，"奔走相告"一詞中的"走"便為"奔跑"之義。但是，"走"在普通話中的詞義已由"奔跑"變為"緩行"。今天的體育運動比賽中，"競走"與"賽跑"均為田徑項目，但"走"與"跑"截然不同：無論速度如何迅疾，"走"必須是腳跟先落地，而"跑"則無此要求。顯然"走"與"跑"不但有速度的分別，而且還有運動方式的差異。但在古時，"走"包括了緩行，而更主要指"疾趨"。

《三國演義》第一回云："賊眾驚慌，馬不及鞍，人不及甲，四散奔走。殺到天明，張梁、張寶引敗殘軍士，奪路而走"，其中的"四散奔走"和"奪路而走"，顯然是急忙奔跑逃離，所以，"走"之義為"急跑"，而不是今日普通話的"慢行"。

普通話的"走"已失去了"跑"的本義，但這一本義在粵語中卻仍然保持其優勢。今天粵語的"走"既包括了"疾趨"，即跑的詞義，也有普通話的"緩行"之義。由於粵語通常使用"行"來表示普通話"走"的意義，所以，在使用"走"時則多指"跑"。

普通話和粵語中的"走"和"跑"都有其他的引申義，例如"離開"、"泄露"、"改變或失去原來的位置或樣貌"等義。在這些意義上，普通話

口語多使用"跑",而粵語則多使用"走"。例如:

粵語	普通話
走音(唱歌)	跑調
走江湖	跑江湖
走馬燈	跑馬燈

瞭解了"走"在粵語和普通話中的詞義差異,普通話人士對粵語的"走"便不會產生疑惑了。

異義撮要

走	
普通話含義	與"跑"相對的緩行
粵語含義	包括緩行及與緩行相對的"跑"

走火
〔普〕zǒuhuǒ
〔粵〕zeo²fo²

生活用例 ✤

◎ 普通話義

① 黎以雙方中的任何一次"擦槍走火"都會使維和部隊面臨捲入衝突的危險。（《北京日報》，2006年8月31日）

② 近日已有台灣學者警告，局勢有擦槍走火的危機。（香港《星島日報》，2006年9月19日）

◎ 粵語義

③ 但火勢仍不斷擴大，他遂通知姓劉妻子攜同幼子逃生，自己亦報警及向鄰居拍門通知走火。（香港《成報》，2006年9月18日）

④ 以案發大廈為例，已有二十至三十年樓齡，樓宇開始老化，包括電線系統、防火設施等，在此經營商業活動，電力根本不勝負荷，加上走火通道堵塞，部分後巷被封，居民走火無路可逃。（香港《頭條日報》，2006年9月15日）

詞義辨析 ✿

"走火"一詞存在於粵語和普通話中，而粵語和普通話都可以在"因不小心而使火器發動出火"的意義上使用這個詞。上述例①和例②句子中的

"擦槍走火"便是在這個意義上使用的"走火"一詞,喻指因不小心導致的軍事或政治衝突。

"走火"在粵語和普通話中也包括一些引致燃燒或火災的不慎或意外情況,例如,電線因破損而"走火",意為電線因破損而起火。"走火"還可喻指說話甚至其他事情過了頭,例如今日普通話和粵語都使用的"走火入魔"。《紅樓夢》第八十七回有"感深秋撫琴悲往事,坐禪寂走火入邪魔"一句,其中的"走火入邪魔"是指因修練坐禪過了頭而出現不正常狀態。

除了上述詞義外,同一個"走火",在粵語中還具有"逃離火場"、"逃生"的詞義,這是普通話所沒有的。考究"走"字,因其"疾趨"即"快跑"而生"逃離"之義。《孟子·梁惠王上》云:"棄甲曳兵而走",就是說丟了軍服拖着武器倉惶而逃的意思。粵語將"逃離火場"稱作"走火",其中的"走",用的是"逃跑"之義,即"逃離火災現場"。

用這一意義解釋例③和例④中的"走火"一詞,便明白其句子所表達的意思了:"但火勢仍不斷擴大,他遂通知姓劉妻子攜同幼子逃生,自己亦報警及向鄰居拍門通知逃生";"安全通道堵塞,部分後巷被封,居民跑離火災現場時無路可逃"。

香港的住宅大廈內常見"走火通道"的字樣,是"從火災中逃跑的通道"的意思。由此可見,粵語的這種"走火"為主動地"離開火"之義,而"擦槍走火"一詞中"走火"的本義為無意地"引燃火"之義。兩者正好相反。

普通話並無與粵語具"離開火場"意義的"走火"相同的用詞。普通話的"救火"是指"滅火",而非"逃離火場"。"走火通道",在內地通常使用"安全出口"或"太平門";"走火演習"則稱作"防火演習"或"消防演習"。

異義撮要

走　火	
普粵共同含義	因不小心而使火器發動出火；一些引致燃燒或火災的不慎或意外情況；説話或做事超過了應有的限度
粵語特有含義	逃離火災現場

花王

〔普〕huāwáng
〔粵〕fa¹wong⁴

生活用例 ✤

◎ 普通話義

① 自本報與北京植物園共同舉辦的"評選您心中最美麗的花"活動開展以來，不少讀者都給我們打來電話或發來郵件為自己心中的花王投票，在植物園精心推薦出的30名花選手中，2號選手"粉山桃"力克群芳，票數一直處於領先地位，看來今年的"花王"非它莫屬了。（《北京娛樂信報》，2006年4月30日）

② 市民可以參與"評選您心中最美的花"活動，每人限在評選園30種編上序號的特色花卉中選一種。屆時票數最高的花將被評為今年桃花節的"花王"。（《北京晚報》，2006年4月5日）

◎ 粵語義

③ 他與家人搬出，但安排一名男菲傭留守作花王，並照顧飼養的多隻狗。（香港《星島日報》，2006年8月8日）

④ 跟一般康文署或私人屋苑的"花王"一樣，九鐵的園藝師同樣要負責種植樹木、澆水、施肥及除草等工作。（香港《明報》，2006年7月23日）

詞義辨析

　　"花王"對於普通話人士來說，可能想到的是某類花中開得最美麗、最大的一枝，猶如"蟻王"、"蜂王"位居同類之首一樣。這種用法古已有之。古時，花中之王的"花王"專指牡丹。宋歐陽修《洛陽牡丹記》中有"人謂牡丹花王"一語；明李時珍《本草綱目·牡丹》云："世稱牡丹為花王，芍藥為花相"。這是以人世間的官爵階品將花卉排列，把牡丹視為"花中之王"。在例①及例②中，北京報章報導的"評選您心中最美麗的花"活動，將最美麗的"花"稱之為"花王"，使用的便是"花王"一詞由古至今在北方方言中的意義。

　　不過，若以"花王"為"最美麗的花"來解釋例③和例④的粵語句子，便可令人丈二和尚——摸不着頭腦了。在例③中，"花王"竟然是一名男菲傭；而例④中的"花王"則要負責種植樹木、澆水、施肥及除草，這些全然不是一朵"最美麗的花"所能負起的責任。究其原因，是粵語的"花王"與普通話的"花王"不是同一回事。

　　粵語中的"花王"是指那些專門種植花卉或修整花卉、從事園藝的人，即普通話所稱的"花匠"、"園丁"、"園藝工人"或"花農"（以種植花卉為業的農民）。這種"花王"是指"專職治理花的人"，而不是"花"。由此，也就不難理解為何"花王"可以由男性菲傭來擔任了。

　　與"花王"相同，粵語還可用"蛇王"（與用作形容詞的"偷懶"一詞的意思不同，見本書頁204，"蛇王"條）來指以"捉蛇"為職業的人。普通話不稱從事某種特別職業的人為"王"。

異義撮要 🐚

花　王	
普通話含義	花中之王；最美或最大的花
粵語含義	花匠；園丁

呱呱叫

〔普〕guāguājiào
〔粵〕gua¹gua¹giu³

生活用例

◎ 普通話義

① 一位從廊坊趕來收香菇的商販說:"整個華北地區,永樂店這片林子裏的食用菌品質最好,老張的栽培技術呱呱叫"。(《北京日報》,2006年6月25日)

② 材料科科長魏啟華是處裏的"明白人",業務呱呱叫。(北京《人民日報》,2006年2月21日)

◎ 粵語義

③ "這還用說,誰會重視下一代?當然是男的,'不孝有三,無後為大'嘛!"想不到雲妮的回應是:"錯了!反悔的是女方,不是男方,結果兩個男的都呱呱叫,說女的不守誓言。"(香港《明報》,2006年10月13日)

④ 這天從公司返回雅樂居,見到美寶和海蒂拿着一本雜誌,吱吱喳喳,呱呱叫,我問什麼事,美寶氣憤地把那本雜誌擲給我看。(香港《明報》,2006年8月23日)

詞義辨析 ☀

"呱呱"是個重疊擬聲詞,用來形容青蛙、鴨子等動物的響亮叫聲時,普通話讀作guāguā;另外,普通話書面語用來形容嬰兒的啼哭聲時則讀作gūgū,所以,"呱呱墜地"一詞中的"呱呱"讀gūgū。

漢語擬聲詞後面常常可以接"叫"、"響"等動詞。在擬聲詞和動詞之間還可以插入助詞"地"。例如普通話中,"吱吱"可以組成 "吱吱叫"、"吱吱地響";"嘩嘩"可以組成"嘩嘩響"、"嘩嘩地流";"咚咚"可以組成"咚咚響"、"咚咚地敲"等等。擬聲詞亦可後接名詞,這時的擬聲詞與名詞之間還常加助詞"的",如:"嘩嘩的流水"、"咚咚的腳步"等。無論如何使用,漢語擬聲詞與後面所跟的詞語往往比較固定,甚至形成固定的偏正式複合詞。一般說來,組合之後的擬聲詞詞義並沒有根本改變其語素義。

不過,"呱呱叫"在普通話中卻是個例外。由擬聲詞"呱呱"與動詞"叫"組成的"呱呱叫",與"呱呱地叫"意思完全不同。

《現代漢語詞典》作為一個口語詞收錄了"呱呱叫",並列為形容詞中的"狀態詞",釋義為:"形容極好"。由這一詞義來看前面例①"老張的栽培技術呱呱叫",就可以明白其中的"呱呱叫"是說在整個華北地區,老張的食用菌栽培技術是數一數二的。同樣,例②中說材料科科長魏啟華的業務"呱呱叫",意思是說,這位科長的業務能力非常高。這種用法與"呱呱"原本的擬聲詞詞義完全脫離。而"呱呱叫"又經常寫作"刮刮叫"。

普通話中有一句與"呱呱叫"緊密相關的歇後語,"狗攆鴨子——呱呱叫",用以加強語氣,形容極好。例如,剛下過一場及時雨之後,一位年逾花甲的郊區農民喜上眉梢地說:"這雨下得不急不躁,滴滴入土,對當前小麥播種下地正是時候,可以說是狗攆鴨子呱呱叫了!"(《北京青年報》,2005年9月21日)這裏使用歇後語的目的,是加強語言的感染力,說明這場及時雨對小麥播種來說真是太應時、太好了，與擬聲詞"呱呱"沒有直接關係。

　　現今普通話"呱呱叫"的"極好"之義，已見於晚清時期文學作品之中。李寶嘉《官場現形記》第四回便有云："大太爺你想，咱班子裏一個老生，一個花臉，一個小生，一個衫子，都是刮刮叫，超等第一名的角色"，其中的"刮刮叫"便是"呱呱叫"，意為"超等第一名"。

　　粵語也使用"呱呱叫"一詞。但是，粵語"呱呱叫"並無普通話"極好"的詞義，只有"大聲喊叫"或"哇啦哇啦地大聲說話"的意思。粵語的"呱呱叫"還可以由其"大聲叫"之義，引申形容人"叫嚷"、"吵吵嚷嚷"的樣子。例③"結果兩個男的都呱呱叫，說女的不守誓言"，其中的"呱呱叫"是指兩個男人吵吵嚷嚷的樣子；例④中說美寶和海蒂兩人拿着一本雜誌，在那裏"吱吱喳喳，呱呱叫"。其中的"呱呱叫"顯然是在形容美寶和海蒂兩人大聲說話的樣子。此外，粵語的"呱呱叫"還可用來形容嬰兒的哭聲，例如"當時，劉女士的幼女肚餓，較早前奶粉帶不夠，餓得呱呱叫，……狼狽不堪"（香港《新報》，2006年4月10日）。這種形容小孩子哭聲的"呱呱叫"，普通話一般使用"哇哇叫"。

　　若不了解粵語和普通話的差異，只用粵語詞義去理解普通話的"呱呱叫"，有時會出現一些令人啼笑皆非的現象。例如，內地一首有名的歌曲《響當當的連隊呱呱叫的兵》，若按粵語詞義，這首歌將會被誤以為是士兵整日在不停地喧鬧吵嚷，而事實上這首歌是在頌揚意氣風發、精神振奮的解放軍戰士。再如，內地還有一段名為《北京人就是呱呱叫》的曲藝節目，其意不是說北京人喜歡大吵大叫，而是說北京人"特棒"。

　　不過，由於受到普通話的影響，近年香港中文書面語也偶見使用"呱呱叫"來形容一個人"語言能力好"。例如："如果我們的教育者沒有了前瞻視野，用不着太久，我們就會發現我們的學生文科好理科妙英語呱呱叫，卻只能當一個整天替上管從雅虎和Google上打印資料的高學歷低級文員"（香港《星島日報》，2006年10月11日）。其中"英語呱呱叫"意為英語的水平很高。

不過,這裏的"呱呱叫"應是書面語中偶然借用普通話詞語,且非粵語常用詞。

與"呱呱叫"緊密相關還有"頂呱呱"一詞(也寫作"頂刮刮")。在普通話中"頂呱呱"與"呱呱叫"詞義相同,都形容"極好"。例如"當老師,就當個頂呱呱的好老師!"(北京《光明日報》,2006年9月8日)其中"頂呱呱"即"呱呱叫",都是形容"極好"。有趣的是,在形容"極好"時,粵語不用或罕用"呱呱叫"一詞,但是卻常使用"頂呱呱"一詞。例如:"香港的治安'頂呱呱',比內地城市好很多"(香港《東方日報》,2006年9月25日),即用"頂呱呱"形容極好。

與粵語偶爾從普通話借用"呱呱叫"形容人的語言能力不同,粵語使用"頂呱呱"表示"極好"已有一段頗長的時間。據1924年上海出版的《切口大詞典》記載,當時的粵語口語便普遍使用"頂呱呱"一詞,形容事物之"好也"、"美也",並說當時的粵語"事物之妙莫不曰頂呱呱"。

異義撮要

呱　呱　叫	
普通話含義	形容極好;形容人的技術或水平特別高超
粵語含義	大聲叫;叫嚷;吵吵嚷嚷

奉旨

〔普〕fèngzhǐ
〔粵〕fung⁶ji²

生活用例 ✤

◎ 普通話義

① 那一幅傳世名作《韓熙載夜宴圖》，本意只不過是奉旨行事，窺視大臣是否有叛逆之心，向當朝皇帝打一個"小報告"。（北京《光明日報》，2006年8月11日）

② 文革中，中央警衛局（八三四一部隊）曾奉旨到公安部抓大官。（香港《東方日報》，2006年7月5日）

◎ 粵語義

③ 她更表示羨慕胡杏兒，可以奉旨食嘢。（香港《太陽報》，2006年7月7日）

④ 由於×××一直未受到應得的懲罰，奸商便以為奉旨可以這樣做的。（香港《東方日報》，2006年8月29日）

詞義辨析 ✿

"奉"，本義為"接受"；"旨"，自宋以來被用來尊稱"帝王的意見、命令"。"奉旨"本指"奉君王之命"，後引申為"接受上司之命令和指使"的意思，例如"奉旨行事"即"按上司的指示行事"。

　　"奉旨"一詞在現代漢語口語中雖不常見,但可為普通話人士所理解或偶爾用之,以收特殊語言修辭之效。上面例①中的"奉旨行事"雖然出自現代人之口,但描述的是古事,所以其中的"奉旨"用的正是其本義,即奉君王之命而行事;例②"奉旨到公安部抓大官"中的"奉旨"則是奉上級的指示行事的意思,使用的是"奉旨"一詞的引申義。

　　不過,從例③和例④粵語"奉旨"一詞的使用可見,"奉旨"的粵語詞義與其在普通話中的詞義大為不同。若用普通話的詞義去理解,例③的句子便令人大費周章了:怎麼可以按照上級的指示來吃東西(食嘢)呢?而例④的句子更有些荒唐:未受到應得的懲罰,怎麼會令奸商以為是按上司指示做壞事呢?

　　普通話人士對粵語"奉旨"一詞的不解,是由於"奉旨"在粵語中的詞義已經與"接受上級指示或命令"大不相同了。可能是由於"奉旨"有"必須執行"之義,粵語的"奉旨"一詞引申出了"照例"或"一定"的詞義。因此,若用"照例"的意義去理解上述的例③及例④中的句子,意思便可豁然明白了:"可以奉旨食嘢"意為"可以照樣吃東西";"奸商便以為奉旨可以這樣做的"意為"奸商便以為照例可以這樣做"。不過,需要留意的是,以"照例"之義使用的"奉旨"一詞,在粵語中一般使用的是肯定式,如上面所舉各例;而若作"一定"之義時,"奉旨"一詞往往後跟否定詞,例如"他奉旨唔會認輸"即"他肯定不會認輸";"星期六他奉旨唔會去馬場",即"星期六他一定不會去馬場";"他奉旨唔食西餐"即"他一貫不吃西餐"。在這些情況中的粵語"奉旨"一詞,已完全失去"按命令辦事"的意義,使用的只是"肯定"、"一定"的引申義。

　　由此可知,普通話的"奉旨"依然是在奉行上級指示;而粵語的"奉旨"已無"旨"可奉,只是義為循例或必定如此行事而已。

異義撮要

奉 旨	
普粵共同含義	按照上級的指示（去做某事）
粵語特有含義	照例；一貫；一定；肯定；絕對

姑奶

〔普〕gūnǎi
〔粵〕gu¹nai¹

生活用例

◎普通話義

> ① 大姑奶是爺爺的大妹妹，父親叫大姑，我們叫她大姑奶。大姑奶身量不高，大腳片子，大嗓門兒，鼻翅上生有一顆黑痣，鼓溜溜的像夾在鼻凹裏的一粒小黑棗。（《北京日報》，2002年12月8日）
>
> ② 霍自正說："影片對於霍元甲有關生平及霍氏家族的描述嚴重失實……。"霍先生澄清說："實際上，在元甲公死後7年，即1917年，其父霍恩弟去世，82歲。其夫人王氏，我的曾祖母1960年去世，91歲，我當時已11歲了。他的長女，我的大姑奶1985年去世，89歲。"
> （《北京青年報》，2006年2月20日）

◎粵語義

> ③ 九巴媳婦雷林靜怡胞弟林定宇與拍拖兩年的女友黃潔賢前日拉埋天窗，一對新人前晚於灣仔君悅酒店筵開三十八席喜宴，由已故船王包玉剛的千金包陪慶致辭。新任大姑奶雷林靜怡擔任婚禮總指揮，她自言心情比胞弟更興奮。（香港《蘋果日報》，2002年10月21日）
>
> ④ 他昨晚打電話向記者哭訴："記者先生，請救救我！我兩姊弟同埋一班叔伯都被打得好傷。"事後據其妻表示：持香港回鄉證的丈夫關文德（二十八歲）、大姑奶關彩群（二十九歲）傷得最重。（香港《蘋果日報》，2002年10月4日）

詞義辨析 🌼

　　稱謂語 "姑奶" 一詞，在粵語和普通話中所指不同。

　　例①中有 "大姑奶是爺爺的大妹妹，父親叫大姑，我們叫她大姑奶"。這清楚地指出，普通話中的姑奶是 "祖父的姐姐或妹妹"。再如，李連杰主演的電影《霍元甲》上映之後，一位有家譜為證的霍元甲直系後代霍自正控告製片人杜撰情節，損害了霍家名譽。北京的報章報導了此事。從例②可見，這裏，霍元甲是說話人（霍自正）的曾祖父，那麼，曾祖父的長女應當是說話人 "祖父的姐姐或妹妹" ——即說話人的 "姑奶"。所以，普通話的 "姑奶" 是與祖父同輩的人，是祖父的姐姐或妹妹。

　　粵語中的 "姑奶" 與普通話不同。例如下面是取自香港報章 "讀者問答" 欄目中的文字。有一位名叫Ada的女讀者在該欄目中訴說了其與丈夫家人相處遇到的困難：

　　　　問：我因為有了BB 才結婚，我和老公的家人一起住，有時會因小事而吵架，令我很不開心！奶奶有精神病，長期要吃藥和覆診，我不知道如何跟她相處！我老公的家姐還打過我，是否應該不理睬她？我奶奶以前很爛賭，欠人很多錢，她的女兒已幫她還完又還……到現在，她的女兒已很少回家，甚至連電話也沒有打回來，家中有事，她不聞、不問、不理，據說她已有男友，她是否已不要這個家？（香港《東方日報》，2007年5月30日）

　　說話人稱呼的 "奶奶" 指的是 "丈夫" 的母親，即普通話的 "婆婆"（見本書頁62，"奶奶" 條），這裡不再討論。要辨析的是說話人 "老公的家姐" 在粵語中如何稱呼？這可以從M小姐對以上問題的回應中找到答案：

答：……作為呢個家庭新加入嘅分子，你可能有兩個疑問：第一、點樣同其他家庭成員相處？第二、點解你姑奶以前咁顧家，依家會放棄呢頭家，走咗出去唔返嚟？

這裡的"姑奶"指的就是那位以前很孝順，而現在不問家事的"老公的家姐"。M小姐似乎對這位"姑奶"現在不理家事的做法抱有同情和理解，進而表示："至於你嗰位本來好孝義嘅姑奶，點解最終會變得無情無義？換轉係你，有個又爛賭、又有病嘅阿媽，幫佢還咗咁耐錢，咩恩情都還清啦！"我們在這裏不打算討論別人的家務事，只是留意"姑奶"一詞在粵語和普通話中所指為不同親屬。

再如前面例③中說，雷林靜怡女士因為其胞弟林定宇結婚而成為"新任大姑奶"，在其弟弟的婚禮上，她"心情比胞弟更興奮"。例④中的用法也是如此：在深圳，香港人關文德和姐姐關彩群聯合親友及村民和平請願，結果以浴血收場。事後據其妻表示："持香港回鄉證的丈夫關文德（二十八歲）、大姑奶關彩群（二十九歲）傷得最重。"這裡，關文德的妻子稱丈夫的姐姐關彩群為"大姑奶"。

通過以上的辨析，可以看出，"姑奶"在普通話指"祖父的姐姐或妹妹"；粵語則指"丈夫的姐姐"。兩相比較，粵語"姑奶"比普通話"姑奶"足足低了兩輩。

異義撮要

姑 奶	
普通話含義	祖父的姐姐或妹妹
粵語含義	丈夫的姐姐

姑姐

〔普〕gūjiě
〔粵〕gu¹zé²

生活用例

◎ 普通話義

① 今年剛進臘月，我意外地接到公公一家人的電話。……大姑姐接着說："妹妹呀，我們考慮問題不周。你那麼遠回來一次不容易，咱姐妹們也沒好好親熱……"。（《北京晚報》，2004年1月21日）

② 福生和他的姐姐、娘都幹拐賣婦女的勾當。田丫就是被她大姑姐拐賣來擇優錄取做了弟媳婦的。（《北京晚報》，2002年1月1日）

◎ 粵語義

③ 很開心我的家庭繼冬菇（我的狗）後，又增添了一個新成員，"她"是誰呢？她便是我哥哥跟嫂子的小寶貝了！今年只有二十一歲的我當了人家的大姑姐。（香港《太陽報》，2006年8月5日）

④ 十歲男童可能從自己姑姐處感染禽流感，繼而傳染給與他同牀睡覺的父親，另外三名家庭成員則與男童姑姐在同一個房間居住，因此也染上禽流感。（香港《星島日報》，2006年6月24日）

詞義辨析

粵語和普通話都有"姑姐"這個親屬稱謂語，但所稱呼的人卻不同：粵語指的是父親的妹妹，普通話指的是丈夫的姐姐。

現代漢語中的 "姐"，一般用以指稱同輩中比自己年長之女子（不包括嫂子），例如粵語稱 "家姐"，普通話稱 "姐姐"。 "姑"的用法，在普通話中一般有兩種：一指父親的姐或妹，二指丈夫的姐或妹。稱父親的姐或妹時，普通話 "姑"在口語中常疊用為 "姑姑"，亦作 "姑母"、 "姑媽"，還可按年齡順序分別呼為 "大姑"、 "二姑"或 "小姑"等。 "姑"指丈夫的姐或妹時，比丈夫年長者稱 "大姑"或 "大姑子"，比丈夫年輕者稱 "小姑"或 "小姑子"。那麼，普通話的 "姑姐"，指的是誰？

在普通話中， "姑姐"可以是丈夫的姐姐的稱呼，即作為丈夫姐姐的 "大姑子"又可被呼作 "姑姐"或 "大姑姐"。在例①的故事中，兒子要去姑姑家，而母親則稱兒子的這位姑姑為 "大姑姐"；而例②訴說了一個 "大姑姐"從拐賣的婦女中選擇弟媳婦的事情，從而更清楚地說明了 "大姑姐"為丈夫的姐姐。

有趣的是，粵語 "姑姐"並非指丈夫的姐姐，而是指普通話的 "姑姑"、 "姑媽"或 "姑母"。例③中因為哥哥和嫂子生了一個小寶貝，所以只有二十一歲的 "我"當了 "大姑姐"，也就是說，哥哥的孩子應呼其為 "大姑姐"；例④中說的是男童有姑姐，可見 "姑姐"不會是丈夫的姐妹，而是父親的姐妹。但是，粵語又並非將普通話所有 "姑姑"、 "姑媽"或 "姑母"都稱作 "姑姐"—— "姑姐"在粵語中只用作對父親之妹的稱呼，而對父親之姐則與普通話同樣，稱作 "姑媽"。

粵語將 "姐"與 "姑"連用，作為對父親之妹的稱謂語，乃是漢語古語用法之沿襲。《說文解字》指： "蜀謂母曰姐"。由此可見， "姐"有可能本是南方蜀地的一個方言詞，義為 "母"，後來進入北方漢語。 "姐"最初進入北方方言時，亦用以稱母或母輩，非用以稱同輩。因此，有學者認為， "姑"後加 "姐"，古時 "姑姐"特指 "庶母"，包括父的妾。經過長時間演化，現時粵語中之 "姑姐" 雖然不再用以稱母親，但仍用以表示與母親同輩之父親的妹妹。由此看來，粵語 "姑姐"（父親之妹）比普通話 "姑姐"（丈夫之姐）高出一輩並不足奇，實則更近 "姐" 之本義。

古時， "姐" 與 "姊" 原義本不相同。如上所述，前者本義為長輩之 "母"，後者義為同輩之 "女兒"。《爾雅‧釋親》說 "男子謂女子先生曰姊"，意思是說男子稱呼早於自己出生的女子為 "姊"。但是，到了魏晉南北朝時期， "姐" 與 "姊" 兩字已可通假使用，至唐則更為普遍。例如唐代李白《寄東魯二稚子》詩有 "小兒名伯禽，與姐亦齊肩" 之句。此處之 "姐" 乃通 "姊"。劉知幾《史通》卷十七 "雜說中" 亦記： "如今之所謂者，若中州名漢，關右稱羌，易臣以奴，呼母云姊"。可見，當時社會普遍使用的許多新稱謂詞語中，包括把 "母" 稱作 "姊"。雖然 "姐" 與 "姊" 通，但是，唐宋時期 "姐" 與 "姊" 在實際使用上仍有不同之色彩。以 "女兒" 稱 "姐"，初時有 "尊敬" 的意義。及至元明之後， "姐" 字才完全脫離 "母" 義，單具 "女兒" 之義，使用上與 "姊" 並無二致。

普通話 "姐" 與 "姊" 詞義相同，乃為上述發展的延續。不過，現今之普通話一般只使用 "姐"，很少使用 "姊"。普通話中，目前僅 "姊妹" 一詞偶用 "姊" 字，其他時候都用 "姐"。而且普通話中 "姊妹" 一詞也有漸被 "姐妹" 所取代之趨勢。

值得注意的是，略先於 "姑姐"，漢代之前有 "姑姊" 之用例。《左傳‧襄公十二年》中有 "無女而有姊妹及姑姊妹" 一語。唐孔穎達疏云： "父之姊為姑姊，父之妹為姑妹"；《左傳‧襄公二十一年》又有 "季武子以公姑姊妻之" 之語。由此可見，今日粵語的 "姑姐" 確有其古漢語之淵源。不過，今日粵語之 "姑姐" 並非 "父之姊"，而變為 "父之妹"。

"姑"，古時用以稱丈夫之母，也用於稱 "父之姊妹"。不過，用

"姑"來稱呼丈夫之姐或妹,亦古已有之。例如漢樂府《孔雀東南飛》中劉蘭芝辭別夫家時,有歌曰: "新婦初來時,小姑始扶牀;今日被驅遣,小姑如我長。"此處即呼丈夫之妹為 "小姑"。

雖然今天的普通話可以用 "姑"稱丈夫之姐或妹,但是,北方方言經過長期演變,到了現時, "姑"與 "姐"在單用時,主要的涵義乃分別指稱兩代不同輩份的親屬。 "姑"主要指稱父親之姐或妹; "姐"主要指稱同輩中年長於自己的女性。因此,北方婦女在面稱丈夫之姐或妹時,一般不用 "姑",而是隨夫稱 "姐"或 "妹"。只是在背稱時才使用 "姑"(多兒化),而且常在 "姑"的前後加綴,稱 "大姑子"、 "大姑姐"、 "小姑子"等,以區別父輩的 "姑"。因此,可以說,普通話中的 "姑姐"指稱 "丈夫之姐"時,其意在 "姐"而不在 "姑",與粵語中的"姑姐"指稱"父親之妹"其意在"姑"而不在"姐",實同形異趣。

綜上所言,粵語的 "姑姐"在普通話中稱作"姑媽"或"姑姑"。普通話的 "大姑姐",粵語則稱作"大姑"或"姑奶"(見本書頁128, "姑奶"條),普通話的 "小姑子",粵語稱"姑仔"。

異義撮要 ☙

姑　姐	
普通話含義	丈夫的姐姐
粵語含義	父親的妹妹

孤寒

〔普〕gūhán
〔粤〕gu¹hon⁴

生活用例

◎ 普通話義

① 一個出身"孤寒門第"的讀書人,在少年時代即"刻志力學",
豈無兼濟天下的懷抱?(北京《人民日報》,2005年12月3日)

② 我受已故書法家鄧散木先生的遺孀張建權老人之托,登門向先生
問候和答謝,原由是先生憐惜鄧師母……孤寒拮据,差人送去2萬元。
(《北京晚報》,2005年7月5日)

◎ 粤語義

③ 森美即自誇說:"基本慳儉都係美德,但千祈唔好同孤寒加埋嚟
講,我對愛惜嘅人好闊佬。"(香港《新報》,2006年8月15日)

④ 他說笑表示自己其實很"孤寒":"花幾千蚊買部手機真係唔捨
得。"(香港《東方日報》,2006年8月19日)

詞義辨析

由字面來看,"孤寒"一詞,是各取了"孤獨"與"貧寒"兩詞中的一
個語素組成。"孤",本義為"幼而無父"(《孟子·梁惠王下》);"寒",
本義為"冷",引申義為"貧困"。因此,"孤寒"義為出身低微、家境

貧寒、孤寂無援等。例如，《晉書·陳頵傳》：“頵以孤寒，數有奏議，朝士多惡之”。此處指陳頵因出身寒微，他的多次奏議，都受到朝廷人士的嫌棄。再如元關漢卿《五侯宴》楔子：“俺這孤寒母誰偢問？”此處“孤寒”指家境貧困無依。

古時讀書人多出身貧苦，“孤寒”一詞又用來代指貧窮的讀書人。唐代王定保《唐摭言·好放孤寒》中有“八百孤寒齊下淚，一時南望李崖州”之句，說的是宰相李德裕被貶崖州（今海南島），令讀書人皆傷心流淚。

今天普通話的“孤寒”一詞，仍使用貧困無援的詞義。例①“孤寒門第的讀書人”，指的便是出身於貧困家境的讀書人；例②中的“孤寒拮据”，意為“清貧”、“境況窘迫”。基於這一詞義，“孤寒”一詞在普通話中並無貶斥或受歧視之色彩。

粵語的“孤寒”與普通話不同。例③中的森美似乎諱忌被人使用“孤寒”一詞來描述其節儉的表現；而例④所述，則是有人用“孤寒”當作自我嘲笑的字眼。究其原因，“孤寒”在粵語中是“小器”、“吝嗇”之義，具貶義色彩，用來對形容那些斤斤計較和不捨得花錢的人。

粵語“孤寒”一詞所具有的“小器”、“吝嗇”之義，應是由“孤寒”一詞本來的出身低微、家境貧困之意義引申而來。因為家境貧困，難免出現衣衫破舊、無以付錢的窘態，給人以吝嗇、小器的印象，於是“孤寒”之士的行為，便被冠以“孤寒”一詞來描述。這或許是粵語“孤寒”詞義產生的緣由。

北方方言沒有像粵語那樣，將“孤寒”發展成為描述貧寒人窘相的形容詞，卻用“寒”作為語素發展出另外的形容詞，這就是今日普通話使用的“寒酸”、“寒磣”或“寒酸氣”、“寒酸相”等詞。這些詞在普通話中具有與粵語“孤寒”一詞類似的詞義，形容那種因窮困而衣衫破舊的樣子或過於儉樸吝嗇的舉止。例如：

辛辛苦苦幾十年來，買房還借幾萬元，人家空調換幾代，你家還買電風扇，你說寒酸不寒酸。（北京《光明日報》，2006年9月10日）

上例中的"寒酸"，意指因不富有而不捨得用錢的窘態；

對於那些中學生來說，開學不僅僅意味着新的拚搏開始，同時也意味着家裏又得準備一筆不少的錢。可中學生又是一個特殊的群體，青春期的孩子有着自己特有的消費心理，比如喜歡攀比、喜歡時尚的東西。一味地責怪孩子們，也不是辦法。關鍵是雙方都要溝通好，既不要讓孩子顯得太寒磣，又不至於讓孩子養成壞習慣。（《北京晚報》，2006年8月24日）

上例中的"寒磣"，便是因過於儉樸而顯得不體面的意思。

由此可見，粵語的"孤寒"，在普通話有時可用"寒酸"、"寒磣"等詞來表達。

異義撮要

孤 寒	
普通話含義	出身低微；家境貧寒；孤寂無援
粵語含義	小氣（器）；吝嗇；不捨得花錢

拉人

〔普〕lārén
〔粵〕lai¹yen⁴

生活用例 ⚘

◎ 普通話義

① 他們為學校招攬一個學生，能有300元的提成。這些人中也有拉 "黑活" 的，很多人不但為自己學校拉人，還為其他學校招攬生源。（北京《消費日報》，2006年8月28日）

② 當民警問起該車是否用於載客時，司機答得卻很快： "我，我這個車是賣菜用的，不拉人。" 但是看着車的後座乾乾淨淨，他只得承認是拉人的。（《北京晨報》，2006年7月21日）

◎ 粵語義

③ 石澳兩水警拉人時墮海。兩名水警人員今早在石澳附近海面追查一批疑人時墮海。（香港《明報》，2005年2月24日）

④ 警方會協助在港搜證，若馬國警方鎖定疑犯身份，發出通緝令，香港警方就會上門拉人。（香港《太陽報》，2006年8月29日）

詞義辨析 ※

例① 中所報導的是內地一些學校為獲得更多的新生入學，採取支付佣金的方式聘用校內人員為學校 "拉人"。其中的 "拉人" 的 "拉"，是普通話的用法，意為招攬、拉攏或聯絡。例② 所報導的是，當民警截查一輛貨車是否用於載客時，司機回答說："我這個車是賣菜用的，不拉人"，其中的"拉"一詞，是普通話的另一用法，意為"（用車）載"。

"拉"本義是"摧"、"折"，引申而為"牽挽"、"招引"之義。"拉手"、"拉攏"中的"拉"用的便是"牽引"義。普通話"用車拉走"中的"拉"，用的仍是"招引"、"牽引"義。普通話的"拉走"，可以表示各種形式的被"牽引"離開，可能是自願被拉走，也可能是強行被拉走。例如，"他本來不想去，但最後還是被朋友拉走了"。

粵語的"拉"，詞義有與普通話不同的地方。粵語將"拉"的"牽引"之義加重，變成"捕捉"、"拘捕"，即被"強行帶走"。這樣一來，"拉人"在粵語中通常指"警方拘捕人"。例③所說的是兩名水警"拉人"時墮海，是指該兩名水警人員在海面追查並拘捕嫌疑人時墮海；例④ 說的是香港警方將協助馬國警方搜證，若馬國警方鎖定疑犯身份，發出通緝令，香港警方就會上門"拉人"。顯然，其中的"拉"不會是普通話的"招攬"或"載"之義，而是"拘捕"。

在普通話口語中，"用車載"經常使用"拉"。例如，普通話說"王經理給拉走了"，意思是"有人用車載走了王經理"。這個"拉走"，同粵語的"車走"之義是相同的，並無強迫之意。再如，"我用車來拉你"，意為"我開車來載你"，決不是來"逮捕你"。

今天普通話中具有招攬、聯絡或拉攏之義的"拉"，在近代漢語中已被使用：

王德愁着眉道："那時我不曾去。他為出了一個貢，拉人出賀禮……"。（《儒林外史》第五回）

上例中，"拉人出賀禮"的"拉"便是招攬、拉攏之義。

今天普通話中具有車載之義的"拉",在明清小說中也不乏用例:

且說黛玉自那日棄舟登岸時,便有榮國府打發了轎子並拉行
李的車輛久候了。(《紅樓夢》第三回)

其中"拉行李的車輛"便是"載行李的車輛"的意思。

寶玉笑道:"原來要這個。這不值什麼,拿五百錢出去給小
子們,管拉一車來"。(《紅樓夢》第二十七回)

上例中的"管拉一車來"便是"保證載來一車"的意思。

由於普通話的"拉"沒有用作"拘捕"之義,所以,在使用"拉人"一
詞時,粵語人士和普通話人士須特別注意其中的差別。

異義撮要

拉 人	
普通話含義	拉攏或招攬人;用車載人
粵語含義	(警方)逮捕人、拘捕人;捉人

泥

〔普〕ní
〔粵〕nai⁴

生活用例 ❋

◎ 普通話義

① 張老先生說，院外就是土路，這裏的居民是晴天一身土，雨天兩腳泥。（《北京晚報》，2006年8月29日）

② 記者看到這裏是一條四五米寬的路，兩側是馬路，中間一道泥土路泛着青苔印。再向前40多米，柏油路幾乎看不見了，取而代之的是泥土和無機料路面，滿是汽車和自行車車轆轆印，有的地方還被雨水泡得泥濘不堪。（《北京晚報》，2006年8月17日）

◎ 粵語義

③ 不少人插花都喜歡使用花泥，其實大家可使用間尺將一磚磚的花泥分開，方便簡單。另外花泥濕透需時，最好在插花前半小時，將花泥放進水桶內，讓水份浸濕透整磚花泥。（香港《星島日報》，2006年8月31日）

④ 聖經說，人是照着神的 "模樣"，由泥加水做成的，雖然有神的形貌，本質卻不同於神。（香港《新報》，2005年4月12日）

詞義辨析 ✿

　　雖然"泥"與"土"在普通話中經常合在一起使用，稱為"泥土"，泛指一般的土壤，但是，"泥"與"土"在普通話中所指是有差別的。例①的"晴天一身土，雨天兩腳泥"一句，可以清楚地說明"泥"和"土"的分別。例②中說的殘破的柏油馬路露出泥土的路面，被雨水泡得"泥濘不堪"，其中的"泥濘"更形象地描寫出浸過雨水之後路面的狀況。

　　從"泥"的"水"字偏旁可以看出，"泥"含有許多水份，屬黏的半固體狀；"土"則無水字邊，可見其含水量較少，是固體或粉末狀。舊時描述北京土沙的歌謠："無風三尺土，有雨滿街泥"，也形象地說明了"土"是乾的，而"泥"則是濕的。

　　粵語的"泥"可以兼指普通話中黏濕的"泥"和乾燥的"土"。也就是說，粵語的"泥"，出現了詞義擴大的現象，將"土"也包括了進來。所以，例③所稱的"花泥"，普通話一般稱之為"花土"；而例④中"由泥加水做成的"，在普通話中，則習慣稱之為"由土加水做成的"，因為"泥"本身已是加了水的土，所以，若使用泥，則無須再加水。

　　"泥"和"土"在粵語中被視為同物，而在普通話中卻區分明顯，這可能是與南北方氣候土壤的自然狀況有關。中國南方氣候濕潤，雨水較多，使得土壤終年含較多水分，所以，乾燥的"土"較為罕見；而北方則相反，氣候乾燥，雨水較少，雨天的"濕泥"與平日的"乾土"有很大的不同，所以，"泥"與"土"便被人們用來說明處於不同狀態中的"泥土"。

　　"泥"和"土"在普通話和粵語中的不同，還表現在許多與"泥土"有關的用語上。例如粵語的"泥黃色"，普通話稱作"土黃色"；粵語的"鏟泥車"，普通話稱作"鏟土車"。

　　當然，在普通話使用"泥"的場合，粵語也同樣使用"泥"，例如"水泥"（舊時粵語又稱之為"英泥"或"紅毛泥"）、"泥鰍"、"泥水工"、"泥塑"、"泥人"、"泥牛入海"等等。而普通話使用"土"的場合，粵語也不一定都改用"泥"，例如"土地神"、"土木工程"等。這是因為"土"除了有"土壤"的本義外，還具有其他引申義，所以，像"土話"、"土產"、"土著"、"土氣"等詞，粵語與普通話有着同樣的用法，而不會一律用"泥"代"土"。

異義撮要 ᨓ

泥	
普通話含義	含較多水份黏濕的半固體狀土壤
粵語含義	統稱黏濕的泥和乾燥的土

油渣

〔普〕yóuzhā
〔粵〕yeo⁴za¹

生活用例 ❋

◎ 普通話義

① 將大油和肥肉剁成小塊，放到爐火上，加些水，火一上來就聽吱吱的響聲傳來。熬好了油得用溫火耗半天時間。煎出的油渣發黃，又焦又脆。老姑家的三表姐四十多歲了，不吃肉，據說是小時候在我家吃油渣吃傷了。她住姥姥家，奶奶熬油，油渣煎好一個向外夾一個，她趴在爐子邊，熟一個吃一個。油煎完了，油渣一個也沒剩。（《北京晚報》，2006年9月6日）

② 耗大油剩下的油渣兒(油梭子)是好東西，撒上花椒鹽，是不錯的下酒菜，還可以烙脂油餅、作餡兒，香！（《北京青年報》，2004年2月20日）

◎ 粵語義

③ 內地油渣價格比香港昂貴，成為跨境走私集團 "商機"，操控數十艘經改裝的漁船組成運油船隊，以 "螞蟻搬家" 方式偷運油渣返內地牟利，估計每月獲利逾半億元。（香港《星島日報》，2006年3月13日）

④ 看泰文報紙的頭版，是石油價格急升，政府又出手干預，先讓電油慢慢加價，再直接注資穩定油渣價格。結果泰國人就什麼車都轉用油渣，最近國家已經無法再支援補貼，於是放手，令油渣價格浮動。（香港《明報》，2005年7月17日）

詞義辨析

在本詞條的四個例子中，似乎都在談論與 "油渣" 有關的事情，但可以很明顯地看出，其中所說的 "油渣" 並不是一回事。

由例① 故事中的詳細說明可知，在普通話中，"油渣" 指的是豬肉提煉出脂肪後餘下的東西，即提煉過豬油的殘留物，這曾經是許多北方家庭中難得的上等食品；而從例② 可知，至今許多北方人仍然很喜歡吃 "油渣"，是香濃的下酒菜。當然，任何油經過濾之後剩下的渣子，在普通話中都可以稱作 "油渣子（滓）"，但作為一個固定詞，"油渣" 在普通話特指提煉豬油後的殘留物，可以食用。

但是，例③中的 "油渣" 竟然成為跨境犯罪集團的走私物品，要使用漁船大批偷運，從中可以獲得極為可觀的 "利潤"。而例④ 香港報紙報導的 "油渣"，很明顯與石油關係極為密切，而且是供車輛使用的。

事實上，粵語的 "油渣" 與普通話的 "油渣" 是風馬牛不相及的兩種東西，其所指不是 "豬油的渣"，而是 "石油的渣"。"油渣" 即 "柴油" 的粵語俗稱。

人們日常使用的各類石油產品，包括汽油、柴油等等，都是由石油（原油）經加工後而成的。在分餾塔把原油加熱時，沸點較低的物質會首先變成氣態，而沸點較高的物質會呈液體狀滯留在塔底，於是成為 "油渣" 先從塔底流出。這一部分便是 "柴油"。由氣態接着變成液態的是煤油，而最後從塔頂釋出的是汽油。相形之下，由於首先由塔底流出的 "柴油" 雜質較多，需要高溫才能使用，所以，便被粵語人士以 "油渣" 稱之。

順便說一下，例④中的 "電油" 指的是 "汽油"，這也是會使普通話人士莫明其妙的粵語詞。

異義撮要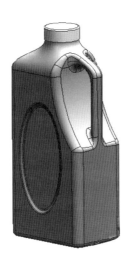

油　渣	
普通話含義	豬肉提煉出脂肪油後的殘留物
粵語含義	柴油

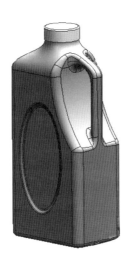

爭

〔普〕zhēng
〔粵〕zeng^1

生活用例 ❉

◎ 普通話義

① 我為中國選手爭第一。（《北京晨報》，2006年9月5日）

② 今年的票房之爭發生在王牌軍和草根民之間，看點是全副武裝的莎士比亞PK "臟心爛肺" 的阿Q。（《北京日報》，2006年9月5日）

◎ 粵語義

③ 城城謂明年再會與《三岔口》導演陳木勝合作拍戲，他說："我仲爭林××一部戲，陳××寫緊劇本，我想再擦火花。"（香港《蘋果日報》，2006年8月29日）

④ 另一位家長蘇太則表現擔心："每一年都要走幾次，依家仲爭兩本書，唔知幾時先買得齊！"（香港《東方日報》，2005年9月1日）

詞義辨析 ❀

"爭" 本義為 "爭奪"、"爭執"，是今日普通話和粵語共同具有的詞義。例① "我為中國選手爭第一" 和例② "今年的票房之爭" 中的 "爭" 均為 "爭奪" 之義。

但是，若用 "爭奪" 之義去理解例③ "我仲爭林××一部戲" 和例④

"依家仲爭兩本書"，便令人一頭霧水。這是由於"爭"在粵語中除了"爭奪"、"爭執"之外，還多了一個"欠缺"、"相差"的詞義。"我仲爭林××一部戲"的意思為"我還欠林××一部戲"；"依家仲爭兩本書"的意思是說"現在還缺少兩本書"。

"爭"的"欠缺"或"差"之義，古已有之。唐杜荀鶴就有："百年身後一丘土，貧富高低爭幾多"的詩句，這裏的"爭"即為"相差"之義。再如，《三國演義》第二十回云："操與天子並馬而行，只爭一馬頭"，其中的"爭"為"差"義，是說曹操與天子並馬而行，相差只有一個馬頭的距離。由"爭"的"相差"之義而來的"爭些"，意為"差一點"。例如《西遊記》第二十一回云："碧天振動斗牛宮，爭些刮倒森羅殿"；《水滸傳》第一回云："爭些兒送了性命，不如下山去罷"，其中的"爭些"，均為"差一點"之意。

近代漢語還常將"爭"和"差"進而組合為一個複合詞使用。例如《水滸傳》第四十九回："年紀與叔叔彷彿，二人爭差不多"，其中的"爭差"亦為"相差"之義。但是這個"爭差"，沒有為南北方言後來延續使用，現在的北方方言僅取其"差"（此處的"差"讀chà，不讀chā），而粵方言則取其"爭"而用之，表示的都是"欠缺"之義。

綜上所述，"爭"所具有的"相差"之古義，至今仍在粵語中保留使用，但在普通話中，這個古義已消失了。現在普通話使用的只是"爭"的"爭奪"、"爭執"之義。"爭林××一部戲"，在普通話人士聽來，會理解為"與林××爭奪（演出）一部戲"；"爭兩本書"，在普通話人士聽來，會理解為大家在"搶奪"兩本書。所以，粵語人士可在這種情況下改用"缺"、"差"、"少"等詞來代替"爭"，便不會引起普通話人士的誤會了。

異義撮要　♔

爭		
普粵共同含義	爭搶；爭奪；爭執	
粵語特有含義	缺少；相差；欠缺	

肥佬

〔普〕féilǎo
〔粵〕féi⁴lou²

生活用例 ✤

◎ 普通話義

① 相對而言，年輕人的體重多在正常範圍之內，但千萬不要因此而無節制地吃喝，要知道許多中老年"肥佬"年輕時也很苗條呢。（《北京青年報》，2005年12月28日）

② 美國一名曾經體重近350公斤的"超級肥佬"除了面臨生活中的種種不便之外，還因肥胖導致了危及生命的疾病。（《北京青年報》，2005年2月22日）

◎ 粵語義

③ 現在有些中學不讓學生"肥佬"，考試也不分高低。答題不限次數，直到答對為止。（香港《都市日報》，2006年8月30日）

④ 中五跳升大學，已算破格，會考"肥佬"生跳升大學，更是奇中之奇。（香港《星島日報》，2006年8月28日）

詞義辨析 ✿

"肥佬"作為一個複合詞，取"肥"之胖義，取"佬"之對男人的蔑稱義，可合成而為"肥胖的男人"之意，正如"闊佬"為"闊氣（有錢）的男

人"一樣。例①的意思為"許多中老年肥胖的男人年輕時也很苗條";例②
說的則是美國一名曾經體重近三百五十公斤的"超級肥胖者"的事。

"肥胖的男人"意義上的"肥佬",粵語也同樣使用。例如,"中銀證
券近日發表報告,實牙實齒話壹傳媒或其老闆黎智英日內就會批股。 中銀證
券突然爆料,並非斷估,而是因為肥佬黎手頭有批換股債,可以用一元七角
的平價換股,比目前四元四角的市價平一大截"(香港《星島日報》,2006年9月19
日)。其中的"肥佬黎",指的是身體肥胖的黎先生。

如上所述,在普通話中,"肥佬"帶有蔑稱義,所以,普通話口語一般
使用"胖子"、"大胖子"等中性詞來稱呼肥胖的人,一般少用"肥佬"一
詞。

"肥"義為脂肪多,普通話習慣上不用於形容人。粵語則不同,"肥"
可以對人照用不誤,例如"嗰個肥仔呢排唔嚟呢間餐廳",用普通話說便是
"那個胖子最近不到這家餐館來了";粵語"個肥女瘦咗好多",用普通話
說便是"那個胖女孩瘦了不少"。

形容人的脂肪多,普通話使用"胖"字,例如"你最近胖了不少"、
"她太胖了"。"肥"字,除了在"減肥"這類特別術語中使用外,普通話
只用來形容動物或其他東西,例如,"這頭豬挺肥的"、"肉太肥了,不要
吃得太多"。再如,"衣服太肥了",意為這件衣服太寬大了。若要使用
"肥"形容人,普通話一般將"肥"字與"胖"字連用,例如,"她得了肥
胖症","肥胖的人容易得高血壓病"等。

不過,香港粵語中的"肥佬",除了可以是"肥胖的男人"之外,更多
使用的是英文fail的音譯詞,意為考試不及格或考試失敗。例如,例③和例④
中的"肥佬"都是考試"不及格"的意思。在"不及格"這個意義上,約定
俗成,"肥佬"又可常簡稱作"肥"。例如,"今年會考,佢肥咗三科",
意為他在會考中,有三科不及格。

在香港,由於"肥佬"常被用作英文fail的音譯詞,所以,其"肥胖的男

人"的中文本來詞義,卻被少用了。除了在"肥佬李"、"肥佬王"等情況下用其本義外,"肥佬"在今日香港的粵語中主要使用的都是其英譯詞的意義,即失敗、不及格之義。

異義撮要 ♕

肥　佬	
普粵共同含義	肥胖的成年男子(蔑稱)
粵語特有含義	(考試)不及格;失敗

表錯情 〔普〕biǎocuòqíng
〔粵〕biu²co³qing⁴

生活用例 ✿

◎ 普通話義

① 有時我發現自己在和客戶或者潛在客戶交流時總覺得有時話到嘴邊說不出來，甚至表錯情傳錯意，非常尷尬。可是這種時候越來越多了，不論是為了抓住商業機會還是克服這種尷尬，我下決心提高英語整體能力。（北京《消費日報》，2003年4月9日）

② 提到電子郵件，總是令人聯想到諸如＂：－）＂這類表情符號，顯示發信者扮笑臉、做鬼臉或點頭等表情，為電子書信增色不少。可是，這些符號也有表錯情的時候。（《北京科技報》，2001年7月13日）

◎ 粵語義

③ 北韓試核爆，港股前日借勢調整二二八點，不過環視外圍市況，除了南韓因地緣關係而出現重挫外，美、歐、日的股市，都反應冷靜，甚至不跌反升，這顯示說核試與港股前日大跌有關是＂表錯情＂了。（香港《星島日報》，2006年10月11日）

④ 尖沙咀反扒隊第×隊警署警長郭××帶領十名探員，……發覺一名形跡可疑男子，於是不動聲色跟蹤監視，探員尾隨逾半小時，由尖沙咀追蹤至旺角，始發覺＂表錯情＂，探員準備收隊時，郭認出梁姓夫婦在彌敦道鬧市出現。（香港《太陽報》，2006年9月12日）

詞義辨析 ❀

現代漢語中的"表情"一詞，是指人的面部或姿態表現的樣子或神情，可以傳達人的思想或感情。"表情"一詞最早在近代漢語中使用時，是一個動賓結構的詞組，意為"表達情意"。例如：

> 山僻村野，絕無罕物，但送些小微物，表情而已，何勞花魁娘子致謝。（《水滸傳》第七十二回）

上例的意思是說，在偏僻的鄉村，絕不會有什麼稀罕的貴物，只是送些小東西以"表達情意"而已，怎麼敢有勞花魁娘子致謝呢！

> 古人車馬輕裘，與朋友共，就沒有此事相勞，那幾件粗衣奉與賢弟穿了，不為大事。這些須薄意，不過表情，辭時反教愚兄慚愧。（《醒世恆言》卷七）

此例是說，"古人可以將自己的車馬輕裘與朋友共享，就算沒有這件事勞煩你，那麼幾件粗衣服送給賢弟你穿用，也不是件大事情。這點薄意，不過是'表達情意'而已，你若推辭反讓愚兄我慚愧。"

由"表情"的"表達情意"詞義而來，"表錯情"在普通話中便意為"錯誤的情意表達"。例①說的是"我"因為英語不好，在與講英語的客戶打交道時，話到嘴邊而無法適當表達出來，所以出現"表錯情傳錯意"的情況，即情意表達錯誤；例②是說電子郵件中的表情符號，也有"表錯情"的時候，即向對方不正確地傳達了思想感情。

但是，粵語"表錯情"的意思與普通話人士所理解的意思有所不同，而是"理解錯誤"或"發生誤會"之義。例③的報導說，北韓試核爆，港股前日借勢調整二二八點，有人認為核試與港股大跌有關，但現在發現這種看法是 "表錯情" 了。其中的 "表錯情" 意即對股市理解錯誤；例④ 報導的探員發覺一名形跡可疑男子，於是尾隨逾半小時，由尖沙咀追蹤至旺角，始發覺 "表錯情"。其中的 "表錯情" 意思是說探員發覺出現了 "誤會" 或 "判斷錯誤"。

由上述的辨析可以看出，粵語和普通話從 "表達情意" 的 "表情" 一詞，向兩個相反方向發展出了 "表錯情" 的用法：普通話意為 "表達出錯誤的情意"；粵語意為 "錯誤地接收了情意"，即誤會。因此，普通話的 "表錯情" 一詞用在信息或情意的發送者方面，而粵語的 "表錯情" 一詞用在信息或情意的接收者方面。所以，粵語說 "她是近視眼，經常表錯情"，意為 "她是近視眼，經常認錯人"，而不是 "她是近視眼，經常向別人作出不適當的表情"。

異義撮要 ♕

表 錯 情	
普通話含義	表達出錯誤的情意；作出不適當的表情
粵語含義	誤會；作出錯誤的理解或判斷

長氣

〔普〕chángqì
〔粵〕cêng⁴héi³

生活用例 ☘

◎ 普通話義

① 小伙子鬆了一口長氣，說："你怎麼不早說?為了提防你，害我一晚上沒睡好。"（北京《京華時報》，2005年12月20日）

② 幾分鐘後，兩眼緊閉、雙手冰涼的陳先生終於喘出了長氣。（《北京晚報》，2005年8月9日）

◎ 粵語義

③ 談起與老人相處之道，阿倫說："老人家通常較長氣，所以要耐心聆聽他們的心聲。"（香港《明報》，2006年9月4日）

④ 若你老是覺得老師講課長氣的話，可能你還未見識過真正的"長氣袋"。津巴布韋一名法律系大學生一堂課講足99小時30分鐘，比健力士世界紀錄長1小時。（香港《明報》，2006年9月4日）

詞義辨析 ✿

普通話沒有"長氣"這樣一個固定詞，但可以說"喘了一口長氣"或"長長地吁了口氣"，其中的"長氣"是一個詞組，意為"長長的一口氣"或指時間較長的一次呼吸。例②的陳先生終於喘出了"長氣"便意為透出

"長長的一口氣"。另外,"長氣"也可以用來形容人在緊張之後,突然放鬆的表現。例①"小伙子鬆了一口長氣",便意為"小伙子緊張的心情放鬆了"。

與"長氣"的意義相反,普通話有"氣短"一詞,意為"呼吸短促"、"上氣不接下氣"或引申為志氣受挫。例如,"剛走到半山,他就有些氣短"或"失敗沒有使他氣短"。那麼,作為"氣短"的反義詞,"長氣"有可能被普通話人士誤解為"呼吸自然、不急促"或"一口氣可以說很多話"。

若用普通話"長氣"的上述意思來理解例③中粵語"老人家通常較長氣"以及例④的"老師講課長氣",就會對句子的意思作出錯誤判斷。"長氣"在粵語中是指人說話囉嗦、冗長、講個沒完沒了。因此,"老人家通常較長氣"這句話,用普通話來表達便是"老人家通常較絮叨";"老師講課長氣"和"真正的長氣袋",用普通話來表達可以說成"老師講課囉里囉嗦"和"真正的囉嗦鬼"。

粵語形容一個人說話囉嗦,講起來沒完,有時也說"好氣"。如果形容一個人開會時"好氣",就是嫌他在會議上"囉里囉嗦"說個沒完。由於"好氣"在普通話中並沒有"囉嗦"的詞義,所以,這也容易引起普通話人士的誤解。在普通話中,"氣"有"生氣"或"使人生氣"的意思,所以"好氣"有可能被誤解為"令人生氣"（見本書頁78,"好氣"條）。

異義撮要

長　氣	
普通話含義	呼吸順暢;長時間呼氣
粵語含義	說話囉嗦;冗長;沒完沒了

恨

〔普〕hèn

〔粵〕hen[6]

生活用例 ⚘

◎ 普通話義

① 他的詩有強烈的人民性，字裏行間都表達了人民群眾之所愛、人民群眾之所恨。（北京《光明日報》，2006年8月29日）

②黃在求情信中又稱，明白自己當時若冷靜一點，便不會發生此事，但已恨錯難返，願意為自己的愚蠢負上法律責任。（香港《星島日報》，2006年8月29日）

◎ 粵語義

③ 吳××和張××昨日聯手大爆黃××恨獎恨到出面，出盡法寶求突圍。（香港《明報》，2006年8月29日）

④ 生日願望是身體健康，如覓得意中人亦不錯，可見她恨拍拖恨到出口。（香港《東方日報》，2006年8月28日）

詞義辨析 ✿

"恨"與"憎"本是同義詞，都是"愛"的反義詞，即"憎恨"、"仇恨"之意，可引申為"不願意"、"不想"、"不希望"或"懊悔"之義。這一詞義的"恨"，粵語和普通話都可以使用。例①"表達了人民群眾之所愛、人民群眾之所恨"中的"恨"顯然用的是"愛"的反義；例②"但已恨錯難返"中的"恨"是"懊悔"之義。

粵語的"恨"，還有一個與"憎"反其義而用之的用法。這個意義上的"恨"，是"渴望"、"希望"、"想要"之義。上述的例③和例④便是很好的例子。例③"黃××恨獎恨到出面，出盡法寶求突圍"中的"恨"是"渴望"之義，否則，黃××便無須"出盡法寶求突圍"了；而例④中的"恨拍拖恨到出口"中的"恨"更是"想要"的意思。不過，這種"恨"意卻很難令普通話人士理解。

"恨"在粵語中為什麼反其道而行之，有了與"憎"相反的意義？有不少學者曾嘗試作出解釋。例如，有人認為，粵語的"恨"本字是古漢語中的"幸"，因為"幸"在古代有"希冀"、"期望"的意義。但由於"幸"與"恨"的粵語讀音相似，只是一聲之轉，所以後來被人用"恨"字去記這個音，造成了"恨"的音義變化。久之，人們忘卻了"恨"其實是"幸"的意思（文若稚，2001，頁78）。

上述的推理雖然可能不無道理，但是由於仍未有確鑿的證據，所以難以令人完全置信。而另有一種可以為粵語之"恨"提供的解釋，或許更加合理。這就是詞義的反向引申。詞義的引申形式，可以是正向的，也可以是反向的。與修辭格的"倒反"原理類似，反向引申就是"說反話"，也就是說話人表達的意思與內心裏想表達的意思剛好相反。這與老子所說的"正言若反"哲理是一致的。與"正言若反"同樣，也可以說"反言若正"（羅正堅，1996，頁63）。以下便為這種反言若正的例子：

《說文解字》中的"讎"字，段玉裁註："讎為怨匹，亦為嘉偶。"就是說，"讎"字本義既是讎敵，但"讎"又是同伴的指稱。

《辭源》"可憎"詞條下註釋：（1）可憎惡；（2）表示男女極度相愛之反語。這就是說，男女極度相愛時，用"可憎"一詞來表示雙方的愛慕之情。"恨死你了"其義為"愛死你了"。

在《辭源》中，"冤家"一詞下的註釋為：（1）仇敵；（2）情人的愛稱。這就是說，"冤家"一詞在意為"仇敵"的同時，又是對情人的愛稱。

這種"美惡同字"的"反訓"例子不勝枚舉。羅正堅（1996，頁64）就曾列舉了"乖"字為例，說明"乖"字中有"北"，"北"義為"兩人相背"，所以"乖"在古代是背離之義，但後來卻引申出反義"順從"、"聽話"。今日人們常用"乖孩子"稱讚"聽話的孩子"。這就是"反言"的效果。由此，筆者認為，粵語中的"恨"用作"渴望"解，或正是這種"反言若正"的修辭方法所導致，意為"極之渴望"。

由於"恨"被用作了"渴望"的意思，所以，粵語在表達"憎恨"的意思時，通常使用的是"憎"字，而不再用"恨"字。例如，粵語的"憎人富貴厭人貧"，其中的"憎"便是普通話的"恨"，即"憎恨"之義；粵語的歇後語"非洲和尚——乞人憎（黑人僧）"意為令人十分討厭，也使用"憎"（粵語"憎"與"僧"、"乞"與"黑"同音），而不是"恨"。而普通話口語一般使用"恨"或"憎恨"，不像粵語那樣，單獨使用一個"憎"字。

異義撮要

恨	
普粵共同含義	憎恨；不希望；討厭
粵語特有含義	很想要；很希望；渴望

香油

〔普〕xiāngyóu
〔粵〕hêng¹yeo⁴

生活用例 ✳

◎ 普通話義

① 備幾根牙籤，淋幾滴香油蒜汁，嘿！吃一叉，香到家！（《北京晚報》，2006年8月13日）

② 俊王德順齋的炸焦圈用油都是按三七開的比例放的香油和花生油。（《北京晚報》，2006年7月6日）

◎ 粵語義

③ 很多客人也不會吝惜金錢，在酒店的出色Spa內享用各種按摩、充電療程，因為選擇便有數十款之多，除有中式草藥及西式香油療法，還有泰式及印式按摩、蓮花療程及聲音療法等。（香港《星島日報》，2006年9月2日）

④ 施本勵雖然是基督教徒，昨日他亦入鄉隨俗，向黃大仙師上香，離開時更隨大隊 "添香油"。（香港《東方日報》，2006年6月29日）

詞義辨析 ❋

"香"，本義為好聞的氣味，作為一個語素，與 "油" 組成一個複合詞，指帶有香味的油。因為"芝麻油"的味道很香，普通話的"香油"約定俗成，已專用來指調味用的"芝麻油"，通常不用來指其他散發香味的油。上面例①和例②的"香油"均指的是芝麻油。粵語通常將芝麻油稱作"麻油"或"芝麻油"，但不稱其為"香油"，因為"香油"在粵語中另有其義。

粵語的"香油"一詞，一方面可以泛指各種帶有香味的油，例③中的"香油療法"便是指用一種散發香味的油進行治療；另一方面又是"香火"和"燈油"的簡稱。例④中所說的"添香油"，就是為供奉黃大仙的油燈添"油"的意思。這大概是由於供神時既要點燈，又要"上香"，那麼伴隨香火而供神的"燈油"，也就被稱為"香油"了。粵語所稱的這種供神的"香油"，在普通話中一般仍稱作"燈油"，而不會被稱作"香油"，即使這種"燈油"是用來供奉神靈的。

"香油"在粵普中的不同意義，其由來可以追溯至明清時代人們對這個詞的使用。

《喻世明言》卷二十四有以下文字："入這羅漢堂，有一行者，立在佛座前化香油錢"。此處的"香油"顯然指的是寺廟中供奉羅漢的燈油。再如，《紅樓夢》第二十五回的一段："賈母道：'倒不知怎麼個供奉這位菩薩？'馬道婆道：'也不值些什麼，不過除香燭供養之外，一天多添幾斤香油，點上個大海燈'。"這裏馬道婆所說的"香油"，指的是為供奉菩薩所燃點的大海燈的燈油。現今粵語中的將供神用的燈油稱作"香油"正是沿襲了這種用法。

與此同時，粵語用來指有香味的各種油（並不一定是芝麻油）的"香油"一詞，也源於明清時期的用法。例如，《西遊記》第四十六回中有這樣的描述："國王道：'你有什麼法力贏他？'羊力道：'我與他賭下滾油鍋洗澡。'國王便教取一口大鍋，滿着香油，教他兩個賭去。"其中的"香油"並不是供神的燈油，而是一般有香味的油。

　　從上述例子可知,粵語 "香油" 是沿用了明清時期的詞義,有其所本的。不過,今天普通話作為食用的 "香油",明清時期也有使用。例如,在《紅樓夢》第四十一回中,鳳姐兒笑道:"這也不難。你把才下來的茄子把皮了,俱切成釘子,用雞湯煨乾,將香油一收,外加糟油一拌,盛在瓷罐子裏封嚴。"其中的 "香油" 顯然是指有香味的食用油(芝麻油)。

　　由此可見, "香油" 一詞今日在粵普中的差異源於近代漢語該詞的多義。該詞發展至今,粵語和普通話分別沿用了明清時 "香油" 一詞中的某一部分意義,而失去了另一部分意義,結果使 "香油" 一詞在粵普中呈現出異義。粵語人士一般不會接受將芝麻油稱作 "香油",而普通話人士也很難把用來塗抹身體的,有香味的 "油",與可以食用的 "芝麻油" 同樣稱作 "香油"。

異義撮要

香　油	
普通話含義	作調味用途的芝麻油
粵語含義	廟宇中或神龕前供神用的燈油;其他散發香味的油

茶

〔普〕chá
〔粵〕ca⁴

生活用例 ❀

◎ 普通話義

① 每次造訪都會有新的感受，就好比一杯濃濃的茶或咖啡，值得仔細品味，越品才越有味道。（北京《人民日報》，2006年9月5日）

② 可口可樂計劃推出頂級的茶與咖啡調製飲料，目的是要搶救被百事可樂遠遠拋離的非碳酸飲品市場。（香港《頭條日報》，2006年9月5日）

◎ 粵語義

③ 有一半受訪者曾服用維他命，兩成人曾服用中藥或中成藥包括涼茶、龜苓膏，而曾服用鈣片、魚肝油或魚肝油丸、靈芝雲芝等則各約佔一成，另有2.5至8%人選擇即食燕窩、減肥茶及蘆薈。（香港《明報》，2006年8月30日）

④ 據透露，在直升機上，太空人享用了他們回到地球的第一餐，食品是朱古力、即食麵和中藥茶。（香港《成報》，2005年10月18日）

詞義辨析 ❀

"茶"本指茶葉，以及由茶葉製成的飲料。普通話和粵語的"茶"至今仍在使用這個詞義。例①和例②中所說的"茶",與咖啡同樣,是一種日常飲料。

但是,在例③粵語句子中,中成藥包括了"涼茶";而例④粵語句子中又將"茶"與"中藥"組成為"中藥茶"。由此可見,粵語的"茶"又遠非普通的飲料。

事實上,粵語的"茶"除了指由茶葉製成的普通飲料外,還可以指中藥湯劑,即湯藥。上述例③和例④中的"涼茶"、"中藥茶"都是普通話所說的一種中藥湯劑,而不是普通的"茶"。粵語的"煲茶",實際上是普通話的"煎藥"或"熬藥"。廣東地區及香港常見的涼茶有"廿四味"、"五花茶",均為祛熱消暑、清涼退火的中草藥製成的藥湯,而不是指由"鐵觀音"、"普洱"或"壽眉"等茶葉製成的"茶水"。不過,現在廣東地區的年青人漸少將中藥稱作"茶"了,但在中老年人中,這種說法依然相當普遍。

粵語將中藥稱作"茶",本來是出於忌諱的原因。為了趨吉避凶,人們經常將一些在感情上或習慣上不宜直接道出的事情,採取迴避遮掩的方式來表達。所以,因忌說"藥"而改稱"茶"。換句話說,"茶"是"藥"的娓婉語。到中藥房"抓藥"被粵語人士婉稱為"執茶"。其實,不少地區都有這種娓婉用法。例如吳語區把"吃中藥"也說成"吃茶",而把飲用的茶水稱作"茶葉茶";廣東潮汕一帶把"藥"稱作"利市"或"甘茶",都是在忌說"藥"字。

以"茶"代"藥"的用法是普通話所沒有的。普通話人士往往直言不諱,稱加水煎製而成的中藥為"湯藥",或一般統稱之為"中藥"。

異義撮要

茶	
普粵共同含義	茶葉或茶葉製成的飲料
粵語特有含義	中藥；中藥湯劑；湯藥

屋

〔普〕wū
〔粵〕ug¹

生活用例

◎ 普通話義

① "這七間屋,幾口人住?" "九口人,包括四個孩子。" "家裏主要是務農還是搞畜牧業?" 羅幹十分關心定居牧民的收入來源。(北京《人民日報》,2005年9月28日)

② 在室溫高達40攝氏度的房間裏,一間十四五平方米的工地宿舍中,竟蝸居着14個農民工;另一間屋內的7張雙層床要睡16個人。(《北京晨報》,2006年8月10日)

◎ 粵語義

③ 明宮閣低層F室,面積六百七十五方呎,三房間隔,全屋間隔四正,加上高達八成九的實用率,大大增加單位的實用性。(香港《星島日報》,2006年9月19日)

④ 問她是否已擁有很多物業?她說: "康樂園有幾間屋,其實我個膽好細,唔敢出外玩(指投資),只敢在自己屋苑玩,希望升值到好似雪糕滾到變雪球。" (香港《星島日報》,2006年2月1日)

詞義辨析 ✿

　　"房"作為居所,古時本義為位於"正室"左右的住室,後來泛指住室;"屋"本義亦為居舍。由於詞義相近,"房"與"屋"後來便發展為一個雙音節詞,泛指人們的居所。政府的機構也命名為"房屋署"或"房屋委員會"等,意指管理市民居所事務的機構。

　　"房"和"屋"雖然意義相近,但是在現代漢語中仍常常被分開使用,在特定場合有某種意義上的差別。例如,人們可以問"這間屋有幾間房"或"這座房裏有幾間屋";但若不加區別,說成"這間屋有幾間屋"或"這座房裏有幾間房",便讓人覺得彆扭且不容易理解。

　　"房"和"屋"二詞的細微差別,在普通話和粵語中表現不同。

　　先看例①,"這七間屋,幾口人住"一句中的"屋",顯然指的是一個家庭居所中的七間居室,而不是指這個家庭有七個各自獨立的居所;再看例②,"在室溫高達40攝氏度的房間裏,一間十四五平方米的工地宿舍中,竟蝸居着14個農民工;另一間屋內的7張雙層床要睡16個人。"其中使用了"房間"一詞來指一間"屋",而另一間則使用了"屋"一詞。顯然,這裏的"屋"與"房間"是同義詞。這就是說,普通話的"屋"可意為"房間",即一處居所內間隔出的不同部分。

　　粵語的"屋",其概念與普通話的"屋"有細微的差異。例③ 稱"明宮閣低層F室,面積六百七十五方呎,三房間隔,全屋間隔四正",其中將整個居住單位稱作"屋",而內部則為"三房間隔"。顯然,這裏的"屋"大於"房",包括了所有的"房"。而在例④中,有人問這位婦女是否已擁有很多物業?她說:"康樂園有幾間屋"顯然,其中的"幾間屋"指的是幾個獨立的居所、物業,而不是指一處居所中的幾個房間。

　　總括而言,普通話的"屋"既可以作為"房間"意義使用,亦可與粵語同樣,在整個居所的意義上使用。這就是說,普通話的"屋"可以包括

"房"（房間），"房"也可以包括屋。但是粵語的"屋"通常不作居所內部間隔出的"房間"義使用。粵語和普通話都可以說"屋裏有幾間房"，而普通話還可以說"房裏有幾間屋"。但粵語通常不使用後一種說法。

此外，"房"和"屋"，在普通話中常加後綴 "子"，成為"房子"或"屋子"。不過，普通話的"房子"裏還可以有"房"。在表示"房子"內間隔出來的"房"時，"房"便不再加 "子"。例如，"書房"、"臥房"，或 "這座房子裏有三間房"、 "兩房一廳"等。 還要留意，"房子"和 "房間"是不同的。"房間"是在"房子"之內，這在粵語與普通話中的意思基本相同；而普通話的"房子"則與粵語的"屋"義相同。

與"屋"和"房"的使用相關，普通話"房子"的量詞可用"座"、"棟"、"幢"、"所"等，但不使用"間"；而"屋"、"房"和"房間"的量詞普通話多使用"間"。

異義撮要

屋	
普通話含義	主要指居所內間隔出來的部分（房間），亦可指整座住宅
粵語含義	主要指整個住宅，不指分隔開來的"房間"

姨

〔普〕yí
〔粵〕yi⁴

生活用例 ✦

◎ 普通話義

① 姥姥和姥爺一共有六個子女：我的大姨、大舅、二姨、我母親、二舅和三舅。（北京《中國婦女報》，2006年8月26日）

② 那是1970年，我已經10歲，在北京看病期間，母親和大姨帶我去了嚮往已久的北京動物園。（《北京晚報》，2006年4月26日）

◎ 粵語義

③ 當時他在祈福看到妻子打麻醉針減痛後一直昏迷不醒，喉嚨發脹，影響呼吸，擔心出事，遂聯絡在日本駐港領事館工作的大姨(妻子胞姐)，介紹SOS幫忙。（香港《新報》，2006年8月24日）

④ 被告的大姨迄今下落不明。案情稱，事主×××於去年9月失蹤，其妹(即被告妻子)11月報案。……警方拘捕被告，被告承認曾到大姨寓所偷竊。（香港《明報》，2006年10月15日）

詞義辨析 ✦

"姨"，古義初指妻子的姊妹。《詩經‧衛風‧碩人》毛傳云："妻之姊妹曰姨"。隨後，古義又有變化，指母親的姊妹。《釋名‧釋親屬》：

"母之姊妹曰姨"。因此，可以說，"姨"之古義即分為二，一指"妻之姊妹"，二指"母之姊妹"。有趣的是，粵語和普通話在承繼"姨"這兩種古義時各有側重，導致今日粵語和普通話的"姨"所指有異。

以"大姨"為例，"大姨"在普通話中是稱呼母親的大姐。例①所見，"姥姥和姥爺一共有六個子女：我的大姨、大舅、二姨、我母親、二舅和三舅"。其中的"大姨"、"二姨"是母親的大姐、二姐。例②所見，"那是1970年，我已經10歲，在北京看病期間，母親和大姨帶我去了嚮往已久的北京動物園"。其中的"大姨"也是母親的姐姐。

與普通話不同，粵語稱妻子的長姐為"大姨"，妻子的妹妹則為"小姨"。例③中的"大姨"即"妻子胞姐"。例④"被告的大姨迄今下落不明。案情稱，事主×××於去年9月失蹤，其妹(即被告妻子)11月報案"，從中亦很清楚地看出，被告的妻子為"大姨"的妹妹。

粵語將"大姨"用作對妻子之姐的稱呼，對妻子之妹一般稱作"姨仔"。對母親之姐一般稱作"姨媽"，對母親之妹則稱"阿姨"。

作為母親的姊妹，普通話的"姨"也可稱作"姨媽"（特別是稱呼已婚且較年長的"姨"）。例如，"寶寶又抱着大姨媽的脖子說了一句悄悄話，沒想到，竟把她大姨媽感動得掉下淚來，當我把大姐送到樓下，大姐說：寶寶給我說：'大姨媽，你要多保重身體'"。（北京《中國婦女報》，2004年6月30日）這裏，孩子媽媽的大姐被稱為"大姨媽"。

為了區別於母親輩的"姨"，對於妻子的姊妹，普通話不單用"姨"來稱呼，而是在"姨"之後加"姐"或加輕聲的"子"。通常，比妻子年長者呼為"大姨姐"或"大姨子"，比妻子年少者呼為"小姨子"。例如：

　　小舅子結婚的那天，我穿着新做的西服出現的時候，大家投來驚異的目光，大姨子說："這是誰呀，走錯門了吧？"小姨子

說："今兒誰結婚哪,可別弄差嘍……"在一片玩笑聲中,我有點不知所措……。(《北京晚報》,2003年10月24日)

原來,事情的起因並不大:男方與連襟發生矛盾,硬是將上門來鬧的大姨姐轟走了,女的怪男的不給娘家人面子,男的怪女的向着娘家人,一賭氣,兩人都提出要離婚。(北京《人民日報》,2005年11月3日)

上面例子中的"大姨子"和"大姨姐"指的是妻子的姐姐,"小姨子"指的是妻子的妹妹。如果妻子有多個姐姐,普通話可以按其排行稱作"大姨姐"、"二姨姐"、"三姨姐",或"大姨子"、"三姨子"等。而對妻子的妹妹,則都稱為"小姨子",一般不論其排行。要留意的是,普通話"二姨姐"通常不會被呼成"二姨子",因為"二姨子"一詞,在北方話中另有不雅之義,指性別特徵不明顯的人。

異義撮要

姨	
普通話含義	母親的姊妹
粵語含義	妻子的姊妹

神化

〔普〕shénhuà
〔粵〕sen⁴fa³

生活用例

◎ 普通話義

① 由北大星光集團投資和瀟湘電影製片廠聯合拍攝的紅色浪漫愛情故事片《革命到底》即將於本月中旬在紅軍曾經戰鬥過的大渡河畔開機。不同於以往的戰爭題材電影，……故事裏的每一個英雄都是有血有肉的，而不再神化。（《北京娛樂信報》，2006年10月11日）

② 王海容的出現讓人眼前一亮。這個幹練熱情、精力充沛的女外長，這個在上世紀六七十年代幾乎人盡皆知的政壇明星，如今以一種非常淡泊的語調講起了自己的成長，講起了毛澤東這位開國領袖的一些少年時代青澀的故事，從某種程度上還原了毛澤東這個一度被神化了的形象。（《北京晚報》，2006年9月11日）

◎ 粵語義

③ "最性感男人"的馬修似乎毫不在乎形象，上周五中午時分竟無視旁人目光，在住所外的馬路旁拿着漱口杯及牙刷刷牙，更邊刷邊與友人吹水，神化程度爆燈！（香港《太陽報》，2006年10月4日）

④ 護士姑娘和阿嬸們都很親切，不斷說說笑笑的，還問我覺不覺得她們有點"神化"，並補了一句，若不是這樣，時間可不易過！（香港《新報》，2006年10月22日）

詞義辨析 ✿

　　"神化"一詞在普通話中是一個動詞，指把凡人或凡物當作神來看待，即，將人或物高度美化，賦予"神"的品格和地位。例①中說，不同於以往戰爭題材電影，新拍攝的影片《革命到底》將長征英雄塑造得有血有肉，不再將他們"神化"。其中的"神化"意為"把人美化為神"。例②也同樣，說的是前中國女外長王海容近來出現在電視中，以一種非常淡泊的語調講起了毛澤東這位開國元勳的"一些少年時代青澀的故事"，從而在某種程度上還原了毛澤東這個一度被"神化"了的形象。其中的"神化"也是動詞，意為把毛澤東提升到神的高度，頂禮膜拜。

　　"將人或物當成神看待"的"神化"，粵語中也同樣使用。例如香港有報章報導說近年有的廣告將靈芝的功效"神化"，但是，經測試卻發現靈芝的功效並非如廣告宣揚的那樣萬能，有時，其功效甚至還不如冬菇（香港《太陽報》，2006年11月7日）。不過，若用"神化"的這個詞義來理解前面粵語義例③和④中的"神化"一詞，卻會使人不知所云。例③中將"最性感男人"馬修在馬路旁一邊刷牙一邊與人閒聊的行為視為"神化程度爆燈"；例④中則指那班護士姑娘和做雜務的阿嬸們說說笑笑的樣子讓人感到有些"神化"。顯然，這種"神化"非但沒有將人"美化"或"聖化"為神，而且對當事人的行為還有欠"恭維"，甚至不以為然。由此可見，"神化"一詞在粵語中另有其義。

　　"神化"在粵語中除了有與前述普通話相同的詞義外，還有"性情古怪"、"難以捉摸"、"神經質"等普通話中沒有的詞義。由粵語特有的詞義來看上述例③和例④就不難理解了：最性感男人馬修的"神化"是指他的舉止行為匪夷所思，與一般人的想像差距很大；護士姑娘和阿嬸們的"神化"意指她們"不斷說笑"的表現可能讓人感到有些不正常，"神精兮兮"或難以捉摸。

作為一個形容詞，粵語的"神化"一詞還有"神神化化"或"神化神化"的重疊形式。重疊之後有加強語氣的作用，例如：

在入紙離婚後翌日，Britney突然失驚無神來到電視台，出席大偉列特文（David Letterman）的口水騷節目。當時Britney離婚的消息仍未公佈，而主持人大偉也對Britney的不請自來感到甚驚訝。惟她卻答道："我不是來找你，我想見的是嘉賓韋法連路！"其後又來到紐約市中心玩溜冰，可見她離婚後的行徑神神化化，非常古怪。（香港《星島日報》，2006年11月9日）

由於案發經過不乏疑點，加上事主錄口供時表現得有點"神神化化"，故警方正了解箇中是否另有內情。（香港《成報》，2006年10月30日）

"神化"的這種特殊詞義與粵語"神"一詞的使用有直接有關。作為形容詞，"神"在普通話中通常是正面的意思，形容人或物在某方面的表現"特別高超或出奇"，乃至於到了令人驚異的程度，例如形容一個孩子"神"，則指這個孩子特別聰明。可是，"神"作為形容詞在粵語中卻多有負面的意思，往往用來形容人或機器出現了非正常的狀態，即出了毛病或者故障。例如"唔知點解佢突然間神咗，乜嘢都唔做"，意思是說"他"不知怎麼突然間失了常態，什麼事都不做了。再如"部電腦神咗成個朝早"，意思是說這台電腦壞了，整個早上都不能正常運作。

"神"在普通話中亦有在負面意義上使用的情況，主要用來形容人的言語或行為"異乎尋常"或"古怪莫測"，這時，其意接近粵語的"神化"一詞。但是，要留意，在這種情況下，普通話不用"神化"這個詞，而是用"神神道道"或"神神叨叨"，有時也用"神道"（輕聲）一詞。例如：

　　《夜宴》從點映開始，台詞一直成為詬病的靶子。……觀眾丁女士認為，"不知是不是取材於《哈姆雷特》的原因，編劇似乎在故意轉詞，屬帝說話往雅了說是戲劇化、往俗了說是神道。"（《北京晨報》，2006年9月15日）

　　同事老崔腦袋裏迷信思想挺嚴重，平日裏做事、說話神神道道的！（《北京娛樂信報》，2006年4月18日）

上述兩例中，普通話使用的"神道"、"神神道道"，意思接近粵語的"神化"一詞，形容人的言行怪異或舉止失常。

異義撮要

神　化	
普粵共同含義	將人或物神格化，美化，尊奉為神
粵語特有含義	形容人的言行古怪，異乎尋常，令人難以捉摸

班房

〔普〕bānfáng
〔粵〕ban¹fong⁴

生活用例 ✿

◎ 普通話義

① 一名妙齡女子醉酒大鬧派出所，打傷幾位對她進行救助的民警，結果被關進班房。（《北京晚報》，2006年6月5日）

② 1977年，28歲的他插隊回京後一直以盜竊為生。這已是他第9次因盜竊進班房了。由於長期不務正業，妻子和兒子早離他而去。（北京《京華時報》，2005年6月15日）

◎ 粵語義

③ 禮貌是面試非常重要的一環，平日應好好培養，如入班房前應敲門，見到長輩要禮貌地問好，有良好坐姿等。（香港《明報》，2006年9月16日）

④ 當時一名四十五歲姓趙男教師途經走廊，聽聞爭吵聲，即走入班房查看，見有學生追打同學，遂上前勸止。（香港《星島日報》，2006年2月10日）

詞義辨析 ✿

"班房" 在粵語中是 "教室" 的俗稱。香港中小學的師生又稱 "教室"

為"課室"。在較正式的場合稱"課室",在非正式的口語中稱"班房"。例③"入班房前應敲門"以及例④"走入班房查看"中的"班房",指的都是學校上課用的"教室"。其實,"課室"和"班房"都不是普通話的規範用詞。也許"課室"尚可為普通話人士所理解,但是"班房"就容易引起普通話人士的誤解。

在普通話中,"班房"是"監獄"或"拘留所"的俗稱。"進班房"或"坐班房"是"進監獄"、"坐牢"的意思。從例①和例②可以清楚看到,"關進班房"、"進班房"都是"進監獄"、"被拘捕"、"被關押"的意思。

"班房"一詞在明清時原本指衙役當差的地方。《醒世姻緣》第五回云:"王振進了早膳,陞了堂,文武眾官依次序上過壽,接連着赴了席。蘇劉二人也沒出府,亂到四更天,就在各人班房內睡了"。其中所說的"班房",是當時官府的辦公地方。清代洪昇《長生殿·賄權》也有云:"丞相尚未出堂,且到班房少待",意指丞相還沒有到官府正堂,先到"班房"等一會兒。其中所說的"班房"均為這類當差辦事之地。後來,"班房"進而用作關押犯人的地方,即監牢、牢獄的俗稱。晚清吳沃堯著的《二十年目睹之怪現狀》,在第十回有這樣的描述:"他還要伸說時,已經有兩個差人過來,不由分說,拉了下去,送到班房裏面"。這時的"班房"便是指"牢獄"。

粵語為何將"班房"等同"教室"呢?這或許是受了英文的影響。因為英文中的"class"可譯作"班級"或"課","room"可譯作"房"或"室"。於是,"教室"的英文"classroom"一詞便被譯作了"班房"或"課室"。

為避免普通話人士對"班房"一詞可能產生的不必要的驚慌,粵語人士在使用普通話時,宜將"班房"改稱"教室"。

異義撮要

班　房	
普通話含義	監獄或拘留所的俗稱
粵語含義	教室

納悶

〔普〕nàmèn
〔粵〕nab⁶mun⁶

生活用例

◎ 普通話義

① 去某局辦事，小楊對我笑了一下。我納悶，平時她總是陰着一張臉，無論排隊辦事的人如何多，她都穩如泰山。每次在她面前，我格外小心翼翼，生怕哪一句說得不好，讓她的臉多雲轉陰。今天怎麼了，一進門居然可以看到她笑？（《北京晨報》，2006年9月6日）

② 我至今記得我面試時的兩個問答。老師問：什麼叫情節？我太納悶了，這有什麼好說的？（《北京晚報》，2006年9月5日）

◎ 粵語義

③ 這個暑期裏，我的文章極少涉及與馬匹新季前景有關，不是不想寫，只是本報已有不少以論馬為主的專欄作者，那倒不如說一些平時較少說，又或覺得讀者鮮有所聞的，希望不會令您們有納悶之感。（香港《新報》，2006年9月4日）

④ 她的沒精打采隨即感染了我，我納悶地跟她說："唔知幾時會再有新劇上呢？"（香港《都市日報》，2009年9月4日）

詞義辨析 ※

“納悶”一詞，在粵語和普通話中有不同的詞義。普通話的“納悶”（通常讀兒化“納悶兒”），意為因疑惑不解或懷疑而發悶或暗自思忖。粵語的“納悶”，意為粵語的“發吽哣”，用普通話來說，即發獃、發直、發傻等意思。

“納悶”一詞出現於近代漢語中，其義有二：一為發悶、發愁；二為疑惑不解、悶在心裏。例如，《三國演義》第五十九回：“時當九月盡，天氣暴冷，形雲密佈，連日不開，曹操在寨中納悶。”此句中的“納悶”，顯然是指曹操在發悶、煩悶；《紅樓夢》第二十六回：“寶玉不解何意，正自納悶。”此處的“納悶”，顯然是指賈寶玉正在疑惑不解。

今日粵語和普通話的“納悶”的詞義都是由近代漢語中“納悶”一詞發展而來，但是發展的方向有所不同。粵語的“納悶”摒棄了該詞原有的“疑惑不解”的詞義，加重了“發悶”的詞義，從而發展出了“發獃”、“發直”、“發傻”的詞義；而普通話的“納悶”則減輕了其“發悶”的詞義，加重的是“疑惑不解”的詞義。例①便是普通話“納悶”一詞使用的例子：由於“小楊”這個人很少向前來辦事的人露出笑面，所以，她突然展現出的笑容使人疑惑不解，所以讓人“納悶”；而例②也同樣，因為老師提出的問題，令考生覺得太簡單了，所以感到疑惑不解而“納悶”。

由於普通話的“納悶”用來表示疑惑不解或懷疑時的心理狀態，所以通常不會有外在的顯示，他人很難覺察；而粵語的“納悶”是心情發悶、發愁之意，既可以表現出來，也可以是心中之感覺。例③“希望不會令您們有納悶之感”中的“納悶”是心中發悶之意，不一定表現出來；而例④“我納悶地跟她說”，其中的“納悶”是外在神情上表現出來的“發悶”、“發傻”。這是普通話所沒有的詞義和用法。

異義撮要

納　悶	
普通話含義	疑惑不解
粵語含義	發悶；發獃；發傻；發直

骨子

〔普〕gǔzi
〔粵〕gued¹ji²

生活用例

◎ 普通話義

① 她說,別看熒屏上一副雷屬風行的樣子,其實她骨子裏是個特別浪漫的人。(北京《京華時報》,2006年9月6日)

② 在香港,要遲到,沒有什麼可信的藉口,根本任何塞車的時間,都應該預算得到。人骨子裏的劣根性——對自己寬容,對朋友苛刻。(香港《太陽報》,2006年8月24日)

◎ 粵語義

③ 呢度除咗地方骨子,佢哋亦有一個吸引女士入場吧嘅賣點,就係每個月都推出不同嘅女士cocktail系列,畀女士們任飲。(香港《東方日報》,2006年9月2日)

④ 現時小小的麵店雖然只能放上七八張枱,但為了切合澳門平民麵檔的風格,特別將店內裝修如傳統的大排檔模樣,令細小的環境即時變得骨子。(香港《東方日報》,2006年8月30日)

詞義辨析

"骨子"本是一個名詞,指起支撐作用的架子,如傘骨子、扇骨子、鋼條紮成的骨子等；這是從支撐人體的"骨"的基本義發展而來。此外，人們還使用"骨子裏"一詞來比喻內心或實質上的情況。例①"她骨子裏是個特別浪漫的人"和例②"人骨子裏的劣根性"中的"骨子裏"都是"本性"或"實質"的意思。這是普通話和粵語共同使用的詞義。

不過，"骨子"一詞在粵語中另有一種詞義，卻是普通話所沒有的，這就是指造形雅緻、小巧玲瓏，是個形容詞。例③中"呢度除咗地方骨子，佢哋亦有一個吸引女士入場嘅賣點"，意思是"這裏除了地方較為雅緻，他們另有一個吸引女士入場的賣點"，其中的"骨子"便是"雅緻"之意；例④中一段："特別將店內裝修如傳統的大排檔模樣，令細小的環境即時變得骨子"，其中的"骨子"是"小巧玲瓏"的意思。

普通話可以說"這座小板房的骨子（骨架）是松木的"，是說這座小板房的架子使用的是松木材料；"這把傘的骨子（骨架）是鋁的"，是說這把傘的支架是鋁製的。顯然，普通話的"骨子"既無形容詞的用法，也無雅緻、精巧的詞義。

需要留意的是，普通話的"骨子"是個輕聲詞；普通話讀"骨子裏"一詞中的"子"，也要讀輕聲。

異義撮要

骨　子	
普粵共同含義	起支撐作用的架子；"骨子裏"喻指內心或實質
粵語特有含義	造形雅緻；小巧玲瓏

唱

〔普〕chàng
〔粵〕cêng³

生活用例

◎ 普通話義

① 唱歌、跳舞、遊戲、小手工,令身體更靈活……(香港《明報》,2006年10月17日)

② "你是不是特別不愛說話,很多人都說你唱的比說的好。"(《北京晨報》,2006年9月6日)

◎ 粵語義

③ 兩個高增值市場泰國及菲律賓旅客則喜愛於十二月外遊看燈飾,屆時局方將"盡地一煲"提早到當地唱好香港。(香港《東方日報》,2006年9月8日)

④ 有多個內地旅行團來港後陷於冇房住、冇飯食、冇車搭之苦,又有很多旅客被騙買貴貨、買假貨,他們怨聲載道,更有人表示回鄉後會落力唱衰香港。(香港《太陽報》,2006年9月4日)

詞義辨析

"唱"本為歌唱之義。例①中的"唱歌、跳舞"以及例②"唱的比說的好"中的"唱",指的都是"歌唱"。"唱",由"歌唱"這一基本義引申而來，可以有"歌頌"、"頌揚"、"讚賞"或"說好話"的言外之義。普通話常用"說的比唱的還好聽"來諷刺或批評那些只說漂亮話的行為。從這種"唱"的用法也可以看出，"唱"一般指的是說"好話"、"好聽的話"，而不是一般的話，更不是壞話。由此可見，"唱"在普通話中具有一定的褒義色彩。雖然普通話一般不會單獨使用一個"唱"作為"歌頌"或"頌揚"之義，但在使用"唱"的場合，通常與歌頌或倡導之義有關。

與普通話不同的是，"唱"在粵語中並不具褒義色彩，而表現為中性。粵語可以說"唱好"，也可以說"唱衰"。"唱好"意為"說好話"、"好的評論"，例③"提早到當地唱好香港"，意思是"提早到當地為香港說好話"；"唱衰"，在粵語中是"說壞話"、"詆毀"的意思，例④"更有人表示回鄉後會落力唱衰香港"，意思是"還有人表示回鄉後會盡力說香港的壞話"。由此可見，普通話只能愈"唱"愈"好"，而粵語則有可能愈"唱"愈"壞"（衰）。同一個"唱"，在粵語和普通話中可以得到截然相反的結果。

"唱"，在粵語有"議論"或"張揚"之義，例如粵語"周圍唱你"，是"到處議論你"之意；"唱通街"，是"四處張揚""大肆宣傳"的意思。"唱"在粵語中的這些詞義都是源自古代及近代漢語的用法。

"唱"本義為"導也"（見《說文》），即帶領歌唱。由"導"之義進而引申出"講說"（即"議論"）、"演說"之義（蔣紹愚，2000，頁40）。"唱"至少在五代時期已具有了"講說"的引申義，例如，南唐釋靜和釋筠《祖堂集》卷十有"不唱言前，寧談句後"之句，其中的"唱"與"談"相對，意為"講說"。今日粵語"唱"的"議論"、"談論"之義就是沿用了這種用法。

詞義擴大後，"唱"由帶領之義又引申為"喊叫"，如《儒林外史》第三十五回云："過了奉天門，進到奉天殿，裏面一片天樂之聲，隱隱聽見鴻臚寺唱：'排班'"。其中的"唱"，便是"高聲喊叫"的意思。"唱"

的"大聲叫"詞義，在普通話中至今仍在使用，不過只保留在一些固定用法的詞語中，例如"唱名"即"叫名"，"唱票"即"大聲叫出選票上的名字"。

"唱"在香港粵語中還有一個特別的詞義，即"兌換錢幣"。例如"唱十蚊散紙搭車"中的"唱"意為"兌換"，此句意思是"換十元零錢乘車"。這是"唱"在普通話中所沒有的"功能"。

異義撮要 ♔

唱	
普粵共同含義	歌唱；大聲喊出
粵語特有含義	議論；評論；宣傳；張揚；兌換（錢幣）

麻雀

〔普〕máquè
〔粵〕ma⁴zêg³

生活用例 ✨

◎ 普通話義

① 我養得最好的鳥是小麻雀。我養的第一隻小麻雀是在老麻雀帶着小麻雀學飛的時候捉住的，它掉到了地上飛不動了。（《北京晚報》，2006年8月27日）

② 尤蘇它病毒源自非洲，一般在麻雀、貓頭鷹和鵝鳥身上出現。（北京《光明日報》，2006年8月27日）

◎ 粵語義

③ 間或聽見一些人聲，都是有家有主，或閒聊家常，或打幾圈小麻雀，有時呼朋喚友唱一個下午卡拉OK，少有吵架。（香港《明報》，2006年9月6日）

④ 萬人冒雨換購水晶麻雀，險釀人踩人慘劇。（香港《都市日報》，2004年8月23日）

詞義辨析 ✿

"麻雀" 本指一種褐色的小鳥。這種鳥身體很小，不能遠飛，善於跳躍，又叫 "家雀"、"瓦雀"。在北方地區，口語又多稱之為 "家雀兒"

（"雀兒"音qiǎor，第三聲；"麻雀"則讀máquè）。

例①中的"麻雀"指的就是這種鳥；而例②亦將"麻雀"與貓頭鷹和鷓鳥並舉。這種意義的"麻雀"是普通話和粵語共有的。

粵語的"麻雀"除了指這種小鳥之外，還有另一更為常用的詞義，指娛樂用具"麻將"。在香港，天上飛的"麻雀"不常見，街上卻常見"麻雀館"。但這眾多的"麻雀館"並不是餵養"麻雀"的地方，而是供玩麻將牌遊戲的場所。這種"麻雀"是指"麻將"，"麻雀館"即是"麻將館"。而由這種"麻雀"還發展出了"雀局"（或"鵲局"）、"麻雀腳"等一些專門詞語。所謂"高樓大廈如林立，夜靜家家麻雀聲"，正是香港生活的一種寫照。

由於普通話只有天上的"麻雀"，卻沒有桌上的"麻雀"，所以，用"麻雀"稱"麻將"，常令普通話人士大惑不解。為何粵語稱"麻雀"，而北方人卻稱"麻將"呢？

其實，以"麻雀"稱"麻將"並非是現代粵語的創造或"專利"。清代時的人們已使用"麻雀"來稱呼"麻將"這一遊戲。晚清四大譴責小說之一的《官場現形記》所描述的情形，便反映了這一事實。例如：

> 到了次日，中飯吃過，雙二爺為着來的人還不多，不能成局，先打八圈麻雀。（《官場現形記》第二十一回）

> 江南此時麻雀牌盛行，各位大人閒空無事，總借此為消遣之計。有了六個人，不論誰來湊上兩個，便成兩局。他們的麻雀，除掉上衙門辦公事，是整日整夜打的。六人之中算余藎臣公館頂大，又有家眷，飲食一切，無一不便，因此大眾都在這余公館會齊的時候頂多。他們打起麻雀來，至少五百塊一底起碼。後來他

們打麻雀的名聲出來了，連着上頭制台都知道。（《官場現形記》第二十九回）

上面文字中的"麻雀"、"麻雀牌"，正是今日粵語的"麻雀"。

事實上，用"麻雀"來稱呼"麻將"，不單是南方的用語，北方地區亦然。甚至直到20世紀的三四十年代，南方和北方地區仍廣用"麻雀"稱呼"麻將"。例如，魯迅就曾有"抽鴉片者享樂着幻境，叉麻雀者心儀於好牌"（《南腔北調集·家庭為中國之基本》）的文句；老舍小說中也有"客人要叉麻雀，公寓的老闆就能請出一兩位似玉如花的大姑娘作陪"（《趙子曰》）的描寫。這裏的"叉麻雀"即"打麻將"。

《中文大辭典》中釋"麻雀"為兩義，一義為"短尾小雀"，另一義即"博戲名，俗稱麻雀"。由此可見，"麻雀"似應為這種娛樂活動之初始正名，"麻將"反而是俗稱。

為何這種"博戲"娛樂活動可被稱為"叉麻雀"或"打麻將"呢？相傳，這種"博戲"是由宋代的一種博戲"馬弔"發展而來，最初出現於浙江寧波，後遍及全國，乃至遠渡東洋和西洋各國。據說，江浙一帶操吳方言的人將"馬弔"的發音讀作"麻雀"，而現在的"麻將"也是"馬弔之音轉"。"弔"、"雀"、"將"三字在吳音中相近，所以"麻雀"和"麻將"都是"馬弔"之音轉。（見《中文大辭典》的"麻雀"、"馬弔"條）這種說法不無道理。正因為吳語方言"麻雀""麻將"不分，所以，操吳語方言的人將天上飛的"麻雀"稱為"麻將"。

在粵語中，"將"與"雀"的讀音也很接近，將 zoeng^3，雀 zoeg^3 二者只有一音之差別。聲母、元音、聲調都相同，只有韻尾略有差異（發音部位也相同），這應是對"麻雀"與"麻將"是音轉一說的補充。

自20世紀50年代內地推行普通話開始，"麻雀"的"麻將"一義便被摒棄不用了，只用於對"鳥"的稱呼，於是，"麻將"一稱在北方地區獲得了

"正名"的地位。時至今日，普通話人士只知"麻雀"為"雀鳥"，而不知其亦為"麻將"了。

異義撮要

麻　雀	
普粵共同含義	一種鳥的名稱
粵語特有含義	麻將（一種娛樂用具）

得意

〔普〕déyì
〔粵〕deg^1yi^3

生活用例

◎ 普通話義

① 作為本次世錦賽的音樂編輯和音響師，周昕對自己的音樂頗為得意。（《北京晚報》，2006年9月3日）

② “對陌生的朋友要客氣，熟稔的故舊要招呼，得意時不要高興，失意時不要發怒，還有見財不要貪心，飲酒不要過度，有病最好多睡眠，寂寞不如常讀書。”（香港《東方日報》，2006年9月6日）

◎ 粵語義

③ 她謂平時有塗指甲油的習慣，紅色和綠色等，通常都會在聖誕或萬聖節時作這種裝扮。現場有兩位男模亦有塗指甲油，她覺得好得意。（香港《星島日報》，2006年9月6日）

④ 父母大可因應小朋友所好，選擇一些得意的圖案布及牆紙，佈置充滿活潑氣息的兒童天地。（香港《星島日報》，2006年9月2日）

詞義辨析

“得意”為“稱心如意”之義。粵語和普通話都使用這一詞義。例①中的“周昕對自己的音樂頗為得意”和例②“得意時不要高興”中的“得意”

都解作"稱心如意",指因願望的實現而感到滿意的意思。

作為"稱心如意"之義的"得意"早在先秦時期已被使用,沿用至近代,以至於今天。唐代孟郊《登科後》有"春風得意馬蹄疾,一日看盡長安花"一句,將"得意"一詞的內涵形象地表現出來,更使"春風得意"變作成語廣泛流傳。與"得意"相關的詞語,"得意門生"、"得意之作"等,都是在稱心如意的意義上使用"得意";而"自鳴得意"、"得意忘形"、"得意洋洋"等詞,則是形容人因驕傲自大而感到的愉快,帶有貶義色彩。這些都是粵語和普通話共同具有的詞義。

不過,若用"稱心如意"一義去理解上面例③和例④的句子,便可能令人丈二和尚——摸不着頭腦了。"現場有兩位男模亦有塗指甲油",怎麼會使她"得意"呢?"圖案布及牆紙"怎麼也會自鳴"得意"呢?原來,粵語的"得意"具有"有趣"、"有意思"、"好玩兒"、"使人高興"的含意,可以用來形容有關的事或人。上面兩個粵語"得意"語例的意思分別是:當看到現場有兩位男模亦塗指甲油時,她覺得"很有趣";父母因應小朋友所好,選擇一些"好玩的"圖案布及牆紙佈置房間。

粵語的"得意"在當作"有趣"、"令人高興"之義使用時,是將"得意"的本來詞義由"願望"的滿足縮小到由具體"事物"或"人"帶來的愉悅感覺。例如,粵語"嗰個細蚊仔好得意"是說"那個小孩子很好玩";"呢部電視劇好得意"是說"那部電視劇很有趣",而不是指因心願實現而得到的滿足感。

粵語的這種"得意"令普通話人士費解,所以,與普通話人士溝通時,粵語人士可以將這種"得意"轉用普通話相應的"有趣"、"有意思"等詞語來表達。

異義撮要 🦪

得　意	
普粵共同含義	因願望的實現而感到心滿意足、稱心如意
粵語特有含義	形容人或物生動有趣，藝術表演等引人入勝，以及由人或物引起的愉悅

斜路

〔普〕xiélù
〔粵〕cé³lou⁶

生活用例

◎ 普通話義

① 明確樹立生態環境建設與當地老百姓富裕相結合的觀念，使老百姓成為生態環境的建設者和捍衛者，不要把他們逼上生態環境破壞者的斜路。（北京《光明日報》，2004年8月3日）

② 把城市從地圖上橫豎劃格，橫的標 "ABC" ，豎的標 "123" ，再加上東西南北的四個字頭： "N、E、W、S" 就很清楚了。……劃成格以後也就好找了，繁複的地名、門牌、歪街、斜路，只要按編號找， "西1區S" 即 "WIS" ，這就便於找了。（《北京日報》，2004年12月21日）

◎ 粵語義

③ 本港最陡峭的市區斜路首推港島西營盤，人走在路上彷彿隨時會滑下來，車輛由上而下更令人看得心驚膽戰。（香港《星島日報》，2006年9月1日）

④ 車長落車疏散乘客時，巴士突在無人駕駛下，載同四名未及下車的乘客沿斜路俯衝一百五十米，沿途撞毀路邊鐵欄及燈柱始停下。（香港《星島日報》，2006年9月19日）

詞義辨析　※

何謂“斜路”？普通話與粵語有不同的解釋。

由例③“本港最陡峭的市區斜路首推港島西營盤”可知，粵語將陡峭的路稱作“斜路”。正由於這種“斜路”的陡峭，所以從例④可見，無人駕駛的巴士竟然可以沿“斜路”俯衝一百五十米，造成交通意外。

粵語用來指處於陡峭地勢的“斜路”，在普通話裏，一般稱作“坡路”、“斜坡路”、“斜坡”。例如，“山區道路行駛需要泊車時，盡量在平坦和視野良好的路段停車，如果在坡路停車，踩剎車後應大力將手剎拉緊……”（《北京娛樂信報》，2006年9月15日）；“當我的車行到無人區一段坡路時，發現離車30多米處有兩隻狼，眼睛幽幽地放着綠光”（《北京晚報》，2006年8月20日），其中的“坡路”便是粵語“斜路”的意思。

從例①所見，“不要把他們逼上生態環境破壞者的斜路”，其中的“斜路”指的是錯誤的道路。例②是在說，若地圖劃上橫豎的格子，可以方便查找一些“斜路”、“歪街”。這裏將“斜路”與“歪街”相聯，指的是方向不正或位置不規則的道路，義近“岔路”。所謂“方向不正”，在北方地區多指不是正南正北或正東正西方向。這是普通話“斜路”的詞義。

普通話“斜路”一詞在近代漢語中已有使用。《三國演義》第七十三回：“曹仁膽戰心驚，不敢交鋒，望襄陽斜路而走。雲長不趕”，其中的“襄陽斜路”雖已無從考據究竟是怎樣的道路，但是從上下文看，應是向左或向右的“岔路”，而不是向上或向下的“坡路”。

由於意為方向不正或不規則，所以，普通話的“斜路”又經常用來喻指“錯誤的道路或途徑”，與“邪路”義近，並非具體地指行人或行車的道路。例如：

這道5分題可能會影響到部分考生的前途與命運，在社會的個體權利與價值已經日益受到重視的今天，這一後果顯得尤為嚴重；誤導教師和學生走向違背數學嚴謹性的斜路。（北京《京華時報》，2003年11月6日）

上述報導指出，在考試中一道錯誤擬製的數學題目可能會誤導教師和學生走向違背數學嚴謹性的"斜路"。"斜"為歪斜之義，與"端正"相反，所以普通話可用"斜路"來喻指不正確的行為。但是在粵語中，"斜路"使用的是"傾斜的地面"或"坡度大的路"的意義，通常沒有"錯誤道路"的比喻引申義。

異義撮要

斜　路	
普通話含義	方向不正或位置相對不規則的道路；喻指錯誤的途徑或道路
粵語含義	處於陡峭地勢的道路；坡路

眼界

〔普〕yǎnjiè

〔粵〕ngan⁵gai³

生活用例

◎ 普通話義

① 這些書，培養了我對書籍的興趣，開闊了眼界。（北京《光明日報》，2006年9月6日）

② 怎知坐進的士一路更是眼界大開，還以為自己坐進了一個作戰指揮部。（香港《明報》，2006年9月5日）

◎ 粵語義

③ 夢夢表示：“中學時期我有參加打班際比賽，仲連續三年得冠軍添，我做後衞，但眼界好準，成日都得分。”（香港《東方日報》，2005年11月15日）

④ 自稱是太陽兒女的基諾族，過年時節，男性都會走上 “箭場” 比賽射箭，看看哪個男孩眼界好。（香港《東方日報》，2005年2月9日）

詞義辨析

“眼界”一詞在普通話和粵語中都具有所見事物的範圍之義，一般借指抽象的“見識”或“見識的廣度”。例①中“開闊了眼界”和例②中“一路更是眼界大開”，都是在這一意義上使用“眼界”一詞的。

作為"見識的廣度"之義的"眼界"，近代漢語已經常使用。例如，《儒林外史》第四十四回："五河縣人眼界小，便闔縣人同去奉承他"。意思是"五河縣人的見識狹小，於是全縣人都去奉承他"。再如，《紅樓夢》第一百一十五回："……今日弟幸會芝範，想欲領教一番超凡入聖的道理，從此可以淨洗俗腸，重開眼界……"，其中的"眼界"亦為"見識"之義。

顯然，"眼界"一詞的這種抽象借喻義，已與肉眼的視力或分辨物體清晰度的能力無關，即與肉眼的實際視力無關。

但是，粵語的"眼界"一詞在抽象的借喻義之外，還保留了另一獨特的詞義，就是肉眼的視覺能力，即視力、眼力。例③和例④中所說的"眼界"均指視力或眼力。"眼界好準"或"眼界好"，意指一個人的視力有較高的準確度。

"界"一詞本義為"界限"，指不同事物的分界，既包括縱向延伸的界限，也包括橫向延伸的界限。"眼界"一詞，本指目力所及的範圍。看得遠和闊，可被稱之為"眼界好"；而看得"細微"、"深入"，也是"眼界好"的表現。這就使"眼界"最初與"視力"搭上了關係。但是，"眼界"一詞後來在北方方言中的發展，失去了其"視力"的意義，僅使用其引申義，從所見事物的範圍進而指見識的廣度；而粵語的"眼界"至今仍兼用其兩種意義。

異義撮要 ⚜

眼　界	
普粵共同含義	人的見識
粵語特有含義	眼睛的視力；用眼睛辨別物體的能力

第二

〔普〕dì èr
〔粵〕dei⁶yi⁶

生活用例

◎ 普通話義

① 自九五年起，無國界醫生利用前線救援人員的親身體驗，模擬了真實難民營，首先在法國舉行了實況展覽……，本港是繼日本之後第二個亞洲地區展出。（香港《星島日報》，2006年9月5日）

② 對於權證來說，其實分為兩個階段：第一個階段就是交易階段，第二個階段就是行權階段。（《北京晨報》，2006年9月6日）

◎ 粵語義

③ 另一名居民李婆婆亦說："十幾日都冇鹹水，打電話問辦事處，職員竟然話壞咗條鹹水喉喺十一樓外牆，要搭棚先可以維修，但係搭棚師傅病咗，所以開唔到工。師傅病咗，唔可以搵第二個咩？"（香港《東方日報》，2006年8月10日）

④ 他投訴稱，早前轉用和記環球電訊固網電話及上網網絡，繳付第一期費用二百元，並約定上月二十八日安裝線路，但當日職員才告知未能提供服務，"我要即刻搵第二間電訊商，屋企電話幾日用唔到，又上唔到網。"（香港《蘋果日報》，2005年11月19日）

詞義辨析 ✿

　　"第二" 作為序數詞，在普通話和粵語中具有共同的詞義，即表示次序上的第二。例①中的 "第二"，意為首先在日本展出，緊接着在香港展出；例②中的 "第二"，意為在先的交易階段完成之後，緊接着是在後的行權階段。

　　不過，粵語的 "第二" 還有另一種與次序無直接關係的詞義，所指為 "另外"、"其他" 或 "別的"。

　　例③以及例④中的 "第二"，並非指次序上排列為二的師傅或電訊商，而是泛指下一個、另外的一個。"師傅病咗，唔可以搵第二個咩"，其意思是問 "這位師傅病了，不可以找別的人嗎"；"我要即刻搵第二間電訊商"，其意思是說 "我要立即找另一家電訊商"。

　　再如，粵語可以說 "第二天見"，意思是 "改天見"，而並非一定是要在翌日見面；"去第二間房傾" 即 "換個地方談" 的意思，並非一定要去順序為第二的房間談話。雖然粵語的 "第二" 也可作為表示次序的用法，但被當作 "其他" 義的用法更為普遍。

　　粵語 "第二" 的這種用法與粵語 "第一" 的用法相關。在粵語中，"第一" 常常作為副詞或形容詞使用，而不是序詞。"第一" 在粵語中有 "最"、"絕對" 之義。例如，"第一時間" 並非是排列時間的次序，而是 "很快"、"最早" 或 "在最短時間內" 之義；再如，粵語常說的 "第一重要"，即為 "最重要"。

　　粵語 "第一" 和 "第二" 的這種詞義擴大和轉化現象，在普通話中也有，但是不如粵語中那麼普遍。例如，內地近年流行的詞語 "第二職業"，並非一定是次序上的 "第二"，而指本職工作以外的 "其他" 工作；"第一手資料" 中 "第一"，意為 "直接" 之義。隨着南北交流的頻繁，粵語的 "第一時間" 的用法也已進入普通話，甚至電視節目中也可以聽到 "第一時間向你報導"的說法。不過,在普通話中,"第一"和"第二"的這種非序數詞用法只被限定在少數詞中,約定俗成,而不能像在粵語中那樣廣泛使用。雖然"第二職業"中的"第二"有"其他"、"另外"、"次要"之義,但是"第二"的這種用法並不能與其他詞任意組合。例如,普通話中"第二個地方"中的"第二"就沒有"其他"或"另外"的意思,而仍然是序數"第二"。

異義撮要

第　二	
普粵共同含義	序數詞第二
粵語特有含義	別的;另外;其他

蛇王

〔普〕shéwáng
〔粵〕sé⁴wong⁴

生活用例

◎ 普通話義

① 蛇王發現入侵者後，立即從睡眠中醒來，高昂起三角頭，發出嘶嘶的聲響，衝着狼這邊吐着火焰般的蛇信子。（《北京晚報》，2006年5月6日）

② 新世紀剛剛來臨，從北京傳來消息："中國蛇王"、江蘇隆力奇集團董事長、總裁徐之偉當選2000年全國鄉鎮企業十大新聞人物。（北京《中國婦女報》，2001年2月2日）

◎ 粵語義

③ 食物環境衛生署員工屢遭揭發"蛇王"，隨着署方不斷外判工作，就連"蛇王"風氣亦一併外判。本報揭發，負責中區清潔工作的外判清潔工竟於工作期間，公然"瞓晏覺"，即使紅色暴雨下，亦風雨不改地小睡逾句鐘。（香港《東方日報》，2006年9月24日）

④ 多名僱主預期，世界盃舉行期間告假人數應該不會特別多，不過，員工多在深宵看球賽，反而可能令部分人在日間"蛇王"，或無心工作。（香港《明報》，2006年4月22日）

詞義辨析 ✿

　　普通話並無"蛇王"這樣一個常用詞。但作為複合詞，"蛇王"可被普通話人士理解為蛇中之王，即為大蛇。這就像"猴王"為猴子中的首領或最大的猴子、"獅子王"為獅子中的首領或最大的獅子一樣。例① 中所見的"蛇王"，就是指蛇中之王。

　　"蛇王"在普通話中的另一個具有比喻性質的詞義是指以養蛇為職業的能人。例②所說的"中國蛇王"，便是"中國經營蛇業的傑出人士"之義。

　　粵語所指的"蛇王"有兩個與普通話不同的詞義。其一為捕蛇者、捉蛇專家。例如，"水律蛇傷人後躲入雜物籠內，校方報警將男生送院治理，一名蛇王到場將水律蛇捉走"（香港《星島日報》，2006年10月11日），其中的"蛇王"就是捕蛇者；其二是將原本為名詞的"蛇"、"蛇王"變作了動詞或形容詞使用，義為"懶惰"或"偷懶"。這種"蛇王"已與自然界的動物"蛇"無關係了。例③中的"蛇王"便指的是員工偷懶；例④中所述員工在深宵看球賽，而日間"蛇王"，用普通話來說就是那些員工在白天"偷懶休息"。在這種意義上，"蛇王"還可以簡稱為"蛇"，例如，粵語"佢真係好蛇"，意為"他真的非常懶"。

　　粵語"蛇王"或"蛇"具有的"懶惰"、"偷懶"、"耍滑"詞義，常出現於香港的報章或市民的日常口語中，但在普通話人士聽來卻不知所云。

　　順便提及，粵語的"蛇王"一詞還可用作指稱以蛇為材料的烹飪師。香港有些食肆以"吃蛇"為招徠，便將店名加上"蛇王"之稱，例如，"作者在中上環，最常光顧的就是六十多年老店'蛇王芬'，冬日吃蛇是必然選擇，平日就肯定是那選擇眾多的明火燉湯"（香港《太陽報》，2006年9月29日）。其中的"蛇王芬"便是將名字叫"芬"的店東或大廚師加上"蛇王"，作為店的名稱。

異義撮要

蛇　王	
普粵共同含義	蛇中之王（特別的蛇）、蛇中之最；經營蛇業的傑出者
粵語特有含義	偷懶、懶惰；捉蛇專家；烹飪蛇的能手等

通氣

〔普〕tōngqì
〔粵〕tung¹héi³

生活用例 ❀

◎ 普通話義

① 天涼也要多開窗通氣，保持室內空氣清新。（北京《京華時報》，
2006年9月6日）

② 在9月2日舉行的新聞通氣會上，第三極書局董事長歐陽旭說，
早在中關村圖書大廈推出7.5折之時，該書局就曾經呼籲，以價格戰作
為雙方競爭手段並不足取。（北京《京華時報》，2006年9月4日）

◎ 粵語義

③個個到英國都瘋狂掃貨，一辦退稅就拿出成疊單慢慢蓋印，雖然
幾個關員都好通氣，無逐個點算貨品，但由隊尾排到隊頭，足足用了個
多小時。（香港《星島日報》，2006年9月4日）

④威廉這個浪漫甜蜜的約會最終因保鑣 "不通氣" 而告終。（香港
《東方日報》，2003年9月27日）

詞義辨析 ❀

"通氣"，本義為流通空氣，粵語和普通話均可以在這個意義上使用。
例①中 "天涼也要多開窗通氣，保持室內空氣清新"，粵語也可以有同樣的

說法。

　　"通氣"還有另一轉用的引申詞義，可以指人與人之間互通聲氣，互通訊息。上述例②"在9月2日舉行的新聞通氣會上"，其中的"通氣會"指的便是互通聲氣、通報信息的會議。這種"通氣"，粵語也同樣使用。

　　不過，粵語的"通氣"還有一個詞義卻是普通話所沒有的。這就是在上面例③和例④的句子中使用的"通氣"，其義為善解人意、通情達理、精明機敏等。

　　例③說的是由於很多人到英國瘋狂購物，所以在離開英國過海關時，要花很多時間接受海關檢查。雖然辦事的海關關員十分通情達理（"好通氣"），仍然花了一個多小時才過了關。若以普通話作母語的人士將這裏的"通氣"當作"互通聲氣"、"通報信息"之意來理解，便會認為英國海關關員有徇私舞弊之嫌，這就錯了。

　　例④所言的"通氣"也是同樣，說的是威廉這個浪漫甜蜜的約會最終因保鑣未能善解人意（"不通氣"）而告終。普通話人士若將這裏的"不通氣"理解為保鑣沒有"通報信息"，從而會認為威廉自己將約會一事嚴格保密，連保鑣都不肯知會，顯然又與報導文字的本意相隔甚遠了。

異義撮要

通　氣	
普粵共同含義	流通空氣；互通聲氣、互通訊息
粵語特有含義	通情達理；識趣；善解人意；精明

陰功　〔普〕yīngōng
　　　　〔粵〕yam¹gung¹

生活用例 ❋

◎ 普通話義

　　① 佐證這批藥瓶的依據還有同時在洞下黃龍亭裏發現的一塊"藥用廣告"，這塊長127厘米、寬56厘米的黑漆木板眉頭為"天下馳名黃龍洞眼藥在此"，左為"有緣早遇，錯過難逢"，右為"救人疾病，莫大陰功"。（《北京日報》，2003年7月10日）

　　② 周代宮廷裏種着三槐九棘，群臣都在九棘之下，惟有三公面槐而坐，從此三槐成為三公的代名詞。有人自覺積了不少陰功，兒子必成宰相，就在院裏親手種下三株槐樹。（北京《法制日報》，2004年6月18日）

◎ 粵語義

　　③ 他表示，在普慶坊做生意五十年，一直天下太平，沒想到一次車禍，輾斃了一對父女性命："最陰功係死者老婆，今後不知如何打算？"（香港《星島日報》，2006年9月2日）

　　④ "……影藝附近環境又清靜，在灣仔海傍散步好舒服。如真的結業，以後想看另類電影，我們就'陰功'了！"（香港《星島日報》，2006年9月27日）

詞義辨析 ✿

　　"陰功"一詞,最初與民間宗教迷信有關。迷信認為,人們死後所去之處與現實生活所在的地方是陰陽兩界,死後靈魂到達的是陰間,而現實所在的是陽間。人在陽間做的好事,可以在陰間留下記錄,也就是在陰間記下功德,簡稱作"陰功"或"陰德"。由這一意義引申,"陰德"或"陰功"也指暗中做的好事、善事。這是"陰功"一詞的本義,普通話至今仍然使用這一詞義。也就是說,普通話的"陰功"與"陰德"同義,可以理解為"暗中積下的功德"。

　　"陰功"一詞及其上述詞義,在近代漢語中已使用。例如,《西遊記》第五十三回云:"德行要修八百,陰功須積三千";第七十九回云:"陰功高壘恩山重,救活千千萬萬人"等,其中的"陰功"指的都是"陰德"。今日普通話的"陰功"沿襲的正是這一用法。例①中"救人疾病,莫大陰功",意為救人於疾病之中,將積下很大的陰德;例②中所說的是,由於"槐"古時可意指三公丞相,所以,有人自覺積了不少"陰功",所以在自家院內種下三棵槐樹,以期兒子成為宰相,其中的"陰功"亦是"陰德"之義。

　　同樣是"陰功"一詞,在粵語中,其詞義卻發生了很大的轉變。今日粵語的"陰功"與"陰德"幾乎風馬牛不相及。請看例③,"最陰功係死者老婆,今後不知如何打算?"若用"暗中積下的功德"一義來理解"陰功",受害人的妻子怎麼會是"最陰功"呢?例④也同樣,影藝要結業,"我們"為什麼就會"陰功了"?

　　粵語"陰功"的詞義主要有:可憐、淒慘、造孽、殘忍、喪失良心等。這些詞義應是從其本義"陰德"轉移而來。因為做了好事可以在陰間記功,被稱作"有陰功",而不做好事或做壞事的便可被稱作"冇(沒有)陰功"。久而久之,粵語口語將"冇陰功"的"冇"省略,只用"陰功"來指

"作孽"、"殘忍"、"喪失良心"的行為或事情。進而，由於這種"作孽"、"殘忍"或"喪失良心"的行為或事情，可為他人帶來莫大的痛苦，使他人陷於極為淒慘、可憐的境況或後果中，"陰功"一詞又轉而用來作為對這種狀況的描述，所以，"陰功"又作"可憐"、"淒慘"義。無獨有偶，吳語的"作孽"一詞也同時表示"可憐"（王力，1980，頁523），此與粵語的"陰功"表示"可憐"異曲同工。

　　"陰功"的"淒慘"義在粵語中使用之普遍，可以從粵語的歇後語"老婆擔遮，老公撥扇"中表現出來（粵語將雨傘稱作"遮"，因為忌諱"傘"與"散"同音；粵語稱丈夫為"老公"，見本書頁39，"公婆"條）：

　　　　老婆擔遮──陰公（陰功）
　　　　老公撥扇──妻涼（淒涼）

　　這句歇後語形象地表達出"陰功"與"淒涼"意義相通。根據這一詞義，再看例③和例④中的句子便很容易明白了：例③"最陰功"即"最慘"；例④"陰功"即"可憐"。

　　雖然今日粵語的"陰功"可能是從"冇陰功"省略而來，但粵語仍常使用否定式"無陰功"，意即"無良心"、"無天理"、"無道德"，進而又為"殘忍"、"作孽"義。例如，"但她覺得'有你無我'的言論令人沒工作做，實在無陰功"（香港《星島日報》，2006年9月9日）；"聽說那個兇徒是想打劫……只是求財，為什麼要殺人這麼冷血？真無陰功呀！"（香港《明報》，2006年9月29）其中的"無陰功"是"無道德"、"無良心"等義，也是"作孽"、"殘忍"、"做傷害他人的缺德事"之意。

　　上面談到，與粵語不同，普通話的"陰功"依然保持着與"陰德"同樣的詞義。不過，內地近年流行另類"陰功"。例如，"（在手機上）回了一個確認的短信後，每天都有三四條短信發進來，說什麼'天王星大鬥納星，魔法大師使出超級陰功，脫離魔海的什麼……' 一派胡言"（《北京日報》，2003年11月14日）。顯然，其中的"陰功"，指的是魔法大師使出的一種經修練獲得的功法，而不是什麼積善的"陰德"。

異義撮要

陰　功	
普通話含義	陰德；暗中做的好事；積善
粵語含義	可憐、凄慘；作孽、殘忍

陰乾

〔普〕yīngān
〔粵〕yam¹gon¹

生活用例

◎ 普通話義

① 母親拿出自家產的上等糯米，精心淘洗，然後把糯米放進洗乾淨的竹筐裏，等水陰乾後，便把糯米揹到村頭的碓房，將粒粒飽滿的糯米碓成精細的粉。（北京《人民日報》，2004年2月5日）

② 這位居民無奈地說：〝眼看着外面陽光燦爛，就是不敢在外面晾，只能房間裏陰乾衣服，雖然乾得慢一點，但是沒有油煙味呀。〞（《北京晚報》，2004年9月27日）

◎ 粵語義

③ 香港化妝品同業協會永遠榮譽會長余壽寧更認為，〝賣水貨只有幾個百分點利潤，甚至無利可圖，好易畀租金陰乾。水貨店肯定冇錢賺。〞（香港《東周刊》，2006年9月27日）

④ 沙頭角商會主席曾玉安昨在港台節目《千禧年代》上指出，中英街一帶近百間商舖已十室九空，倘不開放沙頭角墟，乃會〝陰乾〞居民，故寧願放棄中英街，也希望沙頭角能全面開放。（香港《成報》，2006年9月9日）

詞義辨析 ✿

　　在《現代漢語詞典》中"陰乾"一詞釋義為："東西在通風而不見太陽的地方慢慢地乾。"這是普通話"陰乾"一詞唯一的詞義。上面普通話的例子①"等水陰乾後"和例②"只能房間裏陰乾衣服"，其中的"陰乾"使用的都是"在通風而不見太陽的地方慢慢地乾"的意思。

　　但是，在粵語中，"陰乾"除了有上述與普通話同樣的詞義外，還有一種普通話所沒有的引申義。例③"好易畀租金陰乾"以及例④"陰乾居民"中的"陰乾"，都用來表示"慢慢衰竭"、"慢慢敗落"之義。"好易畀租金陰乾"，就是"很容易讓租金拖累而使生意慢慢衰竭"；"陰乾居民"就是"使居民生活逐漸敗落下去"的意思。"陰乾"的這種詞義在下面的例子中也可以看得很清楚：

　　　　最無良係香樹被斬後不會即時死亡，而係慢慢枯死，漁護署
　　係救唔到棵樹先斬咗去，棵樹被陰乾期間好容易跌落嚟，行山人
　　士行過就好危險。（香港《太陽報》，2006年6月30日）

　　這一段報導將香樹被斬斷後"慢慢枯死"的期間稱作"陰乾"，可見粵語"陰乾"義為慢慢枯死。

　　粵語"陰乾"一詞的上述詞義，可視為"陰乾"基本義的轉義，兩者有一定的內在聯繫。在漢語其他方言中，"陰乾"一詞也有不同的轉義。例如，在吳語中，"陰乾"為形容詞，義為"冷落、不理睬"（《漢語方言大詞典》"陰乾"條）。不過，如前所言，在普通話中"陰乾"只具有本來的基本義，而未使用類似粵語或吳語中的那些轉義。

異義撮要 〜

陰　乾	
普粵共同含義	將含有水分的東西放在通風而陽光照曬不到的地方，使它慢慢地乾燥
粵語特有含義	逐漸衰竭；漸漸敗落；慢慢枯死

陰濕

〔普〕yīnshī
〔粵〕yam¹seb¹

生活用例 ✳

◎ 普通話義

① 尚未解決溫飽的絕對貧困人口主要分佈在自然條件嚴酷的石山區、深山區、高寒陰濕山區、林緣區和極端乾旱區，扶貧難度大。（北京《人民日報》，2004年2月5日）

② 昨天下午，在一間陰濕的地下室內，剛剛做完假體隆胸260毫升手術的高××在術後第一時間約見媒體，吐露了自己"變性"後的尷尬經歷。（《北京晚報》，2006年8月7日）

◎ 粵語義

③ 他說食環署的人愈來愈"陰濕"。有時穿便衣、有時坐沒有記認的van仔、有時從巴士衝下來拉人。（香港《明報》，2006年10月15日）

④ 不少公司都有"打卡"制度，但昨日卻有網民踢爆老闆使出"陰濕招"，經常調校打卡機上的時鐘，員工即使準時上下班，亦有可能變成遲到早退，隨時"中招"被扣人工！網民smallka66在香港討論區中大吐苦水："成日唔通知就校快校慢打卡鐘，特登等我哋遲到早退扣錢，陰濕卑鄙到死！"（香港《蘋果日報》，2006年10月5日）

詞義辨析 ❊

現代漢語普通話中，既有作為獨立詞的 "陰"，也有作為獨立詞的 "濕"。而 "陰"、"濕" 二者也可以連用，合成既 "陰暗" 又 "潮濕" 的意義。例①中提及的 "陰濕山區"，指的是背陰、土地潮濕的山區。例②說的 "在一間陰濕的地下室內"，是指該間地下室又陰暗又潮濕。

"陰濕" 的這種用法，在明清時代已見諸文學作品。例如：

> 那上面親眷子孫輩，看看日色傍晚，又不見中間的麻繩曳動，又不聽得銅鈴響，都猜着道："這老人家被那股陰濕的臭氣相觸，多分不保了"。（《醒世恆言》卷三十八）

這裏所說的 "陰濕的臭氣" 指的是 "又陰又濕的臭氣"。再如：

> ……一小白石缸，可受石許。尹攜歸貯水養朱魚，……冬月不冰。一夜忽結為晶，魚游如故。……臘月忽解為水，陰濕滿地，魚亦渺然，其舊缸殘石猶存。（《聊齋志異》卷四）

故事中的魚缸水在結晶之後，忽又化解為水，"陰濕" 了滿地，就是因水滲透而弄得滿地潮濕。

不過，今日粵語中普遍使用的 "陰濕" 卻不是上述的意思。例③ 中的 "陰濕" 指的是人；而例④ 提到的 "陰濕" 是用來形容人格或形容人的 "手段卑鄙"，與 "陰"、"濕" 兩詞的本義不同。

粵語的 "陰濕" 是陰險、狡詐之意。普通話在表示這個意思時可以用一個字 "陰"，而不用兩個字 "陰濕"。"陰" 在現代漢語中有多個引申義，其中之一與粵語 "陰濕" 之義相同。《現代漢語詞典》"陰" 下列有一義：

"陰險;不光明;陰謀"。例如,"為賣一台支票打印機,銷售方居然想出了冒充銀行工作人員的陰招"(《北京晚報》,2005年3月3日)。普通話使用的"陰招"一詞與上面例④中粵語使用的"陰濕招"同義,都指"不光明的手段"。

"陰濕"一詞在粵語中還有一種用法與普通話不同,就是可以作AABB式重疊形容詞使用,例如:

> 大市昨天陰陰濕濕,期指於股票市場訂出開市價後(9時50分),即抽升一段,迫使"相關"投資者於10時開市後追回現貨……奸險!(香港《成報》,2006年10月13日)

> 黃××表示,小販隊人員多數乘車而來,看中目標就跳下車,像追賊一樣追捕他,或"陰陰濕濕"地躲在樓梯口,並在未作出任何警告的情況下向他發告票。(香港《東方日報》,2006年4月2日)

由上面的例子可以看出,粵語的"陰陰濕濕"與"陰濕"同義。普通話"陰濕"通常很少這樣重疊使用。

異義撮要

陰　濕	
普通話含義	陰暗潮濕;陽光照不到的地方
粵語含義	陰險;狡詐;不光明

喊

〔普〕hǎn
〔粵〕ham³

生活用例 ✤

◎ 普通話義

① 運動員跑過身邊時,觀眾應鼓掌、加油、叫好,不鼓倒掌、不起哄。觀看過程中不大聲喧嘩、喊叫。(《北京娛樂信報》,2006年10月13日)

② 王琳是個特別有爆發力的演員,她的哭和喊很多時候都能讓你感到震撼,好像是從心底發出的。(《北京晚報》,2007年10月9日)

◎ 粵語義

③ 阿嬌在台上親口講感受講到喊時,我在台下亦聽到熱淚盈眶。(香港《頭條日報》,2006年9月6日)

④ 當眼見歌迷在酷熱天氣下也來支持,她深受感動,一度泣不成聲。事後笑言幸好化妝師知道她大汗,已用防水化妝品,否則喊到變大花面便醜怪了。(香港《明報》,2006年8月30日)

詞義辨析 ❀

"喊",本義為"呼叫"、"大聲叫"。普通話和粵語的"喊",均有此義。例①和例②中的"喊"都是大聲呼叫之意。

但是據例④可知,粵語的"喊"可以令人變成"大花面"、"醜怪",

可見這就不是大聲呼叫所能導致的結果。原來，粵語的 "喊" 還有另一個意義，即 "哭"。所以，在例③中，當 "阿嬌在台上親口講感受講到喊時，我在台下亦聽到熱淚盈眶"，這是因為阿嬌在台上已經 "哭" 了，而不是在 "大聲叫"。

　　普通話的 "喊" 只有 "呼叫"、"大聲叫"、"呼喚" 等意思，無 "哭" 義。例如，普通話的 "喊話" 就是向遠距離的對方高聲說話；"喊冤" 就是呼叫冤枉；"喊那些人過來"，就是呼喚那些人過來。"阿嬌親口講感受講到喊"，對於普通話人士來說，只能理解為 "講感受時激動得大聲呼叫了起來"。這是 "喊" 在粵普中的異義所造成的不同表達和理解效果。

　　為表達粵語這種意為 "哭" 的 "喊"，普通話可用 "哭喊"、"哭叫" 或 "大聲哭" 等詞語，而不能單用一個 "喊" 字；否則，便會出現誤解。

　　將 "哭" 和 "喊" 兩詞相連，合成為 "哭喊"，在近代漢語中已開始使用。例如，《紅樓夢》中就多次出現過 "哭喊" 的用法：

　　　　金桂聽見他婆婆如此說着，怕薛蟠耳軟心活，便益發嚎啕大哭起來，一面又哭喊說："這半個多月把我的寶蟾霸佔了去……"。（《紅樓夢》第八十回）

　　　　一回兒又有盜賊劫他，持刀執棍的逼勒，祇得哭喊求救。
（《紅樓夢》第八十七回）

　　　　眾人不懂，他祇是哭哭喊喊的。（《紅樓夢》第一百一十四回）

　　　　怎奈襲人兩隻手繞着寶玉的帶子不放鬆，哭喊着坐在地下。……王夫人道："我打諒真要還他，這也罷了。為什麼不

　　告訴明白了他們，叫他們哭哭喊喊的像什麼。"　（《紅樓夢》第
一百一十七回）

　　普通話至今保留着近代漢語中"哭喊"的這種用法表示"連哭帶叫"，
但是不單用"喊"來表示"哭叫"。普通話有重疊式形容詞"哭哭啼啼"，
但是一般卻不用"哭喊"的重疊形式，不說"哭哭喊喊"。

　　此外，"喊"在普通話中還有一種特別用法，作"稱呼"義。例如"他
喊我大媽"、"我喊她表姐"，其中的"喊"是"稱呼"的意思。

異義撮要 ⚜

喊	
普粵共同含義	大聲叫、呼叫、呼喚；大肆宣傳
粵語特有含義	哭；哭叫；痛哭

發毛
〔普〕fāmáo
〔粵〕fad³mou⁴

生活用例 ✿

◎ 普通話義

① "當時血從她脖子後面汩汩地往外淌,我沒敢多看",回憶起剛剛發生的一幕,黃先生心裏有點發毛。(《北京青年報》,2006年8月21日)

② 後來知道那是一頭死蝙蝠,老實說,我實在心裏怕得發毛,哪有任何有福的念頭?(香港《太陽報》,2006年9月15日)

◎ 粵語義

③ 一家上下為此高興了一日,還來不及逐樣品嚐,很奇怪地,第二天大年初二,竟然全部 "發毛",即是糕面上長出毛菌,整件糕就這樣壞掉,不能再吃。(香港《星島日報》,2006年6月17日)

④ 有如做蛋糕,要愈做愈大,愈做愈好,你就做到縮水,咁就好易發毛。(香港《東方日報》,2006年3月18日)

詞義辨析 ✿

"發毛" 一詞在粵語和普通話中都有膽怯、害怕、驚慌的意思。例①中的 "黃先生心裏有點發毛" 和例②中的 "我實在心裏怕得發毛" 都是此意。

但是,例③和例④中所見粵語使用的 "發毛" 一詞,顯然不是人的膽怯或驚慌，而是食品蛋糕"發毛"。

粵語"發毛"可以表示東西發霉了。這時的"毛"，粵語讀陰平調，與粵語"羊毛"中"毛"的陽平調發音並不相同，但用漢字寫出來卻都用"毛"字表示。

普通話表示"發霉"，口語中可以說"長毛"，而不說"發毛"。例如，有一則報導的標題是："'長毛'月餅上市，消費者心裏'發毛'"（北京《中國婦女報》，2006年9月4日），說的是市場上售賣"發了霉"的月餅令消費者驚慌的事。

"長毛"與"發毛"，雖然看起來相似，但是在普通話裏的詞義完全不同。"長毛"的"長"是"生出"之意，音"zhǎng"，是指物體表面生出一層肉眼可以看得到的霉菌，無論是什麼顏色的，都可以稱作"長毛"；而"發毛"一詞，通常只用來描述心理上的膽怯狀態，並不是用眼睛可以觀察到的霉菌現象。普通話還可將這種具有膽怯、驚慌意義的"發毛"簡單說成"毛了"。例如，"自由滑比賽那天上午，他的左腳跟腱突然腫了，當時我們都毛了……"（《北京娛樂信報》2006年3月1日）說的是由於他的左腳跟腱突然腫了（將影響參加比賽），當時"我們"都"驚慌"了。

"毛了"的用法早於明清時期已在口語中流行使用。例如，《儒林外史》第五十一回："祁太爺毛了，只得退了堂，將犯人寄監……"；《紅樓夢》第九十九回："誰不知道李十太爺是能事的，把我一詐就嚇毛了"，其中的"毛了"都是害怕、驚慌之義。

異義撮要

發 毛	
普粵共同含義	膽怯；害怕；驚恐（心理現象）
粵語特有含義	發霉（物體表面生出一層霉菌）

窗花

〔普〕chuānghuā
〔粵〕cêng¹fa¹

生活用例

◎ 普通話義

① 李福愛說話時一直在剪紙……剪的是幾千年留下來的過節的場面,第一部分是臘月吃臘八粥,第二部分是農曆臘月二十三送灶神,第三部分是過年貼對子、掛燈籠、貼窗花。(北京《光明日報》,2006年8月11日)

② 我直到現在還感到奇怪:為什麼北方冰窗花的內容如此的豐富?早早起來,急忙忙揭開厚厚的布簾,一股子冰冷刺骨的氣息逼過來,撲在熱熱的臉上,禁不住打個寒戰。眼前的玻璃窗上,是一幅幅冰雕玉琢的畫面:多的是層層疊疊、顯得很擁擠的森林,一眼"望"不到邊。森林近的清晰,遠的縹緲,枝葉繁茂。(瀋陽《遼寧日報》,2003年11月18日)

◎ 粵語義

③ 昨凌晨近4時,梁某在旺角街頭一帶徘徊,尋找爆竊目標,當行至上址唐樓樓下時,舉目張望發現4樓一個單位打開了窗,而且沒有窗花,於是走上6層高大廈的天台,沿水渠爬下……。(香港《明報》,2006年9月11日)

④ 沙田嶺路屬別墅式豪宅,……過去屢有入屋爆竊案發生,有居民表示,即使屋內已裝上窗花亦無補於事,惟有盡量不擺放貴重物件在家。(香港《太陽報》,2006年9月4日)

詞義辨析 ※

　　"窗花"，在普通話人士聽來，有兩個意思：一是指手工藝品的剪紙，可以貼在玻璃窗上作裝飾用途。這在北方的農村曾十分流行，而在城市並不多見。現在，"窗花"已成為一種具有地方特色的手工藝品。例①描寫的便是李福愛製作這種民間手工藝品的"窗花"——剪紙的情形；二是指在北方的冬天，由於室外十分寒冷，室內的水氣附在玻璃窗上而結成的雪花狀的薄冰。例②中的"玻璃窗上，是一幅幅冰雕玉琢的畫面：多的是層層疊疊、顯得很擁擠的森林，一眼'望'不到邊。森林近的清晰，遠的縹緲，枝葉繁茂。"便是對這種"冰窗花"景象的入微描寫。

　　有趣的是，粵語的"窗花"一詞，既不是指剪紙，也不是指玻璃窗上的冰花，而是指安裝在窗戶上的"欄杆"、"窗櫺"。前面例③所述，一個竊賊見一個住宅單位無安裝"窗花"，於是爬入屋內爆竊；而例④的一則報導則說，安裝了"窗花"也無補於事，仍時常遭竊賊光顧。

　　粵語的這種"窗花"一般是用鋁合金或其他堅硬的金屬製成。香港很多家庭都在窗戶上安裝這種有防護作用的"窗花"，主要是為了安全，而不是為了裝飾。但是，香港的"窗花"（其實是普通話的"窗欄杆"）製作得十分美觀，有很好看的圖案，稱之為"窗花"似也不為過分。

　　由於北方農村新年時在窗上貼剪紙的民間習俗，以及冬天的窗戶上可以結出花狀薄冰的生活環境，在地處南方的粵語地區都不存在，所以，"窗花"一詞在粵語中就另作他用了。

異義撮要 🐚

窗　花	
普通話含義	手工剪紙，可以貼在窗戶上用作裝飾；冬天水氣在窗戶上結出的冰花
粵語含義	防盜或為安全用途而安裝在窗戶上的金屬欄杆；窗欄杆

落

〔普〕luò

〔粵〕log⁶

生活用例 ❀

◎ 普通話義

① 由於承重鋼絲繩斷裂,工地吊運物料的吊斗從8層墜落,兩名在4層外牆施工的電焊工被震落樓底,渾身多處骨折。(北京《京華時報》,2006年8月6日)

② 樓頂的兩個男人就是男友和他的父親,她是被男友的父親推落下樓的。(北京《京華時報》,2004年2月9日)

◎ 粵語義

③消防處新界東總區指揮官廖家儀指出,處方派出20輛消防車共100名消防員到場,其間疏散大廈20人落樓。(香港《蘋果日報》,2006年9月14日)

④雖然傳媒能夠高居臨下,清楚觀看拍賣過程,不過,卻令採訪難度大為增加,拍賣完場時,記者極速在樓梯間奔跑落樓,惟恐錯失新聞。(香港《星島日報》,2006年9月13日)

詞義辨析 ❀

"落"與"下"雖然都可指"由高處至低處"的過程,但是,二者意義並不完全相同。由於這種細微差異的存在,導致粵語和普通話在使用"落"時有所不同。

"落"的本義是指物體因失去支持而"掉落"或"跌落",而"下"則是表示有意識的動作或動作的結果。在例①中,電焊工因為受到強烈的震動,而"被震落樓",其中的"落樓"是因為突然失去了支持而掉到樓下去;例②中,她是被人推而"落樓"的,其中的落樓也是因為受到重力的作用失去了支持而掉下樓。所以,普通話只是在這種情況下,即受到外力作用失去支持而跌下時,才使用"落"。

而"下"與"落"不同。"下"在普通話中一般用在有意識的動作,與"上"相對而言。"下山"是有意識地從山的高處到低處的動作,與"上山"相對而言,而不是因外力作用而跌落山底;"下海"是主動作出的進入海的動作,而不是因外力作用而跌進海。但是,"落山"、"落海"與"落樓"同樣,在普通話中意味着是不由自主而發生的現象。

"落"與"下"的這種細微差別,在近代漢語中已存在。試比較《三國演義》第一回這兩句:"張飛……手起處,刺中鄧茂心窩,翻身落馬";"玄德大驚,滾鞍下馬"。其中的"翻身落馬"是鄧茂被刺中後不由自主的動作,而"滾鞍下馬"雖然匆忙但卻是玄德有意識地從馬鞍上下來的動作。

由於"落"與"下"均有由高處到低處的詞義,粵語便將"落"的詞義擴大至涵蓋了"下"的詞義。凡從高處到低處的意義均以"落"冠之,因而出現了"落樓"之類可能會令普通話人士感到詫異的用法。例③ 消防隊到達火災現場時,讓大廈內20人落樓;例④ 記者惟恐錯失新聞,在樓梯間奔跑落樓。這兩個報導中的"落樓"是普通話的"下樓"之義。但若不諳粵語的普通話人士見到這些"落樓"一定會誤以為發生了意外的"墮樓"事件。

粵語使用"落"的詞,普通話往往有不同表達方式,如:

粵語的"落"	普通話的習慣說法
落車	下車
落水	下水（主動）
落堂	下課
落台	下台
落街	上街
落手	下手（行為）
落去	下去

由於粵語的"落"包括了普通話"落"和"下"的兩個詞義，所以，並不是粵語中所有使用"落"的詞，在普通話中都可使用"下"。粵語有些含有"落"語素的詞語，普通話也使用。正如前面所述，這些"落"一般是不由自主（因外力作用而產生）的動作或結果，也有的是約定俗成。例如：

落榜；落魄；落後；落井；落款；落網；落選；落幕

同樣，粵語的"落"雖然包括了普通話"下"的詞義，但並不是所有帶"下"義的詞語在粵語中都改用"落"。粵語也使用"下"作為語素，組成相關詞語。例如：

下降；下場；下跌；下限；下級；下列；下落；下游

另外，在描述自然現象時，"落"和"下"都與自主的意識無關。這時，使用"下"還是"落"不過是使用習慣不同而已。如普通話說"下雨"、"下雪"，粵語則說"落雨"、"落雪"。而"落葉"、"落花"、"落日"的用法，粵普則相同。

異義撮要

落　（樓）	
普通話含義	因失去支撐而由樓的高處降至低處；墮樓
粵語含義	有意識地由樓上移動至樓下

話

〔普〕huá
〔粵〕wa⁶

◎ 普通話義

① 在賽後的新聞發佈會上，沈祥福說的話比較少。（《北京晨報》，2006年9月18日）

② 她等張耀祠把話說完，輕輕地說："我沒聽清楚，你能不能再說一遍。" 張耀祠就把剛說的話，重複了一遍。（《北京日報》，2006年9月18日）

◎ 粵語義

③ 昨日，陳鑑林就回應傳聞，佢話自己未傾過做財委會主席，亦都無開始拉票。（香港《星島日報》，2006年9月19日）

④ 我話招商銀行抵，是話它招股價相對抵買。（香港《頭條日報》，2006年9月18日）

"話" 一詞在普通話中主要用作名詞，指說出來表達意思的言語，或把這種聲音記錄下來的文字。

上面例① "沈祥福說的話比較少"，即是沈祥福表達意思的言語很少，其中的"話"是名詞；例②中"她"和張耀祠的"話"，都是指說出來的"話語"。

"話"在普通話中有時也可用作動詞，例如，"跟老人家話家常"，意思是"與老人家聊天"，其中的"話"是動詞，是"說"、"講"的意思。但是，作為動詞使用的"話"，在普通話口語中較少使用，多數只保留在特定的書面語中，例如"話舊"、"話別"、"指東話西"等。

與普通話不同，粵語的"話"主要用作動詞，為"說"、"講"之義。例③粵語所說"佢話自己未傾過做財委會主席，亦都無開始拉票"，意為"他說自己都沒有談過做財委會主席，也都沒有開始拉票"，其中的"話"是動詞，為"說"義；例④"我話招商銀行抵，是話它招股價相對抵買"，意為"我說招商銀行很值得買，是說它的招股價相對值得買"，其中的"話"亦為動詞，為"說"義。

將"話"用作動詞的，不單是粵語，客家話、吳語以及贛語南昌話等方言，亦都可將"話"當作動詞來使用。若作為名詞，"話"在粵語通常與"說"字連用，成為"說話"。（見本書頁256，"說話"條）

"話"在漢語中的這兩種詞性並非出現於今日。《爾雅》："話，言也"；《詩經·抑》："慎而出話"。其中的"話"是名詞，即言語、話語。《釋文》引馬融注："話，告也"。告，即為告訴、說出，是動詞。可見"話"在古時已兼作名詞和動詞用。

在近代漢語中，"話"亦兼作名詞和動詞使用。以《三國演義》為例，其中便有不同用法的"話"：

正話間，宋憲、魏續至。（《三國演義》第十六回）——動詞

話畢而別。（《三國演義》第十七回）——動詞

兩個敘話畢，一同引兵來見玄德，哭拜於地。（《三國演義》第十九回）──名詞

雲長曰："請丞相出陣，我自有話說。"（《三國演義》第二十二回）──名詞

正話間，忽有使者自鄴郡來，呈上審配書。（《三國演義》第三十回）──動詞

由上面的例子可以看出，"話"在近代漢語中用作動詞的情形仍很普遍。粵語在延續了這種動詞用法的同時，捨棄了其名詞的用法；與其相反，除了一些使用文言詞語的場合，普通話在延續了"話"的名詞用法的同時，基本捨棄了其動詞的用法。這就是今日普通話與粵語中"話"一詞不同的用法。

異義撮要 ❦

話	
普通話含義	（名詞）言語、話語；表達出的意見
粵語含義	（動詞）説話的行為；表達

舅

〔普〕jiù
〔粵〕keo⁵

生活用例 ❊

◎ 普通話義

① 我在老家過的元宵節，中午吃飯的時候，大舅、二舅、舅媽和哥哥都回來了，大人們舉杯乾杯，別提多高興了，我也興奮地舉起姥姥為我準備的小杯子敬酒，敬了姥爺敬姥姥，敬了舅舅敬舅媽。（《北京娛樂信報》，2006年2月14日）

② （女孩）在姥爺的幫助下寫了一份保證書，說"以後再也不攔着大舅拿東西了"。姥姥把保證書給她大舅看，指望她大舅高興高興。沒想到她大舅看了卻臉色一沉，說道："照我外甥女這麼說，好像我從家裏拿了好多東西似的。"（北京《京華時報》，2006年6月9日）

◎ 粵語義

③ 馮××前晚出席自導自演的獨立短片《最好世界變》試映會，雖然緋聞女友莫××未見蹤影，但她的胞兄卻冒雨撐場，當記者笑說未來大舅莫××撐場時，馮××即衝口而出說："有嚟咩？"（香港《太陽報》，2003年9月17日）

④ 警方到屋邨調查燒炭自殺案時，意外在死者寓所發現七十多枚子彈及彈殼等，死者的妹夫昨日承認無牌管有彈藥，是他暫放大舅家中。（香港《星島日報》，2005年7月26日）

詞義辨析 ❀

作為親屬稱謂，"舅"在唐之前即有多種不同的用法，可以指稱不同的人，其中包括"母之兄弟"和"妻之兄弟"兩個用法。現今的普通話"舅"主要承襲了"母之兄弟"的用法，粵語"舅"則更多地沿襲了"妻之兄弟"的用法。

在普通話中，母親的兄弟可以按排行順序呼作"大舅"、"二舅"等。例①"中午吃飯的時候，大舅、二舅、舅媽和哥哥都回來了"，其中的"大舅"即指媽媽的兄弟中最年長的一位。在例②的故事中，那位寫了保證書的女孩子是大舅的外甥女，兩人顯然也是兩輩人的關係。

"大舅"在粵語中所指與普通話不同。例③中將"女友的胞兄"稱作"未來大舅"，由此便可見出"大舅"是"妻之兄"，而非"母之兄"。例④從"死者的妹夫"和"大舅"的關係看，亦明確顯示粵語"大舅"用以指稱妻子的兄長。

不過，"舅"在今日普通話中亦可指稱"妻之兄弟"。為了避免與"母之兄弟"相混，在指稱"妻之兄弟"時，須在"舅"後綴加"子"或"哥"字，呼為"大舅子"、"小舅子"或"大舅哥"等，而不直接呼為"舅"或"大舅"，其用法與"姨"相似（見本書頁171，"姨"條），例如：

妻子的小侄子今年剛剛四歲多。或許是因為大舅子得子較晚的緣故，他對那孩子又嬌又寵，簡直慣得沒樣兒。（北京《京華時報》，2006年10月13日）

上例便是將妻子的哥哥稱為"大舅子"，但不稱"大舅"。再如：

　　　　對於宋家兩兄妹之間的矛盾，蔣介石讓宋美齡協助宋子文，與他保持一致。對於夫人和大舅哥之間的矛盾，蔣介石從對英美外交的大局出發，請宋美齡協助宋子文，與他保持一致。（《北京日報》，2006年7月31日）

　　例中"夫人和大舅哥之間的矛盾"指的是宋美齡和其哥哥宋子文之間的矛盾，宋子文則是蔣介石的"大舅哥"。此處"大舅哥"亦不可改成"大舅"。

　　粵語不使用普通話的"大舅子"、"大舅哥"和"小舅子"等稱謂語。粵語直呼妻子的兄長為"大舅"，而稱妻子的弟弟為"舅仔"。為了與作為"妻之長兄"的"大舅"相區別，對母親之兄弟，粵語使用"舅父"一詞，例如稱母親的長兄為"大舅父"。

　　普通話亦使用"舅父"來稱呼母親之兄弟，但是，口語中多使用"舅舅"或依排行稱呼母親的兄弟為"大舅"、"二舅"、"小舅"或"老舅"。普通話"舅父"一詞多在書面語中出現。

　　對於舅父之妻，普通話一般稱作"舅媽"或"舅母"；而粵語則稱作"妗母"。不過，在北方許多地區（如河南、山東、東北等地），亦稱舅父之妻為"妗母"。這個稱呼唐時已有。宋張耒《明道雜誌》認為"妗"本身即為"舅母"兩字之合音（參見元代陶宗儀《輟耕錄》十七）。驗之於今之普通話和粵語，均通。普通話"舅"音jiù，後接"母"mǔ，由於同化音變，"舅"即轉音為jìn，而"妗"的普通話讀音為jìn。粵語的"舅母"讀作 kau⁵ mou⁵，受後邊"母"音節中的輔音m的同化影響，"舅"變音作kam⁵，用漢字表示，便為"妗"。

異義撮要 ✋

舅	
普通話含義	母親的兄弟
粵語含義	妻子的兄弟

愛人

〔普〕àiren
〔粵〕oi³yen⁴

生活用例 ❉

◎ 普通話義

① 孟二冬教授的愛人、北京大學社會科學部副部長耿琴的這番講話，成為此場報告會的高潮。（北京《光明日報》，2006年9月11日）

② 那個曾經的巨星就穿着舒適簡單的服飾，站在丈夫的身邊，由着愛人為自己撐起一片天空，而她則用自己招牌的溫柔笑容昭告內心的滿足。（《北京晚報》，2006年9月10日）

◎ 粵語義

③ 呢位力休斯敦火箭嘅射手與愛人結束十年愛情長跑，喺墨西哥一個海灘拉埋天窗。（香港《東方日報》，2006年9月15日）

④ 月前Bobby在演唱會台上，公開聲稱跟雲妮鬧翻，要由另一名愛人帶他回家。（香港《蘋果日報》，2006年9月15日）

詞義辨析 ❁

作為一個獨立的詞，"愛人"讀作輕聲，在普通話中是配偶的通稱，既可以是妻子對丈夫的稱呼，也可以是丈夫對妻子的稱呼。例①孟二冬教授的"愛人"是對孟二冬教授妻子的稱呼；例②"那個曾經的巨星就穿着舒適簡單的服飾，站在丈夫的身邊，由着愛人為自己撐起一片天空"，其中的"愛人"是對女巨星丈夫的稱呼。

"愛人"成為普通話對丈夫或妻子的通稱是上個世紀初"五四運動"的產物。當時，隨着反封建、追求婚姻自主的潮流興起，"愛人"一詞在中國文人中開始使用。例如，魯迅在《南腔北調集‧聽說夢》中指："食慾的根柢，實在比性慾還要深，在目下開口愛人、閉口情書，並不以為肉麻的時候，我們也大可以不必諱言要吃飯"。由魯迅的這段文字，可以想見"愛人"一詞在當時文人中的流行。但是，那個時期的"愛人"，並非專指丈夫或妻子，而主要是指戀人或情人。

"愛人"一詞最初應是英語"lover"的意譯，而"lovers"則指情侶，且常指沒有正式婚姻關係的性伴侶。日語中的"愛人"其實就是"情婦"或"情夫"的娓婉語。粵語的"愛人"也是戀人、情人的意思，而不用來指已婚的配偶。例③"呢位力休斯敦火箭嘅射手與愛人結束十年愛情長跑，喺墨西哥一個海灘拉埋天窗"，其中顯示，這位射手與"愛人"在十年的愛情長跑後才"拉埋天窗"舉行婚禮；從例④中的"聲稱跟雲妮鬧翻，要由另一名愛人帶他回家"一句，也可以看出，另一位可以立即帶他回家的"愛人"不會是配偶，應只是"戀人"或"情人"而已。

現在普通話中的"愛人"由其最初的戀人、情人的詞義已轉移為專指夫婦關係中的一方。在一般正式場合中，用"愛人"來稱呼配偶較為正常。不過， 些年長的人在日常社交活動中，仍常習慣稱自己的已婚配偶為"老伴兒"。

"愛人"所具有的"配偶"這一詞義是內地社會約定俗成的特定產物，目前尚未在中國大陸以外的華人地區獲得接受及使用。香港粵語或台灣"國語"中的"愛人"通常只使用其原本的意義，即"情人"、"戀人"。在這些地區，結了婚的正式配偶，一般仌再被稱為"愛人"。不然，一位"有婦之夫"或"有夫之婦"若還有"愛人"，豈不是在搞婚外情！

異義撮要 ☖

愛　人	
普通話含義	丈夫或妻子，對配偶的通稱
粵語含義	情人；戀人；非正式婚姻的性伴侶

飽

〔普〕bǎo
〔粵〕bao²

生活用例 ✻

◎ 普通話義

① 古人云："飢不可太飢，飽不可太飽；太飢則傷腸，太飽則傷胃"。（《北京青年報》，2006年8月4日）

② 食人魚通常聚居在南美洲的亞馬遜河，雖然牠們能幾天不進食，但美食當前卻胃口極佳，在數分鐘內將整頭豬吃剩一副骨頭是等閒事，牠們甚至可以一直進食直至飽死為止。（香港《東方日報》，2006年5月24日）

◎ 粵語義

③ 佢話自己一日最少睇八份報紙五本雜誌，所以乜都知，最好唔好考佢喎！真係飽死！（香港《蘋果日報》，2001年2月10日）

④ 麻生太郎："哈哈，我也略懂粵語！居時×××見到你那副披頭散髮的樣子，難免會飽晒或飽死矣"。（香港《信報財經新聞》，2006年6月23日）

詞義辨析 ❀

"飽"，無論在粵語還是普通話中，都有"食量滿足"（與"餓"相對）的基本詞義。在這個意義上，"飽死"則指吃得太多、胃口感到過於飽脹。前面例①古人云："飢不可太飢，飽不可太飽；太飢則傷腸，太飽則傷胃"以及例②所說的食人魚可以一直進食"直至飽死為止"，其中的"飽"都義為"食量滿足"。"飽死"有吃得過量的意思，但普通話一般說"撐死"，而不說"飽死"。

除了與普通話具有同樣的意義外，粵語的"飽死"還另有其義。例③ 和例④ 中的 "飽死"或"飽晒"，顯然與"食量"無關，亦不干"吃"事。這是一種轉義用法，用普通話來說是"臭美"和"令人討厭"的意思，常用來表示對某人或某種行為的反感、嘲諷、挖苦，與普通話的 "臭美"、"叫人噁心"、"不知羞恥"等說法略近。用這種詞義再來看上面的粵語例③和例④便不難明白其意了。例③"佢話自己一日最少睇八份報紙五本雜誌，所以乜都知，最好唔好考佢喎！真係飽死！"中的"飽死"是說"他"自吹無所不知，實在令人感到討厭。例④ 中的"屆時×××見到你那副披頭散髮的樣子，難免會飽晒或飽死矣"，意思是說"你那副披頭散髮的樣子，到時候不免會令看見你的人反感至極了"。

"飽"在粵語中為什麼會有 "討厭"、"令人倒胃口"之義呢？這或許可以追溯到古代漢語的用法。《說文》：釋"飽"為"猒也，從食從包"；又釋"猒"，"飽也，從甘從狀"。而"討厭"之 "厭"古時與 "饜"相通。 "厭"、"饜"古時都有 "飽"義，同從 "甘"從 "狀"。"狀"為狗（犬）肉，狗肉味美，可以讓人吃飽；但是好味若吃得過多，又會讓人生厭。於是， "飽"與 "厭"的意思便相通了。粵語"飽死"用法在客家話中也有。（《漢語方言大詞典》頁1507，"飽死"條）而其他方言，例如湖南祁東方言中的 "飽"也有 "煩人"、"厭人"的意義，不過其 "厭"的意義較輕而已。與此相關，參考日文，漢字 "飽"在日文中除了 有"吃飽"一義外，還有一義便是 "討厭"。而且，在日文中表示討厭意思的 "飽"，與"厭"字是通用的。由此大概不難理解粵語 "飽死"用法的來由了。

　　雖然"飽死"在作"討厭"之用時，粵普之間有明顯的差異，但需說明的是，普通話的"飽"亦不絕對排斥"令人厭惡"的意思。例如，"他那副樣子看了叫人噁心"亦可娓婉地說成"他那副樣子看了就叫人飽了"。但是，這個"飽"意在"使人不想繼續看"，與粵語用"飽死"直接表示厭惡，至少在輕重程度上有很大不同。

　　為了加強"飽死"的感情色彩和語氣，粵語有時還會說"飽死荷蘭豆"，甚至再加綴下句"餓死番薯頭"。"荷蘭豆"和"番薯頭"是什麼意思呢？一方面，這可能純粹是因為說起來上口而有意編排的語句對仗；另一方面，還可能因為"荷蘭豆"和"番薯頭"曾與人的"飽"或"餓"的確有過密切關係。

　　閩南方言稱豌豆為"荷蘭豆"，據說可能由於此豆最先是由荷蘭人傳入東南亞地區而得名。明朝初期荷蘭人在日本、台灣及中國東南沿海的活動極為頻繁，先後把不少植物品種傳入這一帶，其中便包括所謂"荷蘭豆"。"番薯"即甘薯，原產南美洲，哥倫布發現新大陸後，西班牙人把它帶到菲律賓。明代萬曆年間，福建因颱風摧毀農作物而遭受饑荒，總督金學派人到菲律賓尋求救災農作物，於是運回番薯種。從此，番薯在中國開始廣泛種植。由於這是從外國輸入的，所以甘薯被冠以"番"字，稱作"番薯"。"番薯"可以在荒年用來代替糧食充飢，而閩西地區的民謠"頭頂大日頭，腳踩砂孤頭，三餐番薯頭"就是當地以番薯充糧的貧窮生活寫照。由於"荷蘭豆"和"番薯頭"都是很容易讓人感到腹"飽"的食物，或許這就是粵語"飽死荷蘭豆，餓死番薯頭"這一熟語在南方方言中產生和使用的緣故吧！

異義撮要

飽	
普粵共同含義	食量滿足；因吃得太多而感到胃中脹滿
粵語特有含義	臭美；令人噁心；使人討厭

煙

〔普〕yān
〔粵〕yin¹

生活用例 ❧

◎ 普通話義

① 因一些型號的小型複印機存在可能導致機器冒煙甚至起火的安全隱患，佳能將在全球範圍檢查187萬台複印機。（《北京青年報》，2006年9月14日）

② 上周六中午，一輛列車行至大學站以北，疑車頂架空高壓電纜爆炸，閃出火花及冒煙。（香港《星島日報》，2006年9月14日）

◎ 粵語義

③ 他本以為是普通水滾冒煙，但未幾噴出火舌，瞬間全車陷入火海，並發生輕微爆炸。（香港《星島日報》，2004年10月17日）

④ 第一次點了個八珍豆腐套餐，另加碟清炒菜心。先端上來的是菜乾豬肺湯一大鍋，味精不算重手，連喝兩碗，跟着伙計捧着個大砂鍋上來，熱氣騰騰，白煙直冒，"嘶嘶"作響……。（香港《新報》，2003年10月11日）

詞義辨析 ✿

在《現代漢語詞典》中，"煙"的釋義為"物質燃燒時產生的混有未完全燃燒的微小顆粒的氣體"。這是普通話和粵語共同使用的"煙"的詞義。例①中的"煙",顯然是指機器中的物質未完全燃燒時出現的氣體;例②中的"冒煙",也是因電纜燃燒冒出的氣體。

上述意義的"煙",其詞義範圍比較小,只是指物質燃燒時產生的氣體。但是,粵語的"煙"在此意義上擴而大之,將"煙"的指稱範圍擴大到可以包括水蒸氣或水汽在內。例③中的"水滾冒煙",指的便是水在達到沸點後冒出的水蒸氣;而例④描述的情形,顯然也是將"水汽"以"煙"稱之。那"嘶嘶"作響的八珍豆腐大砂鍋冒出的一定是熱氣騰騰的"水氣"。

從"煙"可以與"水氣"相通發展開來,粵語甚至可以將"煙"與"汗(氣)"聯在一起,如下面的例子:

> 以前說過這家名品居,本來是一條小街路邊的一個大廚房,灶房一張小桌子,勉強能坐兩個人;夏天去吃,吃出一頭煙,滿身汗。(香港《飲食男女》,2003年10月10日)

顯然,"吃出一頭煙"是"吃出一頭汗"的意思。

普通話的"煙"和"汽"在概念上有很大區別。"汽"或"水蒸氣"是指水受熱後而變成的氣體,與"煙"的概念完全不同。"煙",是物質本身在燃燒時產生的氣體。由於水自身並不能燃燒,所以,水不會產生"煙"。水加熱後產生的是"汽",水蒸氣仍然是"水",不是"煙"。

粵語將"水汽"納入"煙"中,也有一定的道理。因為氣體聚集而形成像"煙"一樣的東西,通常也可稱作"煙",例如"雲煙"便是以"煙"來描述雲;"煙霞",亦是以"煙"來描述雲氣。由於水汽聚集形成與煙類似的樣子,所以,粵語便將水汽納入了"煙"的範圍。不過,普通話卻將"汽"與"煙"視為"水"與"火"不可相容的兩樣東西,不能混為一談。

異義撮要

煙	
普粵共同含義	物質燃燒時產生的混有未完全燃燒的微小顆粒的氣體
粵語特有含義	水蒸氣;水汽;汗(氣)

腳

〔普〕jiǎo
〔粵〕gêg³

生活用例 ❀

◎ 普通話義

> ① 徑賽項目中，判定運動員到達終點名次順序，是以運動員軀幹(不包括頭、頸、臂、手、腿和腳)的任何部分觸及終點線後沿垂直平面的先後為準。(《北京日報》，2006年7月15日)
>
> ② 記者在現場看到，有一個孩子手上的皮大面積脫落，還有一個孩子的腿和腳腫了起來。(《北京晚報》，2006年8月10日)

◎ 粵語義

> ③ 如果子彈造成創傷太大，癒合不理想便造成長短腳。(香港《星島日報》，2006年9月8日)
>
> ④ 男人或愛第一眼看女人的樣貌、身材跟腳長。(香港《都市日報》，2006年7月1日)

詞義辨析 ❀

普通話和粵語對"腳"的指稱部位有所不同。

"腳"原本是指人或動物的行走器官，包括下肢全部。《說文解字》："腳，脛也"。《廣雅·釋親》："股，脛也"。《廣雅疏證》："膝以上為股，膝以下為脛……散文則通謂之脛。"由此可見，"腳"、"脛"、"股"三字古時可通用，指整條腿。但是後來，"腳"的詞義發生了變化，由原指行走器官的全部，縮小到只指其中的一部分——"人或動物的腿的下端，接觸地面支持身體的部分"（見《現代漢語詞典》）。與此同時，"腿"一詞也被創造出來了。《說文解字》中尚無"腿"字，但到了《玉篇》（南朝梁顧野王編纂）便有："腿，脛也"。由此可見，"腿"的出現晚於"腳"，是"腳"詞義轉移導致的結果。

在普通話中，"腳"並不包括腳踝以上"腿"的部分。所以，普通話中的"腳"和"腿"分別指的人體兩個不同部位。上述例①中便很明顯地將腿和腳視為身體軀幹的不同部分作為運動員觸及終點線的標示；例②所說的"孩子的腿和腳腫了起來"，也是將"腳"和"腿"分開來說的。

雖然今日的粵語也接受和使用"腿"一詞，但是粵語中的"腳"至今依然習慣沿用古義，包括了普通話所說的"腳"和"腿"兩部分。因此，上述例③中的"長短腳"，並不是說兩隻"腳"（不包括腿）出現了長短不一的現象，而是指兩條腿變得不一樣長；例④中的"身材跟腳長"，也並不是說身材和兩隻"腳"（不包括腿）長，"腳長"是"腿長"的意思。

在香港一年一度的"選美"活動中，人們也常讚嘆那些"佳麗"們的"腳長"。如果按普通話"腳"的詞義去理解粵語中的"腳長"之語，很容易把"美譽之詞"理解為"惡言詆毀"，因為"手長腳長"便是"手大腳大"。這種"大腳女人"，在中國傳統上是不受讚美的，也不會為男人所追捧。由此可見，粵語使用的"腳"一詞，可能會引起普通話人士的諸多誤解及錯誤的聯想。

異義撮要 ♨

腳	
普通話含義	腿的下端;腳踝以下的部分
粵語含義	下肢,包括腿和腳的全部

試

〔普〕shì
〔粵〕xi³

生活用例

◎ 普通話義

① "我很了解自己的聲音，像搖滾這樣的音樂就只能自己聽着暗爽了。我曾在英文專輯裏試過類似風格的音樂，歌迷的反應很直接，包括媒體記者都不喜歡。"（北京《京華時報》，2006年9月13日）

② 李彥宏在博客中寫道："總有一些人以為他們可以通過花錢，通過媒體，通過公關的手段、廣告的手段來對百度造成傷害，這個人試過了，那個人還要試，這種手段試過了，那種手段還要試。"（《北京晨報》，2006年9月12日）

◎ 粵語義

③ 她還自爆以前試過沒有好好清潔隱形眼鏡而且戴着睡覺，結果弄至雙眼發炎。（香港《東方日報》，2006年9月14日）

④ 專門義務解答市民財政及法律疑難的公民諮詢局(Citizens Advice)委託調查公司，訪問了2000名供樓人士。4%受訪者表示在一年內曾試過拖欠一期或以上的供款。（香港《明報》，2006年9月14日）

詞義辨析 ❀

　　"試"，本義是"試驗"、"嘗試"。從例①中可見其中所"試"，是一次嘗試，以便獲得信息，了解效果如何；例②中的"試"，意為不同的人不斷作出各種嘗試，希望可以達到傷害對方的目的。這種"試"，是通過某種行為以察看其結果的意思。"試"的這一詞義是普通話和粵語共有的。

　　若是已經知道某事的結果或某物的性能，普通話則不能使用"試"一詞，因為無須再"試"。但是，粵語則不然。從例③可以看到，她不好好清潔隱形眼鏡，甚至戴着隱形眼鏡睡覺，通過親自"試過"獲得了雙眼發炎的結果；而例④的"試過"就更為荒謬，4%的供樓人士借貸買樓，卻"試過"不按期供款。若按普通話"試過"的涵義來看，完全不可思議。

　　其實，粵語的"試"，除有"試驗"、"嘗試"之外，還有"曾經"、"經歷"的意思。例③和例④的"試過"都是"曾經有過"或"經歷過"的意思。再如，粵語"試過唔記得帶鎖匙"，就是"曾經忘記帶鑰匙"的意思，而不是"試驗不帶鑰匙（看會怎樣）"的意思；"試過唔見咗銀包"、"試過生病"，是"曾經丟錢包"、"曾經生病"的意思，而不是"試一下把錢包弄丟（看會如何）"、"試試生一次病（看會有怎樣的感覺）"的意思。如果聽到粵語人士說"我試過把自己鎖在屋子裡"或"我試過給老師罵"，普通話人士一定大惑不解——為甚麼要試那種無聊愚蠢的事呢？

異義撮要 ♛

試	
普粵共同含義	試驗，為了察看某事結果或某物性能而進行的行為
粵語特有含義	曾經；經歷（過）

電門

〔普〕diànmén
〔粵〕din⁶mun⁴

生活用例 ⁜

◎ **普通話義**

① 我放下引擎蓋，鑽進駕駛室，打開電門，發動着汽車，開始繼續行路。（《北京晚報》，2006年8月20日）

② 在他屋裏玩兒時，看到在他家櫈子底下牆根兒上有插銷座兒，覺得挺新鮮。因為我家的電門（開關）插銷座都安在一人高的牆上。（《北京晚報》，2005年4月3日）

◎ **粵語義**

③ 當警員到達新蒲崗崇齡街永隆銀行時，便見銀行大門捲閘被拉高升起，玻璃電門打開，認為事態嚴重，立即通知上級。（香港《都市日報》，2005年7月28日）

④ 試過由超市走去停車場，論論盡盡咁抽出車匙開門後，發覺電門係好用吶。最近本田最新Stepwgn 2.0 Luxury版都加入電趟門行列，Oh, my cup of tea！它有全自動電趟門，按一按遙控上的按鍵，兩邊車門就會自動為你打開，操作簡易又靈活，就算兩隻手唔得閒，郁一郁手指一樣可以輕鬆開門，夠晒方便。（香港《蘋果日報》，2006年7月8日）

詞義辨析 ※

"電門" 一詞，由 "電" 和 "門" 兩個語素組合而成，可理解為 "電的門"。由於這一意義本身的模糊性，使普通話和粵語對這個詞的使用產生了差異。

由例①及例②使用的 "電門" 一詞，可以知道，普通話 "電門" 意思是電源的開關。而在粵語例③所見的 "玻璃電門" 和例④所見的 "電門"、"全自動電趟門"，顯然是與 "電開關" 無關的另一樣東西——靠電操縱的門。普通話一般將其稱作 "自動門" 或 "電動門"。

"電門" 一詞，粵語是指用電控制的門。這種詞義是有其道理的，因為 "電門" 是指 "用電來控制（活動）的門"，"電門" 是 "電動門" 的縮略語。

普通話 "電門" 意指 "電開關" 也有其道理。因為 "門" 的本義為 "出入口"，"電門" 即電的出入口。如果關閉了 "門"，隨即阻礙了電流的流通；打開 "門"，電流才可以暢通無阻。所以，"電門" 指稱電流出入之處，粵語稱作 "電掣"。

其實，"電門" 一詞在粵普之間的意義差異，主要源於 "電" 字。在 "電門" 一詞的語法結構中，"電" 是修飾語，"門" 是中心語。作為語素，"電" 表現出兩個意義：一個是 "電" 本身，即指電流、電量；另一個是電的使用，即 "用電"，如電腦、電視。普通話的 "電門"（電開關），其中的 "電" 是指 "電" 本身，即 "電流" 義；而廣州話的 "電門"（自動門），其中的 "電"，是指 "用電"。廣州話與普通話在各自的語言環境中，將 "電門" 的詞義約定俗成了。

還須留意的是，"電門" 在普通話中雖然指 "電開關"，但是，通常是指建築或住宅內電源的 "總開關"。如果是一部電腦或電視機的電開關，則不稱 "電門"，而只稱 "開關" 或 "電開關"。例如 "打開電視機的開關"，便不能說"打開電視機的電門"。但是，如果你要修理這台電視機，那麼最好先"拉下電門"（關閉總開關），以策安全。

異義撮要

電　門	
普通話含義	電源總開關；電器裝置上接通和截斷電路的設施
粵語含義	用電控制的門；自動門

說話

〔普〕shuōhuà
〔粵〕xud³wa⁶

生活用例 ✧

◎ 普通話義

① 他們在跟你說話的時候往往很嚴肅，說起來一本正經的；對方被逗得哈哈大笑，自己還不覺得有什麼。大羽就是這樣一種幽默。唯一不同的是，雖然他一口濃重的東北口音，但卻不像東北人普遍的大嗓門，而是細聲細氣的，說話的時候還時常有一些不好意思和羞澀。（《北京娛樂信報》，2006年9月19日）

② 昨天夜裏，周某可以正常說話。她說，扎她的男子此前曾多次來到店內，並想賣一款摩托羅拉手機，但周某沒收。（北京《京華時報》，2006年9月19日）

◎ 粵語義

③ 訪問過程中，有時昶呈正在思考正要說的說話，昶熹已可代她回答。（香港《星島日報》，2006年9月19日）

④ 一名來自政治團體的示威者說："他道歉並不足夠，因為他沒有說他講錯說話。"（香港《新報》，2006年9月19日）

詞義辨析 ❀

　　"說話"，應當是人人明白的詞語。但是，普通話和粵語在運用這個詞語的時候，有明顯的不同。

　　在《現代漢語詞典》中，"說話"的主要釋義為：（1）用語言表達意思；（2）閒談；（3）指責；非議。由這些義項可以看出，現代漢語普通話的"說話"是一個行為動詞。例①和例②中的"說話"都是作為行為動詞使用的，表示人在用語言表達意思。

　　"話"在普通話中一般用作指"話語"、"言語"，是名詞。但是在粵語中"話"卻用作動詞，作"表達意思"之義使用（見本書頁231，"話"條）。所以，粵語一般不再使用"說話"作為"表達意思"的動詞使用，反而將"說話"作"話語"或"言語"名詞使用。例如，粵語義例③"正要說的說話"，若用普通話來表達，則為"正要說的話"；例④中"他沒有說他講錯說話"，若用普通話來說，則為"他沒有說他講錯話"。

　　"說話"在粵語中成為名詞，有其原因。"說"，古時是"解釋"之義，本應屬動詞，《說文解字》從書名看便是一本解說文字的書。但是，從"解釋"之義而來，"說"又有"言論"之義，為名詞。現代漢語的"一家之說"一詞，其中的"說"便是"學說"、"言論"之義，屬名詞。古漢語的詞性區分並不明顯，許多詞語的詞性可以轉化。所以，一些詞語在不同方言的發展導致詞性出現了差異。"說話"在北方方言與粵語中的詞性差異，便是其中一例。

　　事實上，在近代漢語中，"說話"是既可以當名詞，又可以當動詞使用的。例如：

　　　　早有人報知曹操曰："帝與董承登功臣閣說話。"（《三國演義》第二十回）

那開米店的趙老二、扯銀爐的趙老漢，本來見不得場面，才要開口說話，被嚴貢生睜眼睛瞪了一眼，又不敢言語了。（《儒林外史》第六回）

以上兩例的"說話"都指"用語言表達"，是動詞；

孔明笑曰："……但有甚說話，主公都應承了。留來人在館驛中歇，別作商議。"（《三國演義》第五十四回）

你們有什麼說話，改日再來罷。（《儒林外史》第九回）

這太保……問道："你有什麼說話？"（《西遊記》第十四回）

八戒道："你這膿包，怎的早不皈依，祇管要與我打？是何說話！"（《西遊記》第二十二回）

以上四例中的"說話"，都指"用語言表達出的意思"，是名詞。

由此可見，粵語繼承的是近代漢語中當作名詞使用的"說話"，而普通話繼承的主要是近代漢語中當作動詞使用的"說話"。所以，"說話"在粵語和普通話中變成了"各說各話"了。

異義撮要

說　話	
普通話含義	（動詞）用語言表達意思的行為、動作
粵語含義	（名詞）用語言表達出來的意思；表達思想的話語

漏口

〔普〕lòukǒu
〔粵〕leo⁶heo²

生活用例 ❁

◎ 普通話義

① 昨天11點40分,北四環志新東路消防井跑水,殃及百平方米輔路。為封堵漏口,搶修工下井作業。(北京《京華時報》,2006年4月28日)

② 經過進一步檢查和確認,於下午2點開始封鎖交通,掘地尋找管道漏口。傍晚6點左右,第一個漏口被找到,漏口直徑約為1厘米。搶修人員將對進行焊接。(北京《京華時報》,2006年5月13日)

◎ 粵語義

③ 韓×自言在深圳有收看金像獎頒獎禮,對於鄉里周×奪影后之餘,卻因為 "漏口" 引來外間嘩然,韓×亦替對方抱打不平,⋯⋯更準備向好友傳授根治 "口吃" 絕招,皆因她有位嚴重 "口吃" 的表妹,在學唱快歌及學講廣東話後,現時已不藥而癒。(香港《太陽報》,2006年4月15日)

④ 不少朋友可能會有 "漏口" 等語言障礙,但又難以改善。新成立的香港言語及吞嚥治療中心,將於8月5日(星期六)舉行開放日,讓市民加深有關治療的認識,屆時現場還有免費診斷諮詢,有興趣不妨致電預先登記。(香港《星島日報》,2006年7月28日)

詞義辨析 🌻

"漏口",顧名思義,是可以使東西漏出或掉出的縫口。例①和例②中"漏口"一詞,指的便是水管或氣體管道出現的可以滲透水或氣體的洞孔或縫隙。

從滲透東西的縫口這一意義上,"漏口"或"漏了點口兒",可以引申出其他的意義:(1)透露消息;(2)表示(事情)有點可能性、表示(事情)有點機會;(3)與 "漏嘴"同義,即為說話不小心把不該說或不想說的話說了出來。

例如,"曾蔭權在競選時曾漏口說假如局長提出的政策得不到行會的支持,只要特首同意仍能推行"(香港《信報財經新聞》,2005年10月29日)。其中的"漏口"便是上述的引申義之一,指的是透露消息。

再如,"在一切內容與技巧之前,可能首先要處理和克服的,是你自己的恐懼與緊張,如果在開始時說漏了口或說話有瑕疵,既令觀眾對你打了折扣,也令自己的信心稍失"(香港《星島日報》,2006年5月17日)。其中的"漏了口",使用的也是引申義,指的是不慎將不該說或不想說的話說了出來。這種意義的"漏口",普通話常用"漏嘴"一詞,例如, "她們主持節目時喜歡拿自己的生活與大家分享,又常常說漏嘴爆了自己的料"(《北京晚報》,2005年11月21日)。

不過,粵語還有一種"漏口"(有時也寫作 "嘍口")卻與以上的意義都不相干。這種"漏口",指人在說話時字音重複或詞句中斷的現象,普通話稱之為"口吃"、"結巴"。例③ 周×奪影后之餘,卻因為 "漏口"引來外間嘩然。其中的"漏口"是指"口吃",而不是出言不慎,所以韓×更準備向好友傳授根治"口吃"的絕招,因為她有位嚴重"口吃"的表妹,在學唱快歌及學講廣東話後,現時已不藥而癒;而例①更將"漏口"一詞解釋得十分清楚為一種語言障礙,並可以治療。

粵語"漏口"這一特別詞義是普通話所沒有的,所以,粵語人士在與普通話人士溝通時,要格外小心使用"漏口"一詞,以防不慎說漏了嘴。

異義撮要

漏　口	
普粵共同含義	氣體或液體等東西可以從中漏出的縫口;透露口風(消息);表示少許可能性;不小心說了不該說的話
粵語特有含義	口吃;結結巴巴地說話

漏氣

〔普〕lòuqì
〔粵〕leo⁶héi³

生活用例 ❧

◎ 普通話義

① 秋季橡膠變硬相對較脆，不但摩擦係數會降低，也較易於漏氣、扎胎。（《北京娛樂信報》，2006年9月8日）

② 香港汽車修理同業商會理事長李耀培稱，私家車多採用無內膽的車胎，被刺穿後會慢慢漏氣。（香港《蘋果日報》，2006年8月31日）

◎ 粵語義

③ 田少卻說：＂結婚都唔代表有孫抱！佢(兒子)好漏氣㗎！希望快些啦！＂田少又呻曰，女兒結婚也有兩年，他一樣未有外孫抱，所以唯有繼續等了。（香港《明報》，2004年12月3日）

④ 講開＂漏氣＂又點止係煤氣公司？政府做嘢通常都好 ＂漏氣＂㗎啦！假如市民有乜嘢要求、有乜嘢投訴，政府各大小部門嗰種 ＂漏氣＂法，真係激你唔死都嚇餐飽呀。（香港《東方日報》，2006年5月6日）

詞義辨析 ❀

＂漏氣＂，顧名思義，是泄漏氣體之義。普通話及粵語都使用＂漏氣＂的這一意義。例①和例②句子中的＂漏氣＂即指氣體從車胎泄漏出來的意思。

　　普通話的“漏氣”，除了“氣體泄漏”的本義外，沒有其他含義。但是粵語的“漏氣”卻還有由借喻而引申出的另一詞義，可以用來形容一個人“拖拖拉拉”、“慢吞吞”的樣子，或者不遵守時間的散慢作風。

　　例③“佢(兒子)好漏氣㗎！希望快些啦！”，意思是說他的兒子拖拖拉拉（至今沒有生孩子）；例④“講開‘漏氣’又點止係煤氣公司？政府做嘢通常都好‘漏氣’㗎啦！假如市民有乜嘢要求、有乜嘢投訴，政府各大小部門嗰種‘漏氣’法，真係激你唔死都嚇餐飽呀。”意思是，說到“漏氣”，不僅只是煤氣公司，政府工作通常都很拖拉。假如市民有什麼要求、什麼投訴，政府各大小部門的散慢作風，真把你氣得半死。

　　有學者認為，這種拖拉之義的“漏氣”是古語，原指戲曲唱功中的一種缺點或毛病。明人臧懋循《元曲選》中收錄《燕南芝庵論曲》，在評論唱功時，列出“唱節病”二十餘種，其中便有“嗓拗劣調，落架漏氣”之批評。唱曲若“漏氣”，會出現拖沓不清晰的聲音，一定不好聽。後來在廣州話中發展出形容人的生性迂緩、行動拖沓的詞義。（文若稚，2001，頁286）

　　無論怎樣，普通話的“漏氣”並無拖拉、散慢之義，所以，粵語與普通話的“漏氣”一詞存在着詞義差別。

異義撮要

漏　氣	
普粵共同含義	氣體泄漏
粵語特有含義	形容人們行動拖拉，不遵守時間，作風散慢

算數

〔普〕suànshù
〔粵〕xun³sou³

生活用例 ❀

◎ 普通話義

① "爸爸媽媽答應了的事情經常忘記，開好支票就不怕他們說話不算數了。"（北京《中國婦女報》，2006年9月13日）

② 雖說是製片人負責製，但戲裏那麼多演員，邊邊角角的，導演說話還是算數的。（《北京娛樂信報》，2006年9月12日）

◎ 粵語義

③ "悠仁"出自中國古籍，其父文仁的名字則來自《論語》，太子德仁之名取自《中庸》，名字年號皆有出處，並不是隨便找一個頂檔算數。（香港《明報》，2006年9月14日）

④ 好像"煲呔曾"這次講 "積極不干預"政策，他本來可以蠱惑一點，側側膊算數，但他沒有這樣做。（香港《星島日報》，2006年9月18日）

詞義辨析 ❀

"算數"一詞，在普通話中是 "承認有效"、 "有決定權"的意思。例① "開好支票就不怕他們說話不算數了"，意思是說，開好支票就不擔心爸爸媽媽不兌現他們說過的話了；例②"導演說話還是算數的"，意思是說導演說話有決定權。

粵語的"算數"除了有上述的意思外，還另有"作罷"的意思。例③"名字年號皆有出處，並不是隨便找一個頂檔算數"中的"算數"，是"作罷"、"不再努力"之義；而例④"他本來可以蠱惑一點，側側膊算數"，意為"放棄"、"敷衍過去"。粵語這種"作罷""放棄"之義的"算數"，普通話說"算了"，而不說"算數"。

"算數"在普通話中還有一種意思是指到達某一點為止。例如，"找到了才算數"、"學會了才算數"。《官場現形記》第十七回："害了百姓不算數，還要昧着天良，賺皇上家的錢"。意思是說害了百姓還不停止，仍要繼續昧着天良賺皇上家的錢。這種"達到為止"的意思雖與"罷休"有些接近，但畢竟是經過努力達到後的"作罷"，不同於簡單的"罷休"。因此，"算了"與"算數"，雖然貌似，但是在普通話中表達不同意思。

"算數"、"算了"和"算數了"在粵語和普通話中的不同含義，都是從近代漢語的"算"發展而來。《金瓶梅》第八十二回："是那花園裏拾的？你再拾一根來我才算。"這裏的"算"，義為"承認"、"作數"；《西遊記》第二十回："兄弟啊，這個功勞算你的。"這裏的"算"，義為"屬於"，是由"承認"一義引申而來。既然"承認"了，就不必再爭持下去，所以"算"引申出"作罷"的意義。普通話以"算"加"數"的複合詞"算數"來表示承認、兌現之義，而以"算了"表示"作罷"、"放棄"之義；粵語則用複合詞"算數"表示"作罷"、"放棄"之義。

異義撮要

算　數	
普粵共同含義	兌現承諾；承認有效；説話有決定權；達到某一點為止
粵語特有含義	放棄；作罷；不再努力；不再計較

認真

〔普〕rènzhēn
〔粵〕ying⁶zen¹

生活用例 ✾

◎ 普通話義

① 扶康會員工總會指控扶康會,沒有認真調查及處理轄下一個照顧弱智人士宿舍的兩名智障舍友懷疑被虐事件。(香港《成報》,2006年9月18日)

② 李登輝比比劃劃一臉得意地說,我×,那是手段,你小子還真認真!(《北京晚報》,2006年9月21日)

◎ 粵語義

③ 霆鋒認真大意,沒有理由將簽了名的支票隨處放,經過今次他以後應該會小心。(香港《明報》,2006年5月19日)

④ 盡顯修長美腿的亞里沙,當晚十分保守,以全黑衣上陣,又將全身包得密密實實,認真令人失望。(香港《星島日報》,2006年9月22日)

詞義辨析 ✿

作為獨立的詞,現代漢語有兩個"認真":一是嚴肅、用心對待的意思;二是信以為真、當真的意思。

普通話和粵語都使用這兩個"認真"。例①中的"認真",含意為"嚴肅對待"；例②中的"認真"，是"當真"、"信以為真"的意思。

因為"認真"一詞具有嚴肅對待之義，所以是"粗心"或"大意"的反義詞。但是，有趣的是，在例③的粵語句子中，見到的卻是"認真大意"，未免令人難以理解。

原來，這是由於粵語的"認真"有另一個詞義，是普通話所沒有的，這就是"確實"、"的確"、"實在"或"真的"之義。例③的"認真大意"，意思是"確實大意"；例④的"認真令人失望"，意思是"真的令人失望"。

普通話的"認真"並沒有粵語所具有的"確實"、"的確"或"真的"之義。不過，粵語的"認真"可以說是全面繼承了"認真"一詞在近代漢語所具有的各種含義，而普通話則捨棄了其中的"確實"之義。例如，《儒林外史》第八回這樣描述："王太守並不知這話是譏誚他，正容答道：而今你我要替朝廷辦事，祇怕也不得不如此認真"。其中的"認真"是"嚴肅對待"義；第五十一回又有："這不過是我一時偶然高興，你若認真感激起我來，那倒是個鄙夫之見了"。其中的"認真"為"確實"義；《水滸傳》第一百零四回："這個認真氣喘聲嘶，卻似牛柳影；那個假做言嬌語澀，渾如鶯囀花間"。其中的"認真"為"真的"義；《紅樓夢》第十六回："大爺派他去，原不過是個坐纛旗兒，難道認真的叫他去講價錢會經紀去呢"。其中的"認真"為"當真"義；《紅樓夢》第十七回："他便以野史纂入為證，以俗傳俗，以訛傳訛，都認真了"。其中的"認真"為"信以為真"義；《紅樓夢》第二十一回有"鳳姐自掀簾子進來，說道：平兒瘋魔了。這蹄子認真要降伏我，仔細你的皮要緊"。其中的"認真"為"確實"、"真的"義。

由上面明清時期漢語使用"認真"一詞的例子可見，粵語承襲了"認真"在近代漢語中的多種詞義，而普通話的"認真"則失去了其中常用的"確實"一義。

異義撮要

認　真	
普粵共有含義	嚴肅；用心；仔細；當真；信以為真
粵語特有含義	真的；確實；的確

辣

〔普〕là
〔粵〕lad⁶

生活用例 ❧

◎ 普通話義

① 舅舅走了進去，輕輕地說：辣壞了嗎？以後，你要記得先把洋蔥放到水裏泡一泡，這樣就不會太辣了。（《北京娛樂信報》，2006年4月4日）

② 如果你只有一、兩聲咳，則吃一、兩片薑已足夠；如果喝後覺得太辣亦不可立即喝水，不然會把效果沖淡，所以抵不得辣的不可以試。
（香港《新報》，2006年8月17日）

◎ 粵語義

③ 老闆兼總廚Ben每晚也樂此不彼，玩火娛樂食客，做得鐵板燒，預了被火辣，最傷一次是怎樣的？"我又未試過辣親喎，試過俾鑊刀割親就有，不過有同事就試過玩得太大火，唔小心俾火燒晒隻手毛！"
（香港《蘋果日報》，2006年7月20日）

④ 傳統發熱線暖爐容易辣親，唔夠安全；充油式暖爐安全性提高了，但唔係即開即熱。（香港《蘋果日報》，2005年12月5日）

詞義辨析 ❁

"辣"在用於描述感覺時，是指蔥、薑、蒜、辣椒等所具有的那種刺激性味道。普通話和粵語的 "辣" 都具有這種詞義。例①所說的 "辣" ，指的是洋蔥發出的刺激性味道；例② "太辣" 和 "抵不得辣的" ，指的是薑發出的那種刺激性味道。

但是，粵語的 "辣" 有時還可以用作描述非常熱的感覺，意為 "熱" 或 "燙" 。這是普通話的 "辣" 所不具有的 "功能" 。例③ "預了被火辣" 、 "未試過辣親" ，意思是 "預備被火燙" 、 "未被火燙傷過" 。其中的 "辣" ，意為極熱，即 "燙" 的感覺。而例④則更加明確地顯示了粵語中 "辣" 的這一詞義： "傳統發熱線暖爐容易辣親，唔夠安全；充油式暖爐安全性提高了，但唔係即開即熱" 。其中說 "暖爐" 竟然能夠 "辣" 人，如果這裏的 "辣" 是一種味道，顯然是無法解釋得通的。這句話的意思是，傳統發熱線暖爐容易被燙着（燙傷人），不夠安全；充油式暖爐雖然安全性提高了，但是不能即開即熱。這種用 "辣" 來形容極度的 "熱" ，與英語用hot（熱）來形容 "辣" 近似。

雖然普通話的 "辣" 沒有 "熱" 義，但是普通話與粵語同樣有 "熱辣辣" 一詞，用來形容熱到 "燙" 的感覺。例如， "三哥趁母親不在屋裏的時候，遞我小半碗，我一口氣喝了個精光。一股熱辣辣、甜絲絲的感覺立刻浸透我全身" （《北京晚報》，2006年1月23日）。 "熱辣辣" 在普通話中表示熱感的程度較重，稍微輕度的 "熱" 感，普通話可以用 "熱乎乎" 來形容。

異義撮要 ♛

辣	
普粵共同含義	辣椒等辛味食物所具有的刺激性味道；受到辛味食物刺激的感覺
粵語特有含義	極熱；燙

彈弓

〔普〕dàngōng
〔粵〕dan6gung1

生活用例

◎ 普通話義

① 兒時我是一個打彈弓的好手，常常攜一把彈弓，帶一袋曬乾的泥球，穿梭於林中，向麻雀、烏鴉之類的鳥開火，常有所獲。（《北京晚報》，2006年5月17日）

② 這個佔地約4000平方米的小型遊樂場總共囊括了北京農村土生土長的10大類、13個小項的田間娛樂項目。這裏面有打彈弓，市民可以用彈弓比賽打銅鑼，還有打頭羊，以前農民放羊控制頭羊走向是個技術活。（《北京晨報》，2006年9月5日）

◎ 粵語義

③ 假期結束返回英國，她繼續頭暈，覺得自己好像“常常走在彈弓床上”，即使服用了防暈眩症藥物，也無補於事。（香港《蘋果日報》，2005年11月17日）

④ 他在準備接林丹的一個回球時，邊線裁判突然出現“彈弓手”：先示意球在“界外”，但球落地後卻出示“界內”手勢。（香港《成報》，2003年9月29日）

詞義辨析 ❀

　　"彈弓"一詞,本指一種發射彈丸的工具。據記載(例如《吳越春秋》卷九所載的《彈歌》),中國早在上古時已有"彈弓",是人們用來射殺鳥類或其他野獸動物的武器。"彈弓"作為正式的書面語或口語,無論在普通話還是在粵語中,至今仍是用來指稱這種可以發射彈丸的弓。

　　從例①所述,可知兒童是怎樣以打彈弓作為遊戲的;而例②則報導了北京農民為了保持打彈弓這一田間娛樂節目,專門開闢了一塊地方為市民提供打彈弓比賽活動。

　　但是,若用這種作為武器的"彈弓"之義來理解上面例③句子中的"彈弓床"和例④句子中的"彈弓手",令人不免有些匪夷所思。"彈弓床"難道是裝有"彈弓"的床?"彈弓手"意為發射"彈弓"的射手?答案是否定的。

　　其實,在上述的粵語句子中使用的已不再是"彈弓"的本義,而是指普通話稱呼的"彈簧"。"彈簧"是指用彈性物料製成的一種零件,在外力作用下可以變形,除去外力又可恢復原狀。用這種零件製成的床墊,柔軟舒適,普通話通常稱作"彈簧床",也稱"沙發床";而"彈弓手"即"彈簧手",喻指為人處事隨意轉變態度,伸縮性極強。

　　由於粵語人士以"彈弓"稱"彈簧"已習以為常,並不覺得有什麼不妥,但是對於普通話人士來說,就不容易理解。另外,"彈弓"與"彈簧"中的"彈"在廣東話中讀音相同,但在普通話中讀音有別。"彈弓"的"彈"讀去聲dàn;彈簧的"彈"讀陽平tán。這也是粵語人士說普通話時要留意的。

異義撮要

彈　弓	
普粵共同含義	發射彈丸的一種器械
粵語特有含義	彈簧

樓
〔普〕lóu
〔粵〕leo⁴

生活用例 ❀

◎ 普通話義

① 當晚8時許,全樓的居民都在自家的門前用沙子築起了堤壩,並向樓下掃水"抗洪"。(《北京娛樂信報》,2006年9月19日)

② 大家以後乾脆別買樓房了,都到郊區買平房,既省了物業費,還不用被物業告、被法警抓!(北京《消費日報》,2006年12月30日)

◎ 粵語義

③ 早前她謂回港兩個月便夠錢買樓,她解釋只夠錢買小單位。(香港《星島日報》,2006年9月17日)

④ 買樓有很多問題要留意,但原來租樓也有不少要注意的地方,有"過來人"便在網上教路,與準租客分享租樓心得。(香港《蘋果日報》,2006年9月21日)

詞義辨析 ❀

讀一下上面例③和例④,可以發現香港人張口閉口不是"買樓"就是"租樓",無怪乎這讓內地人覺得香港人個個都是"富豪"或"富婆"。其原因是,對內地人來說,誰能買得起"樓"呢?再有錢,一般人也不過是買得起樓內的一套或幾套住房而已。這種誤解,與"樓"一詞在香港粵語與普通話中的不同意義有關。

何謂"樓"?古時,人們掘地為"穴",穴半陷於地下,人們"穴居"於內。春秋以前,沒有樓房。古語中"宮"、"室"原本都是"穴"的一種。直到戰國時期,中國出現了在地面以上築起的兩層房子,即有了"樓"。例如,《荀子‧賦篇》:"志愛公利,重樓疏堂。"《說文‧木部》中的"樓,重屋也。"可見"樓"的本義是兩層或以上的房屋,非指單層的建築。從唐代王之渙《登鸛鵲樓》詩的名句"欲窮千里目,更上一層樓"中亦可知,"樓"並非只有一層。

從例①可以看出,普通話的"樓"內可以居住多戶家庭,所以,才會有"全樓的居民",而且各自在"自家的門前用沙子築起了堤壩"擋水"抗洪"。

在香港,常有"一層樓"的說法,其意並非是"更上一層樓"的"一層樓",而是指"一個住宅單位",普通話稱為"一套住房"或"一個單元"。香港人將"買一層樓"常簡化為"買層樓",進而簡化為"買樓"。這種"買樓",一般並不是購買整棟樓,也不是購買整層樓,而是指購買"一套住房"而已。例③實際上已經解釋得很明白,所謂"買樓",只是"買小單位"。

在內地,一般的人沒有能力"買樓",但是可以"買房"。"房"有"樓房"與"平房"之別。從例②"大家以後乾脆別買樓房了,都到郊區買平房"可以知道,"樓房"一詞是與"平房"相對而言,強調的是房子的建築形式。如上所述,多於一層的稱之為"樓房",只有一層的謂之"平房"。"買樓房"是買樓內的一套住房;"買平房"則是買只有一層的建築物內的一套住房。

另外,須留意,"樓"在粵語中的使用範圍比普通話廣泛。諸如"律師樓"、"寫字樓"、"會計師樓"等,都是以前普通話所不習慣使用的。這

種意義的 "樓"，其實就是普通話的 "辦公室"。這種意義上的 "樓"，已是 "樓" 的轉義了。普通話的 "辦公樓" 是指一整棟樓，樓中之一間或一套辦公室不可稱之為 "樓"，粵語則可用 "樓" 字統而稱之。不過，由於近年粵語的北上，令形形色色的粵語 "樓" 已佔領了北方不少的地方，並仍在擴大地盤。

異義撮要 〰

樓	
普粵共同含義	多層建築物
粵語特有含義	建築物內的一套住宅，一個單元房

熱氣

〔普〕rèqì
〔粵〕jit⁶hei³

生活用例 ⚜

◎ 普通話義

① 夏天的晚上，一個人坐在室外，吃着西瓜，心平氣靜，你會感受到白天的熱氣連同空氣中的浮塵慢慢地向下沉澱，一直滲到地下。（《北京晨報》，2006年9月5日）

② 自從黎伯家中的抽油煙機損壞後，便只靠一把小風扇將熱氣吹走，故每次煮食均要打開大門。（香港《東方日報》，2006年9月17日）

◎ 粵語義

③ 部分人認為暗瘡是"熱氣"所致，因此戒絕肥膩及"熱氣"食物，過度節食下可引致飲食失調。（香港《太陽報》，2006年9月13日）

④ 可能有不少人都覺得食辣一定好熱氣，但張師傅話我係完全錯晒，食辣反而可以排毒添！（香港《蘋果日報》，2006年8月5日）

詞義辨析 ⚜

"熱氣"一般指"高溫度的空氣"或"熱的氣息"。上面例①中"白天的熱氣"和例②中"靠一把小風扇將熱氣吹走"的"熱氣"，都是"熱的空氣"之義，這是普通話和粵語共同使用的基本詞義。

普通話口語在表示少量的"熱氣"或細微的"熱氣"時，一般會兒化。例如，"桌兒上擺着個咿咿呀呀唱着京戲的'話匣子'，那份兒愜意隨着豆汁兒的熱氣兒在陽光中不斷擴散"（《北京晚報》，2005年11月29日）。其中豆汁兒散發的熱氣是微量的，所以，使用兒化詞"熱氣兒"。

粵語的"熱氣"除具有上述意義外，另有一種普通話稱之為"上火"的詞義。

普通話的"上火"是北方人習用的中醫學術語，即所謂"上焦火盛"。中醫使用陰陽及五行來說明人體生理病理上的種種現象。"上火"是"火盛"的一種表現。人如果"上火"，可能會導致大便乾燥、口乾目赤等症狀，但是不一定導致人的體溫上升，更不會出現高溫氣體。粵語將普通話的"上火"稱之為"熱氣"（或"虛火"），其實也是源自中醫學的術語，且早在春秋時期已被使用（如《史記·扁鵲倉公列傳》）。

例③"部分人認為暗瘡是'熱氣'所致，因此戒絕肥膩及'熱氣'食物"，其中的"熱氣"不是指溫度高的空氣，而指的是人體出現的徵狀即"上火"的徵狀；例④"可能有不少人都覺得食辣一定好熱氣"，其中的"熱氣"也是指普通話所說的"上火"，而不是"熱的空氣"。

粵語的這種"熱氣"，可能使普通話人士產生誤解；而普通話的"上火"有時亦不為粵語人士所明白。所以，在表達相關意思時，粵語及普通話人士之間要留意如何溝通。

異義撮要

熱　氣	
普粵共同含義	熱的氣體；溫度高的空氣
粵語特有含義	身體不適的一種表現，普通話稱之為"上火"

鬧

〔普〕nào

〔粵〕nao⁶

生活用例

◎ 普通話義

① 四五個侃爺們聊天已經夠鬧人的了，但他們有時候還是覺得人少有點"孤獨感"。於是他們便在院子裏對着睡了覺的住戶熱情地喊："小張，快快起來聊聊天，還不到十二點鐘睡什麼覺呀！"（《北京晚報》，2006年8月23日）

② 其實人們真正關心和需要的是良好舒適的戶外活動空間，暢通無阻的城市道路，免費開放的公園，可供兒童、老人活動的場地、樹蔭和座椅，能夠看看自然樹木雜草、聽聽鳥叫蟲鳴的地方。這些需求與那些鬧人的景觀相比，標準要低得多。（北京《人民日報》，2006年8月7日）

◎ 粵語義

③ "（囚犯）平日經常講粗口鬧（職員），我哋都已經唔理，反而重好似護士向佢哋提供治療咁……"（香港《成報》，2003年9月27日）

④ 陳××極力維護着"舊愛"，鬧雜誌入房拍照好缺德。（香港《東方日報》，2003年9月29日）

詞義辨析 ※

例①中描述的情況是，有些北京居民晚間在院子裏大聲聊天，使鄰居感到很吵嚷，但他們仍不滿足，還要叫醒已經睡覺的住戶參加他們的聊天活動。描述文字中使用的"鬧人"一詞，意思為騷擾他人，或令人感到喧鬧。

例②中也使用了"鬧人"一詞。文中說的兒童、老人活動場地只需簡單的設施，無需提供"鬧人"的景觀，即無需提供繁盛活躍的景觀。其中的"鬧人"是令人感到繁盛熱鬧之義。

由此可見，"鬧"，有"喧譁"及"旺盛"之義。由"喧譁"進而引申出吵嚷、擾亂之義。這些都是普通話和粵語"鬧"的主要意義。

在由"鬧"的喧譁之義發展出"吵嚷"之義後，與普通話不同，粵語並未就此為止，而是進而將"鬧"的意義加重，以至具有了以粗野或惡意的語言傷人或侮辱人的含義。也就是說，粵語的"鬧"或"鬧人"具有斥責人、責怪人、甚至以語言傷害人的詞義。

從例③可以看到，"（囚犯）平日經常講粗口鬧（職員）"，其中的"鬧"便與粵語的"講粗口"（即惡言侮辱人）一起使用；而例④陳××極力維護"舊愛"，"鬧雜誌入房拍照好缺德"。陳××使用了"好缺德"來責罵雜誌，所以此處的"鬧"亦是以惡言相向。

由此可見，粵語的"鬧"或"鬧人"與普通話的"鬧人"意思不同。普通話的"鬧人"絕無斥責人、辱罵人之義，最多是喧嚷、騷擾別人而已。

《說文解字》云："鬧，不靜也"。由聽覺感到的"不靜"，"鬧"引申為由口而出的"吵"；因"吵"是由口發出，粵語又引申出粗言相向，從而有了"侮辱"義。因此，"鬧人"在粵語中的意義有時近於普通話的"罵人"。

由於粵語的"鬧"有斥責、責罵之義，所以，粵語便很少使用"鬧人"一詞來指"喧嚷"了。

異義撮要

鬧（人）	
普通話含義	喧譁；騷擾他人；不安靜；熱鬧
粵語含義	粗言相向，斥責，責罵，批評

糖水

〔普〕tángshuǐ
〔粵〕tong⁴sêu²

生活用例 ✤

◎ 普通話義

① 我說白開水當然沒味道，要不給你加點糖？兒子說："我才不喝糖水呢。要是有點酸味多好啊。"（北京《京華時報》，2006年5月30日）

② 非鮮榨的西柚汁、橙汁等，不宜多喝，因為這類飲品加入大量糖水，對身體無益。（香港《明報》，2006年9月15日）

◎ 粵語義

③ 昨晚和幾個人開完會之後，一起去吃糖水兼"講是非"。（香港《星島日報》，2006年9月18日）

④ 中國人常用來煲湯及煮糖水的海帶，因含有大量黃橙色的藻褐素，有減肥、預防糖尿病及心臟病的作用。（香港《星島日報》，2006年9月13日）

詞義辨析 ❀

從上面例①中很清楚地看到，"糖水"在北方意味着加了糖的"白開水"；從例②又可看到，一些非鮮榨的西柚汁、橙汁等飲品中被加入了大量的"糖水"。這是普通話"糖水"的唯一詞義。

粵語"糖水"並非普通話那種僅僅是"溶了糖的水",而是指一種特別的粥狀或湯狀的甜食,如"紅豆沙"、"綠豆沙"、"蓮子雪耳湯"等,作為正餐後的補充小食品。粵菜餐廳在正餐之後,常贈送這種"糖水"。在北方,以前既沒有飯後吃甜食的習慣,也沒有這種特殊的甜食名稱。從例③可以看到,粵語人士是"吃糖水",而不僅僅是"喝"糖水;從例④又可以知道,糖水可以用海帶之類的東西來製作,而不僅僅是糖和水。

"糖水"作為"溶了糖的水"的解釋,見於很多明清文學作品中。例如,《醒世恆言》卷十四:"祇聽得外面水盞響,女孩兒眉頭一縱,計上心來,便叫:'賣水的,傾一盞甜蜜蜜的糖水來。'那人傾一盞糖水在銅盂兒裏,遞與那女子"。其中所寫的"糖水",是賣水人製作的一盞"甜蜜蜜的糖水"。再如,《官場現形記》第十二回:"船家正在躊躇,沖水的二爺道:'沖上些開水,再加點白糖,不就結了嗎。'一言提醒了船家,如法炮製,叫蘭仙端了進去。趙不了一見,直把他喜的了不得。又幸虧他生平沒有吃過燕菜,如今吃得甜蜜蜜的,又加蘭仙朝着他擠眉弄眼,弄得他魂不附體,那裏還辨得出是燕菜是糖水"。其中所描寫的"糖水"也是白開水再加點糖。

近年由於南北方的飲食交流漸多,北方地區亦開設不少粵菜餐館,供應所謂"糖水"。但是,為了遷就北方的語言習慣,這些在北方的粵菜餐館一般將"糖水"稱作"甜品"或"甜食"。其實,"甜品"或"甜食"在普通話中是"甜味食品"的泛稱,並非指廣東餐特有的"糖水"。

異義撮要

糖　水	
普通話含義	溶入糖的水
粵語含義	廣東風味的粥狀或有湯的餐後甜食

醒目

〔普〕xǐngmù
〔粵〕xing²mug⁶

生活用例 ❀

◎ 普通話義

① 在宣傳節水的展台上，一個懸在空中的水龍頭十分醒目，水似乎一直在往下流。（北京《京華時報》，2006年9月17日）

② 其餘睡房佈置均各具特色，其中一房以紅白為牆身設計，色彩醒目搶眼，加上房內的公仔擺設，更添上幾分童真色彩。（香港《星島日報》，2006年9月18日）

◎ 粵語義

③ "喂！你幾醒目喎，連上司的上司也去接近。"（《香港經濟日報》，2003年9月26日）

④ 醒目保安記下車牌。在停車場當值的保安員目睹事件過程，立即記下賊車車牌及報警。（香港《東方日報》，2003年9月27日）

詞義辨析 ❀

"醒目"是形容某物體的形象顯明與突出，多用於形容文字或圖畫等，這是普通話與粵語共同的用法。例①和例②中的"醒目"，均意為物體或色彩十分明顯、突出，很容易被看見或注意到。普通話很少用"醒目"來形容人,如果用來形容人,只能使人想到某人的外形比較高大或有特別之處,容易被發現或辨認。

與普通話不同的是,粵語的"醒目",除了可以形容物體形象顯明與突出外,還可用來形容人。但是,在形容人時,"醒目"另有其意,乃指人"聰明"、"伶俐"。例③"喂!你幾醒目喎",是說你這個人真夠精明;例④"醒目保安記下車牌",是說這位當值的保安員十分聰明、機智,立即記下賊車特徵和車牌號碼。

這種具有"聰明"、"精明"之義的"醒目",應是由"醒"的意義發展而來。"醒"本與"醉"相對,表示從酒醉中甦醒過來。屈原的名句"舉世皆濁我獨清,眾人皆醉我獨醒",便體現出"醒"與"醉"的反義關係。由此,"醒"引申出"醒悟"、"覺悟"之義。例如,《儒林外史》第二回:"那時俺嚇了一跳,通身冷汗;醒轉來,拿筆在手,不知不覺寫了出來",其中的"醒轉來",並不是指從酒醉中甦醒,而是指從驚嚇中"覺悟"、"醒悟"過來。

能夠"醒悟"自然便是聰明。這是"醒"進而引申為聰明之義的原因。所以,今日粵語仍使用"醒"的聰明之義。例如,"香港政府一向好醒,既然要推動5天工作,自己無理由唔率先響應"(香港《明報》,2006年6月17日)。其中便只用了一個"醒"字,說明香港政府的聰明。再如,"我咪最唔醒嗰個囉,見到傑仔都上到去先醒起自己係要上升降台,惟有夾硬跳上去,好彩都仲有能力跳到,哈哈!"(香港《新報》,2006年9月11日)其中自稱"最唔醒"的意思是自己最不聰明,而其中的"醒起"則意思為"想起"、"醒悟起"。

粵語借用了與"醒"較為接近的"醒目"一詞作為"醒"的雙音節詞,從而使"醒目"一詞增加了"聰明"的意義。這種"醒目",義在"醒",而不在"目";語素"目"已虛化,其原有的語素義也相應不存在了。

由於普通話的"醒目"無"醒悟"之義,故也不具有"聰明"、"精明"之義，所以，若粵語人士以"醒目"來形容人時，容易令普通話人士誤以為是在形容某人的形象突出，引人注目。而粵語含有"醒目"的詞，例如"醒目仔"，普通話可以說成"機靈鬼"、"聰明的小傢伙"或"精明的小伙子"等。

異義撮要

醒　目	
普粵共同含義	形容物體形象（特別是文字或圖畫等）鮮明、突出，易被辨認或看清
粵語特有含義	聰明、精明強幹

戲

〔普〕xì

〔粵〕héi³

生活用例 ❧

◎ 普通話義

① 到2010年，實現縣有文化館、圖書館，鄉鎮有綜合文化站，行政村有文化活動室，爭取達到"一鄉一站、一村一室、一人一冊"的目標，基本解決農民兄弟看書難、看戲難、看電影難、收聽收看廣播電視難的問題。（北京《人民日報》，2006年9月17日）

② 我倒不是要跟歐梵抬槓，而是在看戲時感受到的觀眾接受與反應。劇院一千多個位子，座無虛席，台上演到精彩處，大家屏息以待；演到荒謬關節，台下爆出無奈的笑聲；演到終場，掌聲雷動，好像是劇情的延續，讓人心情激動與興奮持續了好長一段時間。（香港《明報》，2006年9月9日）

◎ 粵語義

③ 他表示前晚是第一次看過這部戲，因之前他只睇過未剪片的長篇版……。（香港《成報》，2003年9月28日）

④ 她說："誰說的？看戲要看完整部電影方可評論，我看了這部電影兩次，我覺得大家於戲中都發揮得不俗，我覺得演員之間各有的磁場都配合到，可能大家對電影都有不同看法吧！"（香港《星島日報》，2006年9月13日）

詞義辨析 ❀

　　同是看"戲"，普通話人士和粵語人士可能看的是不同類型的表演。

　　從例①可以知道，在內地，農民看戲、看電影仍然不是一件容易的事。這裏將"戲"和"電影"作為兩種不同的娛樂項目。而例②中的"看戲"，顯然是指在劇院觀看藝員在舞台上的表演。這是目前普通話"戲"的意義。

　　粵語的"戲"，不單可指普通話所說的舞台戲劇，也包括電影。而且，"看戲"在日常口語中多指"看電影"。例③"他表示前晚是第一次看過這部戲，因之前他只睇過未剪片的長篇版……"。其中"他"曾經看這部戲未剪過片的長篇版，說明這部"戲"實際上是一部電影，所以才有剪片的事。例④就明顯地直接將"電影"稱之為與"戲"："誰說的？看戲要看完整部電影方可評論，我看了這部電影兩次，我覺得大家於戲中都發揮得不俗"。其中短短的幾句話，不斷將"戲"與"電影"交替使用。這說明粵語將二者視為一物。

　　由於粵語的"戲"不單指普通話所說的戲劇，還包括電影，所以，"電影院"在粵語中一般可被統稱之為"戲院"。而且，"看戲"在日常口語中多指的是"看電影"。如果特別強調指出觀賞藝員在舞台上表演的"戲"，粵語常用"睇大戲"，以與看電影的"戲"相區別。由於香港地處廣東，所看的"戲"多為粵劇，所以"睇大戲"通常也被理解為觀看粵劇表演。

　　"戲"本義為角力，即競賽體力的強弱。春秋時期，"戲"已被用來指歌舞雜技等表演。作為傳統舞台表演藝術形式，戲劇是由演員在台上扮演角色，綜合文學、音樂、舞蹈及武術等各種藝術而成。中國古代戲劇藝術自宋開始獲得長足發展，元朝為其繁盛的高峰時期。戲劇發展至現代，已與古代有所不同，出現了很多種類和不同的表現形式，例如話劇、歌劇、舞劇、戲曲等，而戲曲又可分為京劇、評劇、粵劇、黃梅戲、崑曲等等許多帶地方色彩的劇種。但是，無論戲劇的變化有多大，都是以舞台為其表演的基本場地。

現代科技的發展，使人們可以通過電影屏幕觀看舞台戲劇，普通話稱這種電影為"戲劇片"或"電影戲劇片"，旨在與其他電影故事片（簡稱為"故事片"）、電影紀錄片（簡稱為"紀錄片"）有所區別，所以，普通話一般不稱電影為"戲"。

可能是因為一般的電影也是由藝員扮演角色並有故事情節，與"戲"的藝術效果相似，所以，粵語便將"戲"的詞義擴而大之，泛稱一切有劇情的表演節目，包括"電影"。

由於"電影"和"戲"在普通話中有着明確的區分，所以，"看電影"不同於"看戲"，"戲票"不同於"電影票"。"電影院"和"戲院"在普通話中也指兩種不同的場所。當然，現在的"戲院"除了演戲之外，有時也可用來放映電影，但是"電影院"一般卻不會用來演"戲"。

異義撮要

戲	
普通話含義	舞台上的綜合藝術表演，如京劇、粵劇等
粵語含義	電影和戲劇的統稱；電影

點心

〔普〕diǎnxin
〔粵〕dim² sem¹

生活用例 ✿

◎ 普通話義

① 用自助餐時要排隊按順序取菜：先冷菜，再粥湯，三熱菜，四點心甜品，五水果，最後咖啡。（《北京娛樂信報》，2006年9月15日）

② 很多減肥的女士認為，吃低糖的餅乾、蛋糕和曲奇，就可以讓自己在吃零食的時候放下心理負擔。然而，低糖不等於低脂，而油脂的產熱量是蔗糖的2.25倍。放進去大量油脂的點心，如果按照單位重量來算，熱量比純白糖還要高！（《北京晚報》，2006年9月8日）

◎ 粵語義

③ 下午在寧波，想吃碗麵作點心。問酒店大堂經理，寧波可有出名的麵店？（香港《頭條日報》，2006年9月14日）

④ 菜式也愈來愈多花樣，像這一碟紫蘿雞絲卷點心，色香味俱全，並非一般的素雞、素叉燒可比。（香港《星島日報》，2006年9月10日）

詞義辨析 ✿

從例①將自助餐中的"點心"與"甜品"並列可以看出，北京人口中的"點心"是一種與甜品類似的食物；從例②中可以更清楚地看到，北京人是將餅乾、蛋糕和曲奇等稱作"點心"的。《現代漢語詞典》釋"點心"為"糕餅之類的食品",這是北方的"點心"。

如果再看例③,可以發現,粵語人士可以把"吃碗麵"當作一次吃"點心";從例④又可看到,紫蘿雞絲卷也被稱作"點心"。顯然,粵語的"點心"與北方人的"點心"名同實異。

"點心",在南宋時期,已是臨安城內市井之民的常用食品。例如,吳自牧《夢粱錄·諸色雜貨》記載:"日午,賣糖粥、燒餅、炙焦饅頭、炊餅、辣菜餅、春餅,點心之屬。"這是說,到中午時分,賣的雜貨包括糖粥、燒餅、饅頭、炊餅、辣菜餅、春餅等點心。當時所稱"點心",是與正餐相區別而言。元代陶宗儀《南村輟耕錄》卷十七載:"今以早飯前及飯後、午前、午後、哺前小食為點心"。意思是說,當時人們將飯前或午後等用作小吃的食品稱作"點心"。以下為明清時期的"點心"例子:

> 廚下捧出湯點來,一大盤實心饅頭,一盤油煎扛子火燒。眾人道:"這點心是素的,先生用幾個!"周進怕湯不潔淨,討了茶來吃點心"。(《儒林外史》第二回)

從以上這段文字可知,當時的人將饅頭、火燒等,稱作"點心"。

> 席上上了兩盤點心,一盤豬肉心的燒賣,一盤鵝油白糖蒸的餃兒,熱供供擺在面前,又是一大深碗索粉八寶攢湯,正待舉起箸來到嘴,忽然席口一個烏黑的東西的溜溜的滾了來,乒乒一聲,把兩盤點心打的稀爛。(《儒林外史》第十回)

這段文字顯示,豬肉心燒賣、鵝油白糖餃等,也被稱作"點心"。

那人答道："管營叫送點心在這裏。" 武松看時，一大鏃酒，一盤肉，一盤子麵，又是一大碗汁。武松尋思道："敢是把這些點心與我吃了卻來對付我？……我且落得吃了，卻再理會！"（《水滸傳》第二十七回）

這裏顯然是將肉、麵及汁都統作"點心"。

食腸卻又甚大：一頓要吃三五斗米飯，早間點心，也得百十個燒餅才彀。（《西遊記》第十八回）

這裏的"點心"主要是燒餅。

由上述例子可知，宋代以至於明清時期被稱作"點心"的食品與粵語的"點心"類似，可以包括各種用作暫時充飢的食品。

大概因為"點心"最初是以饅頭、火燒等麵類製品為主，後來，北方人將"點心"一詞縮小到只用於對"糕餅"之類食品的稱呼，而減輕了其最初作為小食的本義，雖然北方人的"點心"亦主要作為零食。

粗略言之，粵語的"點心"一詞，是由該種食物的功能發展而來，即用作臨時充飢的食物，包括各種精製的小食品，如燒賣（燒麥）、春卷、蝦餃、小籠包、叉燒包、肉球、魚丸、珍珠雞、鳳爪、粉腸等等；而普通話的"點心"，是從食物的品種發展而來，由"點心"的種類多為麵製品，而將餅乾、蛋糕等經過特別加工的小食品稱之為"點心"，並以甜食為主。

異義撮要

點 心	
普通話含義	餅乾、蛋糕之類的食品，常為甜食，主要當作零食，且多為兒童或老人喜用
粵語含義	廣東風味小食品的總稱，常用作早餐或午餐（如叉燒包、蝦餃、燒賣等）

難聽 〔普〕nántīng
〔粵〕nan⁴téng¹

生活用例

◎ 普通話義

① 門難進、話難聽、臉難看、事難辦，這是計劃經濟時期遺留給一些政府部門的"官氣"。而今，"一站式"服務大廳倒是門檻低了、話好聽了、臉好看了，但事兒卻未必都能辦好。（《北京日報》，2004年9月28日）

② 她亦不會做歌星，因覺自己唱歌好難聽，一定沒有人聽。（香港《星島日報》，2006年9月24日）

◎ 粵語義

③ 早前張藝謀曾公開讚他好戲，發哥即說："人哋係北京演藝學院畢業，我就係無線藝員訓練班，連國語音母都未搞掂，講嘅全部係香港'柴灣國語'，好難聽，除非你喺柴灣長大就識聽！"（香港《東方日報》，2006年9月23日）

④ 全英獸醫學只有六所大學提供，格拉斯哥大學是其一，排名第四，不過蘇格蘭英語難聽，要多點時間適應。（香港《星島日報》，2006年8月25日）

詞義辨析 ❦

"難" 本是與 "易" 相對的 "不容易" 之義。例如，"難寫" 意為不容易寫；"難吃" 意為味道不好等等。由 "難" 的本義，引申出 "使（人）感到困難" 的意義，例如，"這種事是難不倒香港人的"。又因為令人感到困難的事物，多是不好的，所以，"難" 又具有進一步的引申義 "不好"、"令人不悅"。於是，有些與 "難" 結合而成的詞便具有了 "不易" 和 "不好" 兩種詞義，例如，"難聽"、"難看" 既可以是 "不容易聽"、"不容易看" 的意思，又可以是 "不好聽"、"不好看" 的意思。

粵語的 "難聽"、"難看" 等詞，包括了 "不容易" 和 "不好" 兩方面的意思，而具體詞義的實現則必須在實際的語境中完成。例③中發哥自嘲自己的 "柴灣國語好難聽"，其中的 "難聽" 不是不好聽，而是 "不容易聽懂" 的意思。例④ "蘇格蘭英語難聽" 也是 "不易聽明白" 的意思，所以 "要多點時間適應"。再如下面的香港報章用例：

香港旅遊業議會今年上半年已接獲逾百宗投訴領隊及導遊的個案，有參加勝景旅遊希臘團旅客投訴，兼職領隊在沒有溝通下，由原來計劃乘坐的特快噴射船改坐大輪船，航程由3小時變12小時，加上導遊英語難聽，介紹景點 "聽咗等於冇聽"，令服務大打折扣，事主已向旅議會投訴。（香港《蘋果日報》，2007年8月31日）

這裏的 "難聽" 是指導遊的英語不純正，"很難聽懂" 之意。所以，遊客劉先生埋怨：行程第四及第五天在希臘觀光，先後安排兩名操不純正英語的導遊解說，領隊也沒有從旁輔助翻譯，結果，"聽完介紹古蹟廢城15分鐘，我完全掌握唔到，叫領隊翻譯，佢竟然話：'你聽到幾多，我都係聽到咁多！'"（香港《蘋果日報》，2007年8月31日）可見希臘導遊的英語解說實在難以聽懂。

粵語這類由"難"組合的複合詞，例如"難聽"或"難看"，在保留"不易"語素義的同時，也保留"難"的"不好"的語素義。"難聽"也具有"不好聽"或"不悅耳"之義。例②中的"自己的歌因為好難聽"，所以"一定沒有人聽"，"難聽"是不好聽、不悅耳的意思，而不是不容易聽見或聽懂的意思。

與粵語不同，普通話的"難聽"和"難看"中的"難"，其"不容易"的語素義已大為弱化以至於失落，只保留了"不好"、"不悅"的語素義。因此，"難聽"在普通話中已不再具有"不容易聽清楚"的詞義；同樣，"難看"在普通話中也已不再有"不容易看清楚"的詞義。以"難聽"一詞為例，普通話由"不好聽"、"不悅耳"進而引申出"粗俗刺耳"、"不體面"等詞義。從例①可見"門難進、話難聽、臉難看、事難辦"，都是"難為"之意，其中的"難聽"意為"不中聽"，而不是"聽不懂"。

異義撮要

難　　聽	
普粵共同含義	不悅耳；粗俗；不雅
粵語特有含義	不容易聽懂；聽不清楚

參考文獻

十三經注疏整理委員會整理：《十三經注疏》（標點本），北京：北京大學出版社，1999-2000年。

上海師範大學古籍整理研究所校點：《國語》，上海：上海古籍出版社，1988年。

中國社會科學院語言研究所詞典編輯室編：《現代漢語詞典》（繁體字版），香港：商務印書館（香港）有限公司，2001年／（第5版），北京：商務印書館，2005年。

文若稚編著：《廣州方言古語選釋》，澳門：澳門日報出版社，2001年。

毛澤東著：《毛澤東選集》第一卷，北京：人民出版社，1996年。

王力著：《漢語史稿》，北京：中華書局，1980年。

王重民編：《敦煌變文集》，北京：人民文學出版社，1957年。

北京社會科學院研究宗教研究所編譯：《楞嚴經》，台北：博遠出版有限公司，2000年。

老舍著：《老舍全集》，北京：人民文學出版社，1999年。

李申著：《近代漢語釋詞叢稿》，南京：江蘇教育出版社，1995年。

林尹、高明主編：《中文大辭典》，台灣：中國文化大學出版部，1973年。

周振鶴、游汝杰著：《方言與中國文化》，上海：上海人民出版社，1986年。

周國正撰：〈心機〉，收入陳永明：《中文一分鐘》，香港：中華書局，1999年，頁41-42。

段開連編：《中國民間方言詞典》，海口：南海出版公司，1994年。

郁達夫著：《郁達夫全集》，廣州：花城出版社，1982年。

許寶華、宮田一郎主編：《漢語方言大詞典》，北京：中華書局，1999年。

商務印書館編輯部編：《辭源》，北京：商務印書館，1981年。

常敬宇著：《漢語詞彙與文化》，北京：北京大學出版社，1998年。

張紹麒著：《漢語流俗詞源研究》，北京：語文出版社，2000年。

張勵妍、倪列懷編著：《港式廣州話詞典》，香港：萬里書店，1999年。

張聯榮著：《漢語詞彙的流變》，河南：大象出版社，1997年。

符淮青著：《現代漢語詞彙》，北京：北京大學出版社，1985年。

郭錦桴著：《漢語與中國傳統文化》，北京：中國人民大學出版社，1993年。

陳伯煇著：《論粵方言詞本字考釋》，香港：中華書局，1998年。

無名氏著：《三國志平話》，收於《中國古典小說名著百部》，北京：華夏出版社，1995年。

無名氏著：《京本通俗小說》，江蘇：江蘇古籍出版社，1991年。

劉廣定："科學史中的'史'——'化學'一詞的源起"，《科學月刊》，1987年6月，總第210期。

蔣紹愚：《漢語詞彙語法史論文集》，北京：商務印書館，2000年。

蔣冀騁：《近代漢語詞彙研究》，湖南：湖南教育出版社，1991年。

鄭定歐編：《香港粵語詞典》，南京：江蘇教育出版社，1997年。

魯迅著：《魯迅全集》，北京：人民文學出版社，1981年。

羅正堅著：《漢語詞義引申導論》，南京：南京大學出版社，1996年。

羅京京著：《敦煌曲子詞》，北京：人民音樂出版社，1992年。

饒秉才、歐陽覺亞、周無忌編：《廣州話方言詞典》，香港：商務印書館（香港）有限公司，1981年。

（漢）司馬遷著：《史記》，北京：中華書局，1997年。

（元）王實甫著，王季思校注：《西廂記》，上海：上海古籍出版社，1978年。

（元）施耐庵著：《水滸傳》，北京：中華書局，1970年。

（元）湯顯祖著，徐朔方、楊笑梅校注：《牡丹亭》，北京：人民文學出版社，1963年。

（元）楊顯之撰，臧懋循輯：《元曲選》，上海：上海古籍出版社，1995年。

（宋）吳自牧：《夢粱錄》，收於《筆記小說大觀》第7冊，揚州：江蘇廣陵古籍刻印社，1983-1984年。

（宋）吳曾：《能改齋漫錄》，收於《筆記小說大觀》第4冊，揚州：江蘇廣陵古籍刻印社，1983-1984年。

（宋）陳彭年撰、余永酒校注：《宋本廣韻》，上海：上海辭書出版社，2000年。

（宋）歐陽修：《歐陽修全集》，北京：中華書局，2001年。

（明）吳承恩：《西遊記》，北京：華夏出版社，1994年。

（明）李時珍著，張守康校：《本草綱目》，北京：中國中醫藥出版社，1998年。

（明）笑笑生著：《金瓶梅》，北京：中華書局，1998年。

（明）馮夢龍著：《東周列國志》，北京：華夏出版社，1995年。

（明）馮夢龍著：《喻世明言》，北京：華夏出版社，1994年。

（明）馮夢龍著：《醒世恆言》，北京：華夏出版社，1994年。

（明）馮夢龍著：《警世通言》，北京：華夏出版社，1994年。

（明）張鼐等：《虞山書院志》，南京：江蘇教育出版社，1995年。

（明）羅貫中著：《三國演義》，北京：華夏出版社，1994年。

（清）徐珂編：《清稗類鈔》，北京：中華書局，1984年。

（南唐）釋靜、釋筠編撰：《祖堂集》，長沙：嶽麓書社排印本，1996年。

（南朝）范曄著：《後漢書》，北京：中華書局，1997年。

（唐）王定保著：《唐摭言》，上海：上海社會科學院出版社，2003年。

（唐）房玄齡著：《晉書》，北京：中華書局，1974年。

（唐）劉知幾著：《史通》，上海：上海古籍出版社，1987年。

（唐）魏收著：《魏書》，北京：中華書局，1974年。

（梁）顧野王撰：《玉篇》，北京：中華書局，1987年。

（清）王念孫著：《廣雅疏證》，江蘇：江蘇古籍出版社，2000年。

（清）吳敬梓著：《儒林外史》，北京：中華書局，1972年。

（清）吳趼人著：《二十年目睹之怪現狀》，北京：華夏出版社，1995年。

（清）李伯元著：《官場現形記》，北京：華夏出版社，1994年。

（清）俞萬奉著：《蕩寇志》，北京：華夏出版社，1995年。

（清）曹雪芹、高鶚著：《紅樓夢》，北京：人民文學出版社，1982年。

（清）陳昌齊等纂，阮元修：《廣東通志》，上海：上海古籍出版社，1995年。

（清）蒲松齡著：《聊齋志異》，北京：華夏出版社，1995年。

（清）趙翼著：《陔餘叢考》，上海：上海古籍出版社，1995年。

（漢）桓寬著，馬非百注：《鹽鐵論》，北京：中華書局，1984年。

（漢）荀況著：《荀子》，台北：台灣古籍出版社有限公司，1996年。

（漢）許慎著：《說文解字》，香港：中華書局(香港)有限公司，1972年。

（漢）許慎著，（清）段玉裁注：《說文解字注》，上海：上海古籍出版社，1988年。

（漢）劉安著：《淮南子》，北京：華夏出版社，2000年。

作者簡介

　　張本楠博士，北京師範大學博士，在北京、北美、香港和台灣等地高等院校執教多年，現任香港教育學院中文系副教授。研究興趣涉及中國古典文學、文學批評、藝術理論、古代及現代漢語、語言教學及教師教育等多個領域。近期著作主要在香港普通話教學、對外漢語教學、香港語文政策以及語文教師培訓等方面。

　　楊若薇博士，北京大學博士、英國萊斯特大學應用語言學教育博士。20世紀80年代後期任職北京大學副教授，及後於北美和香港高等院校工作，現任教於香港公開大學教育及語文學院。研究興趣廣泛，包括中國歷史和文化、現代漢語、應用語言學以及語言教學等領域。近年主要從事應用語言學、中文及普通話教學研究。